王聰威

PP^2

編輯樣II

什麼都可以做做看的雜誌編輯！

二〇一六年金鼎獎四十週年，大開本全彩化的《聯合文學》在這一年得到「最佳人文藝術類雜誌獎」，這個獎是預先通知的，我們開開心心地去領獎，然後，在頒獎典禮上，再得到現場直接公佈的「年度最佳雜誌大獎」，這是這個跨類別的最大獎項最後一次頒發。隔年，視覺設計陳怡絜拿下「雜誌類個人獎：設計獎」，於是來了通電話，一位始終反對《聯合文學》大開本全彩化，並且痛罵過我的長輩在電話的那一頭說：「是我錯了，你做得很對很好。」

我的前一本《編輯樣》內容是《聯合文學》二〇〇九年至二〇一三年編輯室報告與改版歷程，您手中這一本《編輯樣II：會編雜誌，就會創意提案！》則記錄了二〇一四年至二〇一九年，改為大開本全彩化之後的編輯室報告與改版歷程，與二〇一四年之前小開本單色為主的「舊版」《聯合文學》相較，幾乎是翻天覆地的改變。這當中實際發生了什麼事，許多難堪的失敗與傑出的一手，更複雜的編輯技術與編輯策略如何運用與決策，您都可以在書中讀到。現在許多年輕讀者，已經不曾讀過「舊版」《聯合文學》了，而是「新版」的原生讀者，把如今《聯合文學》的存在，像是空氣一般吸進肺裡去，這樣的《聯合文學》似乎是理所當然的，人們所要求的，具有市場競爭力與高品質的美麗刊物，本來就該長這個樣子才對，正因為如此，我們也影響了許多藝文刊物的作法，許多時候也被徹底模仿。所以我想，除了《聯合文學》編輯室報告的忠實讀者與喜歡文學的朋友之外，作為進階與高階雜誌編輯、主管的工作建議也會有所幫助。

還有一點與前作截然不同，在這本《編輯樣II：會編雜誌，就會創意提案！》裡，我特別加入了近年來《聯合文學》品牌擴張行動的歷程。我們確實體認到，在這數位社群媒體年代，光是依靠實體刊物改版已不夠有力量讓我們傳達「因為喜歡文學，所以生活變得不一樣。」的理念，所以我們嘗試以《聯合文學》作為核心品牌，將文學策略與「Guide Book」核心創意編輯術貫徹於網站、活動、商品、廣告、代編刊物等等創意提案，同樣有許多難堪的失敗與傑出的一手，例如我們為「統一飲冰室茶集」重新規劃徵詩策略，使投稿件數提升了接近十倍，我們是最早改造地方政府官宣刊物的團隊，使高雄市新聞局《高雄款》成為市民樂於索取的生活類雜誌，我們也為臺南市文化局《鹽分地帶文學》重塑品牌精神、風格定位，加上引入適合的編輯技術與行銷，讓這本冷門雜誌一躍成為網路書店文學排行榜的熱門商品。我們從無到有規劃執行的「聯合文學 unitas 生活誌」網站目前是 Google 關鍵字「文學」自然搜尋第一名，而大受文青與教師好評的文創商品「詩心引力」萬用曆則是群募突破百萬元，同時於博客來、誠品等大型通路上架……透過這些分享，我希望能在這本書裡告訴您，身為一位雜誌人或未來的雜誌人，我們能夠做的，從各方面帶給他人影響的，產生效果的，比我們想像的還多，就算只是一本敝帚自珍的小眾文學刊物，和一個小小團隊也能做到。

「是我錯了，你做得很對很好。」我聽到長輩對我這麼說，當然很開心，也由衷感謝他曾對我的支持。我從二〇〇九年接手《聯合文學》這麼長的時間，總算在這個場域裡獲得肯定，怎麼可能不開心，可能的話，請您也讀讀金鼎獎評審委員說的：「老牌的《聯合文學》成功地完成轉型，尋求與年輕世代對話，在維持文學深度的同時，又能兼具活潑多元的面向……」「在整體版型設計規劃上跳脫既往的格局，能兼顧文學閱讀與視覺感官的品質……整本雜誌閱讀起來就像看場文學影像。」這樣的《聯合文學》。當然，我知道從這裡只是開始而已，一本紙本刊物其實擁有無窮的可能性、未來性與理想性，因此，如果能掌握應有的能力的話，什麼都可以做做看，會有各種的創意實踐方式，這樣一想，您不覺得能夠當一個雜誌編輯真是太有趣了嘛！

楊德昌

目次

No.351

聯合文學

UNITAS
2014.01
No.351

專輯

白先勇和《孽子》

三十年重來，
我仍然愛你，
想與你擁有自己的家。

當月作家
《遠山的回音》卡勒德．胡賽尼

2014專欄
角田光代、韓少功、黃麗群、董啟章、賴香吟

二〇一四年，讓我們試著讀一本文學雜誌。

家裡剛養了一隻貓。

貓是太太的朋友在家裡後方防火巷撿到的，四隻被遺棄的不足月小貓一團擠在水溝泥巴裡，一整夜淋著大雨喵喵叫，早上發現時居然沒死掉，於是撿了回家，也都好好地活下來了。太太選了其中一隻，拿照片給我看，問說覺得如何？我說：「我說過了我不想養，而且我過敏得很嚴重，會流鼻水、頭暈和喉嚨痛。」

「我很想養貓卻一直沒養，是因為我一直沒有屬於自己的家。現在我和你有自己的家了，總算可以養了，這樣不好嗎？」太太說。

太太都這麼說了，即使像我這樣的人，也不可能不讓她養。

「那要叫他什麼名字呢？」太太問。

「就叫小貓吧。」我有點賭氣地回答。

太太看著我，露出奈何不了我的表情。

小貓長得很醜，黑黑灰灰的，也不太笑，三個多月大，正是精力旺盛的時期，除了來家裡的第一天躲在沙發抱枕下面睡覺之外，每天都像是該送回原廠修理的不良汽車一般四處暴衝。不然就是一直黏著我：幫他清理貓砂，他要跟著伸手伸腳撥一撥；早晚刷牙洗臉，他就跳上洗手台玩水龍頭；我煮菜時，他偏偏要抱著我的腳讓我像抹布一樣拖來拖去；一打開電腦想寫點小說，他馬上飛奔來在鍵盤上踱步，銀幕啪啦啪啦跑出亂碼。只要他醒著，我幾乎什麼事也沒法做，有時我實在太生氣了，就捉住他往桌子底下丟。被我亂丟一通的小貓，默默抬起頭來看著我，轉頭看看坐在長桌另一側的太太，忽然又跳上我大腿，一邊從身體裡發出呼嚕呼嚕的聲音，一邊用頭頂我的手，我小心翼翼地摸摸他的脖子，他好像沒什麼意見，捲起尾巴窩著，然後睡著了。

我嚇得動也不敢動，太太看著我，露出奈何不了我的表情。

就這樣，有隻討人厭的小貓的我和太太，要迎接新的一年了，從今以後，我們將過著能簡單劃分為「沒小貓」和「有小貓」兩個不同階段的人生了。

嗯，雖然只是個比喻，不過從今以後，您也可以過著能簡單地劃分為「沒文學雜誌」和「有文學雜誌」兩個不同階段的人生了（不管有沒有貓）。

這一期我們開始了「全彩」的《聯合文學》雜誌。不過首先面臨的問題是，如何在封面上就讓人有耳目一新的感覺。以白先勇這樣的文學大師與其《孽子》主題作為大改版的第一期是合適的，他對我們放膽做全彩文學雜誌也毫不猶豫地支持，然而這張封面其實起初並不受白老師喜歡，他認為自己笑得太開心了（這是他和陳芳明對談側拍照）。在此之前，使用於刊物封面的白先勇影像總是傾向玉樹臨風，一派沉靜優雅的文人氣息，這樣很棒，但我認為，我們這張照片適足以表現他親切風趣、愛開玩笑的私下模樣，對讀者來說非常難得，也能準確傳達我們改版後強調生活感的風格定位（這就是為什麼我常常會在視覺會議時，臨時放棄正式的拍攝照片，忽然改選受訪者意想不到的側拍照）。為了能在封面使用這張照片，編輯先寄給他審視，他回信表示不同意，我便自己打電話去說明與拜託，他最後答應了，後來也慷慨地出席了我們的改版記者會，誇獎我們做得很好。在那個我們仍然疑懼自己到底做對還是做錯的時刻，白先勇對我們的寬容與肯定，使我對他永遠充滿感激。

卡勒德·胡賽尼

持續生命的光熱

專訪舞台世界的孽子們

No.352

返鄉
鄭清文、袁瓊瓊、巴代、甘耀明
四位根源各異的作家，
引領我們回到眞實故鄉土地，
重溫少年少女的心靈故事。
一趟文學初衷的迢迢旅途……
— 隨刊附贈 —
UNITAS名家別冊　甘耀明長篇小說獨家選摘
一套六張文學日常春聯

一月號再版了！也發現一些體例的錯誤，二月號會改正，很抱歉。

我的學校是高雄市前鎮區草衙的仁愛國小，不大不小的一間學校，我還在那邊念書的時候，也就是三十幾年前，有一側緊臨著全高雄最大的違章建築群，有一側則是一條灰撲撲的小路，我們不太走，靠學校這一邊種了一排讓人嘴巴發乾的木麻黃，樹上常掛著一袋一袋泡在屍水裡的死貓，另一邊是一堵高聳的圍牆，圍牆裡是一片廣大的、幾乎看不到對面的、荒煙漫草的野地，還有一個廢棄的防空洞被高高的野草遮蔽著，我有時會跟朋友翻過圍牆去防空洞探險，洞裡又臭又髒，塞了一堆雜物家具，我們不敢走進去，洞口丟了一地的速賜康、針筒和強力膠，這些是我們那時候流行的便宜毒品。我記得有一次看見針筒裡還剩一點點速賜康，就拿起來往一朵蒲公英的莖注射進去，幾分鐘之內，那朵蒲公英便枯萎死掉了。我最喜歡的學校角落是爬竿場，緊靠著灰撲撲小路這一邊。爬竿器材有兩座，一座是一排平行的竹竿，爬的時候竹竿會卡啦卡啦地響，搖晃得非常嚴重，而且竹竿沒什麼保養，很多地方是裂開的，穿短褲往上爬時大腿肉常會被夾得又紅又腫，滑下來的時候會聽見「嘶」的一聲，就是皮膚被竹竿磨破的聲音。不過雖然這樣，我還是很喜歡爬，也不害怕，班上同學很少有爬得比我快的。

還有一座，大概是以六根鐵桿圍成圓形，中間有一根特別粗大的鐵柱作為支撐，最上頭用較細的鐵桿焊接成一個平台。鐵桿上的紅漆都已脫落，露出黑褐色的鐵，非常光滑，可以聞到濃濃的鐵銹味，吃完中午便當後，我最喜歡爬到頂端的平台坐著等待午睡時間到來。由上往學校裡看，是一派熱鬧的輕鬆景色，許多人在打躲避球、溜滑梯一類的，還有人在倒垃圾，往學校外一看，就看到那條灰撲撲的小路和高聳圍牆內的野地與防空洞，安安靜靜的，一個人也沒有。

為了因應過農曆年，我們做了作家返鄉的專輯，邀請作家回到原生的地方，重遊少年時舊居。這個概念的原始作法，是來自於我在做《marie claire》時，同事依國外版本策劃過一個邀請頂尖名模回到曾就讀的小學拍攝採訪，既美麗又動人。我們也試著做到這樣的程度，您可以看見封面的甘耀明身處在關牛窩山中，煙霧迷漫有多麼唯美詩意。《聯合文學》往往能跳脫傳統文學雜誌的概念與作法，正在於我們勇於從不同類型的刊物獲取經驗，並轉化為專屬文學的影像與內容。這一期還有個特點是封面沒有上亮P，只有上油，在公司出版策略的考量下（雜誌要上亮P才會吸引人），也是唯一的一期。

No.353

聯合文學

創作生活
W．H．奧登
湯瑪斯．吳爾夫
古斯塔夫．福婁拜
歐內斯特．海明威
史考特．費茲傑羅
威廉．福克納
亞瑟．米勒
村上春樹
奧諾雷．德．巴爾札克
強納森．法蘭岑
索爾．貝婁
威廉．蓋斯
安伯托．艾可
王定國
林黛嫚
林宜澐
袁勁梅
吳億偉

24小時作家
向陽
方梓
丁允恭
房慧真
夏夏
吳妮民
花柏容
張耀升
陳克華
許悔之

國民閱讀
施明德
焦元溥
楊閔
何飛鵬
葉天倫
歐銀釧

職場座談
陳宛茜
羅珊珊
黃千芳
平路
朱宥勳
王聰威

日常群像
崔舜華
朱國珍
郝譽翔
許榮哲
陳夏民
何新興

本期當月作家裡的宇文正老師美得像是一場異國假期。

Before

假日，即使再寒冷或宿醉，我仍然無情地早上七點起床，刷牙洗臉後泡杯阿華田放在兼用餐桌的書桌上，打開筆電隨便瀏覽一陣子臉書和拍賣網站，寫訊息問問桌上遊戲有沒有現貨，覺得無聊了，就把大本的 RHODIA 筆記本攤平，拿出太太送我的生日禮物白金牌肥後象嵌公孫樹鋼筆，擺在筆記本的一邊，好了，我可以準備來寫小說了。太太還在睡覺，感謝老天，這可是我的黃金時刻，如果可能的話，我希望她一直睡到下午一點再一起去吃午飯就好了。我盯著 RHODIA 網格密布的空白頁面看，等一下我就要用肥後象嵌鋼筆（裡頭裝的是百樂牌色彩雫墨水「紺碧」），開始塗塗抹抹遲延已久的新小說，在今天結束或太太起床之前，我要把所有的時間浪費在徹底滿足思考與寫作的癮，縱使一句完整句子都沒寫出來也沒關係。

假日，即使再寒冷或宿醉，我仍然無情地早上七點起床，刷牙洗臉後，吃了調整過敏體質的LP33，把貓飼料倒滿，水也換好，被我吵醒的小貓隨便吃了兩口，就去上廁所。我打開筆電想……小貓立刻跳上椅子再跳上桌子趴到鍵盤上看著我，我把他丟到地上，闔上筆電，把大本的RHODIA筆記本攤平，拿出太太送我的生日禮物白金牌肥後象嵌公孫樹鋼筆，擺在筆記本的一邊，好了，我可以準備來寫……小貓立刻跳上椅子再跳上桌子坐在筆記本上看著我，我不理他，他忽然一爪把肥後象嵌鋼筆（裡頭裝的是百樂牌色彩雫墨水「紺碧」）掃下桌子，我只好默默撿起來收好，然後坐去遠遠的沙發。小貓隨之跳到我的大腿，前腳趴在我的胸口，瞪著大大的無辜眼睛，我想他的意思應該是：「在今天結束或你太太起床之前，我要把所有的時間浪費在徹底滿足抱抱和摸摸的癮，縱使你一句完整句子都沒寫出來也不關本喵的事。」

AGENDA

既然我們想做的是「文學生活誌」，那麼就來做一期直擊作家二十四小時生活是怎麼過的吧，因此您可以看到不同作家在不同時間的面貌，作家談自己、不同行業的人談作家等等，甚至是作家一整個月的收支表。在封面的決策上，當時我們幾乎試過一輪所有參與作家的影像，最強而有力的或許是陳克華與其伴侶親密自然的影像，我卻決定用「當月作家」宇文正上封面，我覺得這個封面更具有文青生活風格，會有更廣泛的感染力。從結果論來說，這個企劃加上這個封面當時大受歡迎，使得本期迅速售完。封面最終的決定權在總編輯手裡，如果犯錯的話，也由總編輯負責，我認為自己做了較從眾的決定，得到了較佳的成果，這很好，但是不是最好的決定呢？我當時的編輯們或許就不同意，他們把陳克華那組照片做成假封面，貼在自己的隔板上。

以腦袋思考，以心創造

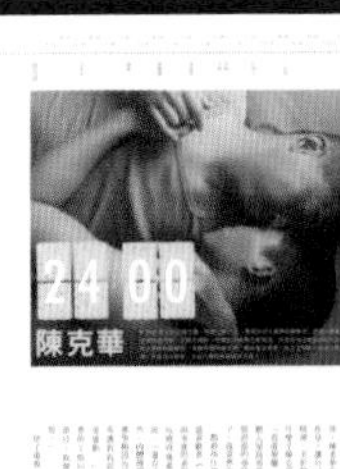

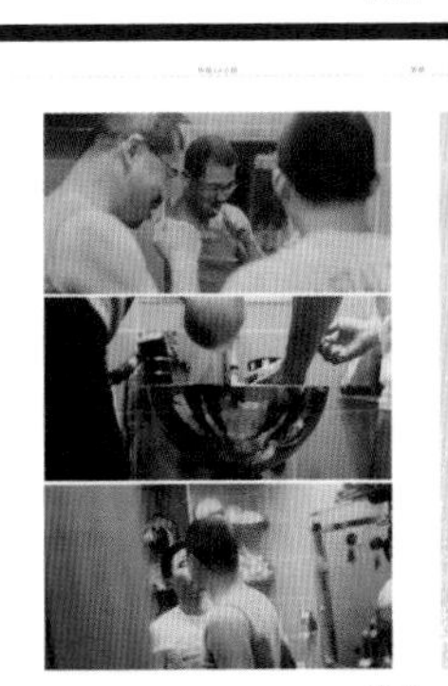

No.354

聯合文學
UNITAS
2014.04
No.354
專輯
二〇一三諾貝爾文學獎得主
艾莉絲・孟若
&短篇小說藝術
Alice Munro
孟若短篇小說藝術完全分析
孟若家鄉小旅行+拿手菜+完整年表
專訪加拿大總督獎入圍小說家Carrie Snyder談孟若
孟若 × 瑪格麗特・愛特伍的小說異境
諾貝爾文學獎的性別、地域、派系政治
世界短篇小說精華導覽+文學人私房推薦
《聯合文學》限定
黎紫書精譯孟若名作〈紅晚裝──1946〉
伊格言+聞人悅閱──徹底解讀〈紅晚裝──1946〉
孟若小說讀書會
楊索、李維菁、王文娟、何致和、李時雍
UNITAS 名家別冊
白先勇親自策劃

連續三個月的劇烈運動，三位美麗的編輯全都病垮了，我很心疼啊。（真的）

國小時，有個同學成績不好，考試分數總是個位數，講話像含了沉重的石塊，動作也很遲鈍，我們不管玩什麼都不會找他，只有騎馬打仗例外，他長得高大肥胖，所以總會搶著找他來當馬，只要讓他背著就覺得很安心，像坐在一堵厚牆上，他常常願意背我，我想因為我是班長，誰教了他得特別巴結我吧。

我現在還能記起來，他背著我猛力衝擊，專注的臉上既不憤怒也不快樂，輕輕鬆鬆地把其他人摺倒，讓高高在上的我像是個英雄。最後我們被所有人圍攻，他不得不露出吃力皺眉的表情，喘氣聲變大了，粉白的脖子散發濃烈的黏稠臭味，忽然之間一軟腳，手一鬆，害我從背上摔下來。他不好意思地看著我，我倒不會生氣，反正只是個遊戲，而且也過足當勝利者的癮了。

我對他最生氣的事情是他上課的時候愛講話。我有把愛講話同學的名字記下來交給老師的「業績壓力」，他願意當我的馬，如果可能的話我實在不想記他的名字，但他偏偏上課要講話，這對我來說是個折磨，記下他的名字使我良心不安，但為了掩護交情較好的同學，或為了湊足業績，我還是記了他的名字交給老師。我只能在心裡說服自己，下一次騎馬打仗的時候，還是讓他當我的馬，算是安慰他好了，何況他的皮很厚，手掌像是石化一般的又粗又硬又白，即使被打應該也不會痛。他被打完走回座位前，我看著他，他總是自在地對我微笑，不對，也許不僅僅是對我微笑，也許他本來就覺得理所當然。他愛講話就得挨打，這整件事其實是個除了騎馬打仗之外，同學居然願意邀他參與的遊戲，而且最好的是，他幾乎每一次都玩得到。

讀艾莉絲·孟若的〈童戲〉使我想起這事（我從來沒想起這事，甚至連他的名字都忘了），由於是非常相近的經驗，所以像是被這小說懲罰似地狠狠鞭笞，逼迫我面對我個人的現實人生，無論如今看來多麼光鮮亮潔或悲慘困頓都一樣。雖然不是不能想像小孩子會這樣做，但一想起真的曾經做了這麼可恥的事情，我就感到自己非常噁心和抱歉。真的，雖然來不及了，也不可能為他做什麼了，但真的很抱歉。

在萬全的準備下，我們可以把艾莉絲・孟若做到這麼完整的地步，我最喜歡的是報導孟若家鄉的小旅行，以及我們找人試作了孟若最喜歡的「檸檬蛋白派」和身為家庭主婦必備的最佳料理「麵包布丁」，附上食譜。由於幾乎是從頭開始，翻天覆地的大改版，所以一直到這一期，我們仍然在修正體例與格式，而過於肥大的專輯內容與複雜的單元設計，讓我們有些身心俱疲。雖然這麼說有些殘忍，但正因為這樣，《聯合文學》樹立了其他文學刊物難以追趕的標準。

No.355

《鹽田兒女》出版20年
蔡素芬的
台南沿海
文學紀行
重返蔡素芬的家鄉小村
初見《鹽田兒女》真實地景
七股、學甲、將軍、佳里、北門
漫步不會被遺忘的漁鹽時光
鹽分地帶必備旅人指南
旅行規劃＋文學綜觀＋文化采風
紀大偉
蔡素芬作品總導讀
言叔夏
專訪蔡素芬創作生活
《鹽田兒女》三部曲最速入門
方梓《鹽田兒女》
林黛嫚《橄欖樹》
郭強生《星星都在說話》

紀念賈西亞．馬奎斯（一九二七年三月六日－二〇一四年四月十七日）

生命是一場魔幻，死亡卻如此寫實。

我有兩個阿嬤。大阿嬤是高雄大戶人家的女兒，日治時代嫁給我的醫生爺爺時，嫁妝裡還附送了一個從小就養著的丫環，這個丫環後來便成了我的小阿嬤。

我爸是大阿嬤生的第四個兒子，大阿嬤在他十八歲當兵時便過世了，等到我開始長記憶，爺爺自己一個人還在臺灣四處浪遊，我們每年去拜年的對象只有小阿嬤。小阿嬤那根深柢固的丫環身分並沒有隨時光褪色，她像永遠彎著腰，對我們家非常非常客氣，似乎我們還是高高在上的大房子孫。有一年，我們和叔叔姑姑正對著電視熱鬧地聊天時，她突然指著綜藝節目裡的回娘家短劇說：「她們都有娘家可以轉去，我都沒有。」

這跟我爸一點關係也沒有，但他居然偷偷請假去旗津區公所調出日治時代的戶口資料，查到小阿嬤原來是臺南學甲寮的人。不過那時只知道學甲鎮這個大地名，於是搭火車轉客運到那裡，卻怎麼問都問不到學甲寮在哪裡。他打電話給小阿嬤，小阿嬤難得生氣地說：「誰跟你說我是學甲寮的人，我是西仔寮人啦！」我爸一聽也不開心，學甲寮都找不到了，哪裡還有什麼西仔寮可以找？他乾脆攔了一台計程車，打算直接問司機能不能載他去西仔寮，沒有就死心算了，結果司機說他就是西仔寮人，在學甲寮附近，而且他記得小阿媽的名字。

後來，我爸真的帶著小阿媽回到了西仔寮的娘家，即使以三十年前的標準來看，那老房子仍然破落得驚人，是用竹子與泥土糊造起來的，裡頭還住著小阿媽的堂親，據我爸說，這幾個老人都好好地哭了一場，但也僅止於此，這是小阿媽一生唯一一次回娘家。

這次蔡素芬親身帶我們回到臺南七股走踏，當她告訴我們小說最原始設定是七股的一座小村時，那與小阿媽娘家相似的地名，使我有些被小說以外的東西觸動了。不知道當年小阿媽從西仔寮被遠遠賣掉的時候，是否順路經過了《鹽田兒女》裡繁榮的佳里、貧困的七股，然後再去了高雄，最終抵達旗津，才正式展開了她謙卑少欲的人生呢？

因為想起這些事，所以順便 google 一下「西仔寮」這個地名，想看看這地方變成什麼樣子了。但不知道為什麼，一筆資料也沒有。

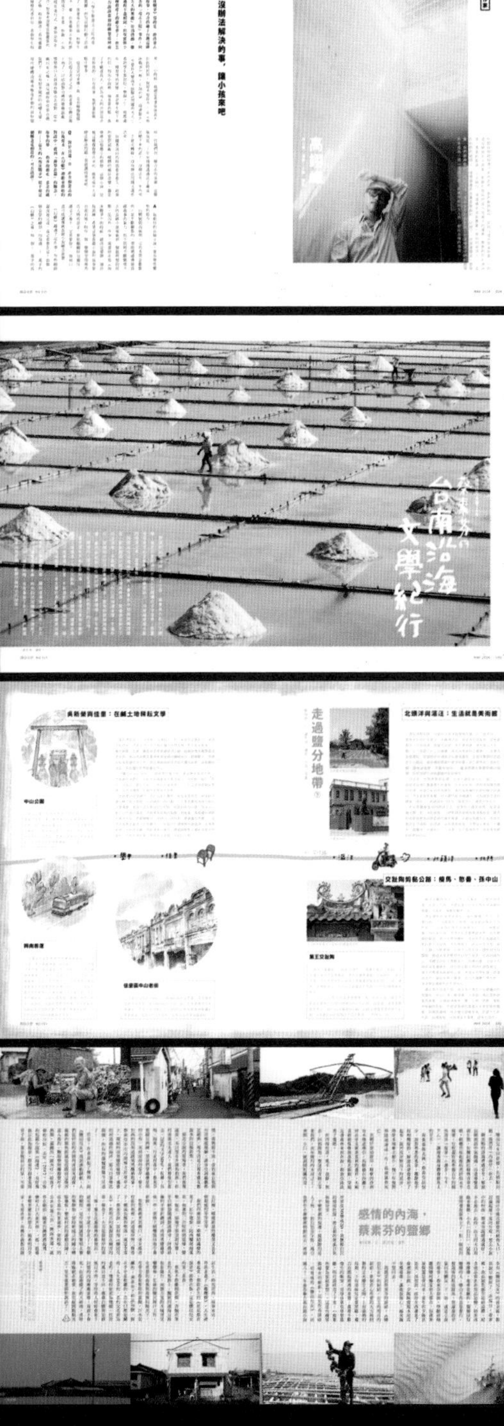

我自己並沒有很滿意這一期內頁的美術設計，照片的拍攝與編排都顯示了我們還不熟悉文學刊物全彩之後可以做到的表現力，另外插畫風格過於童趣，也與內容、影像格格不入。不過，我卻非常喜歡封面，我不想要使用內頁裡拍得如夢似幻的蔡素芬，堅持要放一張蔡素芬在家鄉地景的照片，才符合這次帶有鄉土氣息的主題。一位小小女主角身處往後無盡延伸的雜亂背景，中間有一道長牆分割陸海的照片，視覺設計怡絜將中段部分保留彩色，上下兩段轉成單色，立刻有了時空斷代的效果。這捕捉了蔡素芬手握相機，不經意側臉憂愁的一瞬間，似乎是對故鄉眷戀的回首。

No.356

聯合文學
UNITAS
2014.06
NO.356
必須變得完全自由，
使你的存在本身成為一種反抗，
才是對付這不自由世界的唯一方式。
——卡繆
作家的反抗
二十世紀全球作家反抗史總導覽＋超完整年表
作家反抗運動　呂赫若＋米蘭・昆德拉＋辛波絲卡
世界反抗文學透視　反抗者閱讀書單　台灣當代反抗現場
2014/7/4-7/6 全國巡迴文藝營熱烈招生中！
當月作家／尉天驄的文學讀書札記　孤獨國一詩僧／周夢蝶紀念小輯
精選新作／鯨向海＋東年＋陳若明　UNITAS名家別冊／林宜澐最新作品獨家選摘

紀念周夢蝶（一九二〇年十二月三十日—二〇一四年五月一日）
紀念李渝（一九四四年一月二十三日—二〇一四年五月五日）
這個五月太過漫長。

會做「作家的反抗」專輯自然是因為前些日子反服貿學運的關係。因為這次議題牽連甚廣，包括了兩岸書籍通路與印刷業的互惠方式，恐怕有影響臺灣未來出版與言論自由的疑慮，所以許多作家、編輯、出版人也紛紛投入這次的運動。不過我所謂的「投入」，並不表示大家有一致立場，文學圈子許久沒有大規模關於文學本身的深度論戰了，卻在這個主要屬於經濟、政治的貿易議題上，不管是自願或非自願，表態或未表態，彼此都不向對方屈服地激烈「反抗」著，沒有誰可以「代表」誰。稍微往後退一步看看，您一定可以看出有些人是為了既得利益，有些人是為了理念，有些是這邊為了理念，那邊又要兼顧利益。只是當我們從「反抗」的概念來解讀時，並不在於指出誰比較高尚或更具道德性，作家真正反抗的從來不是某種特定的理念，也不一定是既得利益，而應該有更高的、更抽象的、更原始的什麼在那裡等著他們達成，否則我們幹嘛浪費時間去讀他們的作品？我不知道您覺得那會是什麼，但卡繆則是這麼說的：「必須變得完全自由，使你的存在本身成為一種反抗，才是對付這不自由世界的唯一方式。」

作家有朝一日真的能變得完全自由嗎？我不知道，不過倒是別擔心沒有反抗的機會，反正這世界從來沒有自由過。

聯合文學小說新人獎停辦啟事

聯合文學新人獎創立於一九八七年，二十七年來很多獲獎者都已成為當今文壇的重要作家，他們的作品也構成了當代台灣文學史的重要部分。二十七年前，本著鼓勵年輕作家勇於創作，敢於實驗，因而設置這個獎項。每年來稿無數，精彩作品眾多，讓這個獎項所激起的寫作熱潮，完成了台灣文壇的世代轉承。

二十七年來，在聯合文學新人獎之後，無論各種基金會、媒體，或是各個地方政府的文學獎紛紛成立，其目的與聯合文學雜誌相同，期望年年發掘傑出作者，培育華文文學的豐碩成果。毫無疑問，今天的寫作愛好者每年都有相當多的競逐機會，展現他的才華。

在這樣的背景下，我們決定從今年起停辦新人獎。對於期待以聯合文學新人獎作為寫作起點的作者，我們深感抱歉，對於長期支持聯合文學新人獎的文壇先輩，我們也深感遺憾。然而，我們只是考慮在當今無數文學獎的環境下，停止這個已經完成任務的獎項而已，聯合文學鼓勵文學新秀勇於創作，敢於實驗的初衷毫無改變。我們放棄一年一度的新人獎，但是我們願意以一年十二期的方式，繼續鼓勵新人創作。我們會騰出篇幅給優秀的新人新作。文學新人們，聯合文學仍然是你們的發表園地，我們誠摯歡迎你。

——林載爵

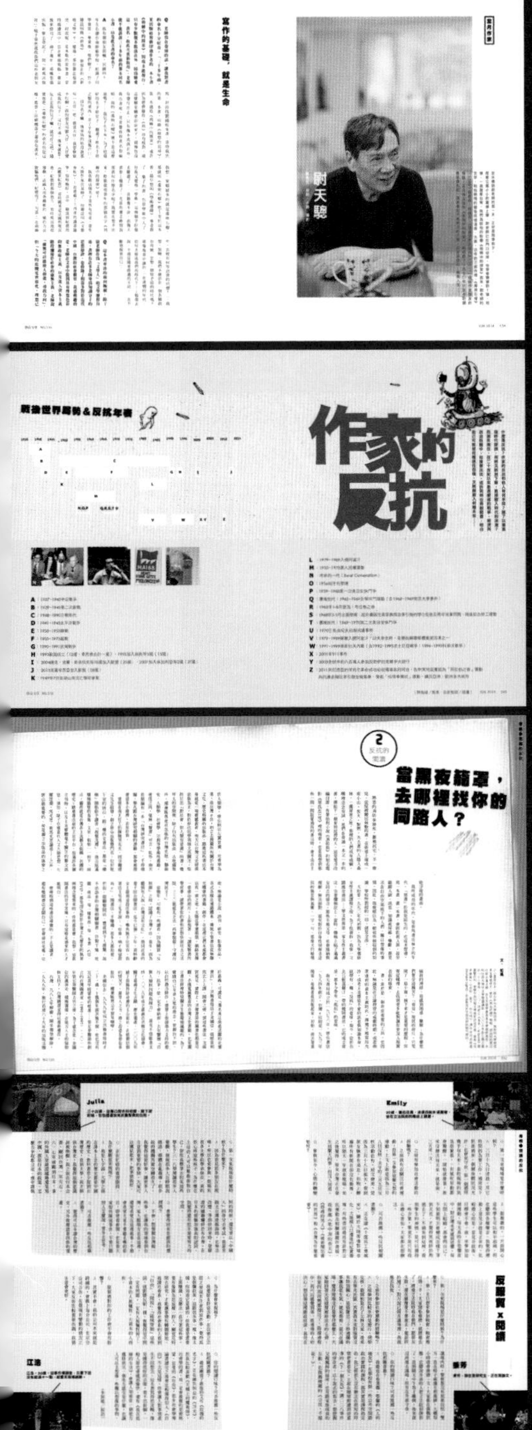
寫作的基礎，就是生命

尉天驄

作家的反抗

當黑夜籠罩，去哪裡找你的同路人？

反服貿 x 閱讀

這是完全由當時的編輯葉佳怡主導的一期。我們曾經在許多社會議題裡，以文學的角度表達立場，例如「反核」「反中科搶水」等等，這次則是支持有更多作家、藝文工作者直接參與的反服貿學運。專輯內容直接談論此事較少，主要是以「作家如何身為反抗者」來切入。值得注意的是，本期我們做了三個年表，雖然內容有了，但以現在的眼光來看實在陽春得可憐，美術上也頗單調，我很不滿意，覺得比不上日本雜誌的水準，但這也使得我們後來做各種年表的時候，視覺設計與編輯都拚命地想做得很厲害，忽然產生了這種很偏的奇怪執念……

No.357

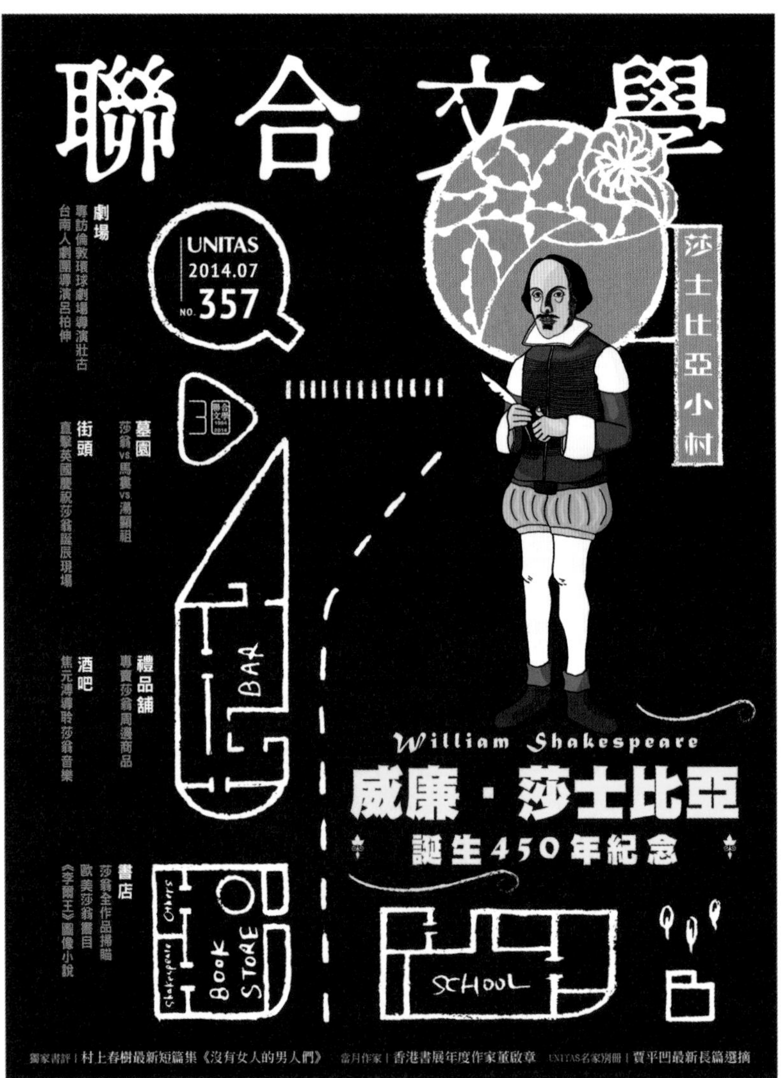

聯合文學
UNITAS
2014.07
NO.357
莎士比亞小村
劇場
專訪倫敦環球劇場導演壯古
台南人劇團導演呂柏伸
墓園
莎翁vs.馬奎vs.湯顯祖
街頭
直擊英國慶祝莎翁誕辰現場
禮品舖
專賣莎翁周邊商品
酒吧
焦元溥導聆莎翁音樂
書店
莎翁全作品掃瞄
歐美莎翁書目
《李爾王》圖像小說
BAR
BOOK STORE
SCHOOL
William Shakespeare
威廉．莎士比亞
誕生450年紀念
獨家書評｜村上春樹最新短篇集《沒有女人的男人們》 當月作家｜香港書展年度作家董啟章 UNITAS名家別冊｜賈平凹最新長篇選摘

本期最推薦：男模級插畫家楊力龢為我們畫了《李爾王》圖像小說！

首先您一定知道，〈阿里巴巴與四十大盜〉是源自中東的阿拉伯傳統民間故事，那麼請問是出自《東方夜譚》或是《西方夜譚》哪一本書呢？

假設您是第一次看到這個腦筋急轉彎的題目，我敢保證有百分之八十以上的機會，您會覺得自己答了個豬頭答案。因為我本人也是，於是很閒而且又不甘心的我，有一段時間裡只要遇見親朋好友，就會問他們這個問題，結果證明大家一律都是豬頭無誤。

我們家的執行編輯之一果明珠，出身於中山大學劇藝系與臺灣藝術大學戲劇研究所，是個血統純正的戲劇人，自己跟幾位三十歲不到的年輕朋友組了個「末路小花」小劇團，明明下班後累得要死，還得去排戲、宣傳、找贊助、賣票，但絕大部分都是演一場賠一場，比寫小說還要沒效益，本人卻樂在其中，我實在搞不懂有什麼樂趣？當她興致勃勃告訴我七月號雜誌想做「威廉．莎士比亞誕生四五〇年紀念」專輯時，我心裡第一個念頭是：「莎士比亞有什麼好做的？不是大家都知道的人了嗎？」

「何況，是不是真的有莎士比亞這個人？」我說，「真的是 To be, or not to be, that is the question 呢，哈哈哈。」瞧，我還會用莎翁的臺詞開玩笑！「那你知道 To be, or not to be, that is the question. 這句臺詞出自莎士比亞的哪部劇作嗎？」小果冷靜地說。

這一瞬間我想起了〈阿里巴巴與四十大盜〉到底是出自哪一本書的問題，到底是東方還是西方呢？那 To be, or not to be 這句經典臺詞到底是出自《莎姆雷特》還是《哈姆雷特》呢？小果見我面露茫然的樣子，又補了兩句：「不然你知道莎士比亞擅長寫的是十三行還是十四行詩？他的四大悲劇又是哪四部？」我忽然陷入巨大的驚恐之中，像是小學生在走廊上被老師逮住了臨時抽考。等我稍微恢復正常之後回答，居然還是有答錯的部分（天啊，我絕不會跟您說是哪個豬頭答案），只見小果斜眼看著我，撇了撇嘴角：「總編，你這樣好嗎……」

哈哈哈，那麼，趁著這一次莎翁生日快樂，讓我們來好好了解一下他吧！這一期雜誌專輯是果明珠的心血，她為讀者建造了一座充滿莎士比亞的人生、事物、興趣、知識、朋友，圖像細節以及看待世界觀點的小村，歡迎各位懷抱著有點懂又不是太懂的心情（還是只有我？），輕鬆光臨。

P.S.1 順便一提，若您是七月六日前拿到本期雜誌，還有機會去看末路小花的新戲《電母》（臺北場）。

P.S.2 答案是《天方夜譚》，您該不會到現在還沒想通吧？

這是我們首次把一個文學主題，轉變成虛構的空間導覽，雖然圖文呈現上還不成熟，但是成為我們未來類似的創意執行的基石，草創時期任何作法都讓人感到激動。最美的地方是楊力龢為我們畫的《李爾王》圖像小說。我們改版以來，最讓我自豪的其實是「在一起」「逛逛看」「背著走」「借你抱」這樣的固定單元，這些單元的原型都是來自生活或時尚刊物，但我們成功地轉化為用來介紹作家的方式，例如一開始被罵得最兇，認為綜藝化太嚴重的「背著走」，事實上是在介紹作家隨身的讀物。每一個欄位的設計，我們都花無數的時間定位與修改，而作家們（無論資深或資淺）也從一開始無法接受，到了後來非常熱衷主動參與，這是我們最大的成就感來源。我非常感謝這些一開始就信任我們，且一起「改版」的作家。

No.358

大海浮夢
夏曼・藍波安
以及台東文學感官浪遊
蘭嶼專訪夏曼・藍波安
作品地圖
蘭嶼文學速描
謝若蘭——原民創作與反抗
吳懷晨——台東文學總導讀
山海文學感官浪遊
台東藝文現場直擊
鍾適芳——談台東音樂
北京胡同生活
小說人
UNITAS名家別冊

辛苦了，謝謝奔波採訪的同事佳怡、怡絜和寫手王志元、攝影師小路。

我們製作這期專輯時，連續好幾天的熱門社會話題剛好是蘭嶼該不該開一間 7-ELEVEN？劉克襄寫了篇文章反對這件事，主要觀點在於：「小七進來勢必以物質思維、貨幣數據，取代傳統以物分享、回饋與共勞的社會結構。此一狀態發生，一定會重重衝擊獨木舟作為物質核心的生活價值。」結果被罵得很慘，現在輿論一般認為：「蘭嶼的事情，應該由蘭嶼人決定。」「為什麼臺灣人可以享受的便利，蘭嶼人就不行。」「蘭嶼文化沒那麼脆弱，不會因為有 7-ELEVEN 就消失了。」

我想起之前讀過一篇文章叫〈當沃爾瑪來到小鎮〉（《一路走來一路讀》，林達著），內容是說當美國連鎖零售商的霸主沃爾瑪打算進軍維吉尼亞州的一座傳統小鎮，只有七萬兩千人的阿希蘭開設新店時，當地住民如何陷入了兩難局面。年輕一代認為沃爾瑪到來會形成商業中心，增加購物選擇與稅收，進而提升生活水準，老一輩則覺得沃爾瑪會使代代相傳、富有人情味的小商店破產，隨之破壞了傳統小鎮文化、環境，改變原本生活樣貌。乍看之下，是不是很像這次「蘭嶼是否該開小七」的爭議呢？

但其實還是有些不太一樣的地方，跟這次輿論一面倒支持，好像7-ELEVEN非在蘭嶼開設不可，否則就是瞧不起蘭嶼人的話術相比，一知道沃爾瑪要來的消息，阿希蘭小鎮居民便開始收集資料，並在報紙刊物、各種會議展開激烈辯論，兩派甚至都發動集會示威，在聽證會上還邀請專家作證，支持自己的論點，沃爾瑪則承諾會出錢協助小鎮的基礎建設與教育、福利，於是經過三方各自奮戰，聽證會結束的一年半後，阿希蘭城鎮委員會公開投票決定是否允許沃爾瑪開店……據該文所說，在阿希蘭小鎮的前後，美國已經有將近兩百個小鎮經過民主討論，拒絕了沃爾瑪進駐。

蘭嶼7-ELEVEN看來是開定了，您可以立刻想見店裡提供琳瑯滿目的外食所構成現代消費方式的美味印象，會與夏曼．藍波安說的：「我們不會去評論什麼魚好不好吃，我們是為了生活去捕捉魚，不是為了品嚐……每當有人問我，飛魚好不好吃，我都覺得非常無奈。」這樣的傳統觀念有多大差別。將來會變成怎樣，只有將來才知道，但無論變成怎樣，只要這次真的已經由關心此事的蘭嶼住民，像阿希蘭小鎮居民一般認真研討、質疑、辯論過了，花時間好好地決定就好了，我完全同意，身為不了解當地所需的過客，沒有置喙的餘地。附帶一提的，不出意料之外，阿希蘭小鎮跟絕大多數的美國小鎮一樣，幾乎不可能扭轉這潮流地，最終同意了沃爾瑪的設店。

為了這次專輯，葉佳怡帶了一小隊人去臺東和蘭嶼實地執行，既辛苦又花錢啊！但因此我們得到了非常美麗的影像。這一次，相較於355期的問題，我們懂得採用人文旅行刊物的編輯策略，在專輯的開場連跑六頁影像，讓讀者能被詩意美景打動，自然而然進入這次主題的氛圍。事實上，我們的「文學生活」單元也是一樣的想法，藉由作家自拍自寫，生活化的影像與文字，讓讀者能夠一打開雜誌就感受到《聯合文學》與其他文學刊物風格定位的不同。這些效果都必須是全彩化才做得到，若是執著於文學刊物只要黑白就好的話，我們就會少掉很多對文學刊物的想像（也是過去文學刊物一直看起來很老派傳統的原因，而明明文學書籍已經與時俱進了），也就缺乏很多表現的可能性。

No.359

聯合文學
UNITAS
2014.09
No.359
人間歲月
永遠隱者
陳列
論述 簡義明導讀
訪談 陳列×胡淑雯
往事 林文義談老友
印象 陳列花蓮文學地景
最新單元《新人上場》歡迎投稿
全能寫手游善鈞散文&
湖南蟲精評
當月作家
郭英聲×黃麗群
影像×文學超世代對談
名家別冊
朱天心最新長篇散文&
獨家專訪
特輯
舒國治的文學日常指南
專訪 飲食、旅行以及閒走
新文 榨菜肉絲麵淡雅之美

八月夏曼與臺東，九月陳列與花蓮，這是最生猛的臺灣文學。

上月底我和幾位作家去了馬來西亞海外華文書市，有演講和座談活動。

我從沒去過馬來西亞，也沒注意過海外華文書市是什麼，這次才知道除了中國與臺灣之外，這是規模最大的，以展售華文書籍為主的國際性書展，參展出版社來自世界各地有一百多家，整個馬來西亞有二千六百萬人，其中華人有六百多萬人，這個由當地最大連鎖書店大眾集團舉辦的書展，去年參觀人數突破七十一萬人次，而臺灣人口二千三百萬人，二〇一四年初台北國際書展參展出版社有六百四十八家，堪稱是亞洲最盛大的文化出版盛會，參觀人數有五十萬二千人次。我知道，兩處書展的性質並不相同，台北國際書展是圖書專業展覽，有大規模的版權交易，馬來西亞海外華文書市則大剌剌以圖書與文具零售為主，加上展期長短不同，光從帳面數字上來比較，不易有正確的價值判斷，不過若是您去了現場，我想會跟我一樣感動。

走在寬長的展場之內，無論何時都擠滿購書人潮，當然都是華人面孔，也幾乎人手拖了一台購書車（像是超級市場塑膠購物籃附上四個輪子，放地上拖著走），裡頭裝著一疊疊書，走累了就全擠到一處空地坐下來聊天，像是「購書車停車場」似的。雖然細節不同，但我覺得整體熱鬧氣氛跟台北國際書展非常類似，書籍陳設方式、人的呼吸、體味、新鮮油墨與紙張混合在一起的味道，都令人熟悉，常常走著一恍神，好像走在臺北國際貿易中心裡。

當回過神來，我意識到這是多麼不簡單的事。因為這個國家的華人不僅人數少，在許多方面也沒有受到平等對待，單以文學來說，馬來西亞官方認定的「國家文學」只能以馬來文寫作，也就是說在這裡喜歡或寫作華文文學，並不會得到國家支持，必須高度依靠私人的力量不可。但不只過去深受華文影響的老讀者如此，當我看著那些年紀非常輕，小學、中學、大學的讀者在展場內逡巡，捧讀喜愛的華文書籍，特別是其實跟他們的人生關連甚少的臺灣文學作品時，我就覺得我們實在太過幸福，以至於忘了身邊所擁有的珍貴事物。

比方說，上個月我們與夏曼．藍波安在蘭嶼浮夢，這個月，我們跟著陳列的《人間．印象》，在花蓮重新走一趟曾讓他留下文學痕跡的人、事、時、物、地，以及舒國治告訴我們如何在一瞥之間，捕捉臺灣的風土美味，便是腳下這塊土地默默滋養的、專屬於我們的文學，並且輕而易舉，隨手可得，不必浪費碳足跡從別處進口。

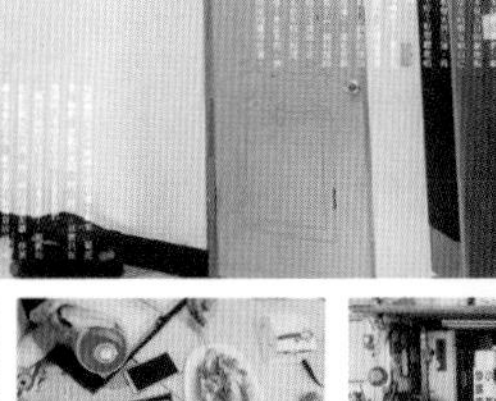

陳列得了首屆「聯合報文學大獎」，因此做了這個中規中矩的單一作家專輯，非常謝謝陳列老師帶著我們到處走來走去。這個封面的風格是延續了355期與358期的作法，這一系列做下來，成了我們最具識別度的人物封面風格。這段期間，我們非常強調名家的介紹，所以也有一個可拆下來收藏的「名家別冊」，摘錄單一名家新作，並且專訪。別冊的功能，可以讓讀者覺得雜誌形式與內容豐富，會有種賺到的感覺。但本期撤掉了「感官品味」與「日常風格」幾個性質重複，有點刻意為生活感而做，且讓雜誌結構過於複雜的固定單元（特別後者因為執行一直不到位，文章與影像的風格定位都很模糊），另增加「新人上場」，刊登了游善鈞一篇有性愛場面的同志小說，結果某高中家長會的家長質疑該校怎麼可以介紹同學訂這種不適合高中生讀的雜誌，因此想要退訂。合作社經理（也是老師）打電話來問我打算怎麼處理，我只好說：「呃，我沒有要處理。」

No.360

聯合文學
UNITAS
360
台灣當代
青年詩人軌跡
十月的光度
解剖詩的臟器
此刻最逼近
我們理想的復生
飲冰室茶集藝文館情詩大賞決審
鍾曉陽 文壇傳奇復出　林達陽 散步是我浪漫的方式　李黎最新長篇散文〈印度萬花筒〉一次刊完

即日起，在學校咖啡館有免費參觀。

今天讀到一則新聞，報導救國團青年活動中心有項新規定，將原本民眾入住的年齡上限，從未滿四十五歲改為未滿四十歲。我大學時代到處旅行，都是住一個人一、兩百元的小旅社，不然就是搭帳篷，第一次有錢住青年活動中心，進去一看，設備新穎，環境乾淨舒適，心裡還碎碎念：「這麼貴又豪華，根本不是給青年住的啊。」如今即使有錢想去住也沒辦法，我連「青年」這個資格也搆不上了。

之前幾日，因為這次專輯企劃，我坐在永康街的 NEXT DOOR 餐廳地下室，聽著沈嘉悅、宋尚緯、蔡仁偉、謝三進、陳夏民五位年輕的詩人、文學工作者與出版人，熱烈討論現在青年詩人們是如何啟蒙、如何看待詩人前輩的美學觀、他們喜愛與深惡痛絕的事物，以及不明確的未來。服務生來問我們要喝什麼飲料，幾乎在場的人都點了咖啡，輪到我時，我說我要喝櫻桃可樂，不騙您，大家一瞬間一致轉頭過來看我，我忽然也有點不好意思，只好小聲說：「因為很久沒喝了，所以想喝喝看，不覺得很復古嗎？」沒有人回答我。

（坦白說我覺得他們很陌生）這幾年詩寫得少、讀得少，熟識的年輕詩人更少，最近為了工作才在書桌上堆了他們的作品讀（還好同樣年輕的執行編輯葉佳怡非常熟悉這世代詩人的脈絡），正如他們的發言一般，有些他們喜歡的我也喜歡，他們痛惡的我也痛惡，但有些我的想法跟他們不同，或者我認為事實上不是他們說的那樣，或者像他們那樣做的話恐怕會行不通。這裡頭的差異，到底多少是跟我個人的脾性有關，有多少是世代認知的不同，有多少是因為社會歷練的落差，甚至有多少是利益分配的問題，我想多半都摻雜在一起了，究竟如何，要請您自己讀讀座談的精彩紀錄。

我看著他們盡可能誠實開放，並使用邏輯一致的論理，大方陳述自己的意見，回想跟他們同樣年歲的青年時光，我和朋友也曾經在公開場合咬牙切齒地痛陳不公平的文壇現象，嘲弄某些不思長進、只會牽弄人脈的傢伙。包括這次專輯所介紹三十歲上下的詩人，他們並不比過去的青年來得客氣，卻也不比過去的青年來得對誰不敬，更重要的是寫作本身所成就的，他們過去十年讓自己成長為眾所期待的新銳，然後在未來十年，他們其中有人會蛻變成跨越世代的佼佼者，使那些他們厭惡的事物自然看起來蒼弱可笑，無法避免的，也將有人離開永不與詩相關，等到他們跟我一樣，沒辦法去住救國團青年活動中心時，心裡必定會有另一番屬於他們自己的「中年」感想。

雖然做「臺灣當代青年詩人軌跡」這樣的主題很有意義，也為他們打造了許多有趣的影像，其中廚師詩人喵球是來我家拍的，還順備幫我準備了晚餐要用的烤肉串！但似乎是做得太早了一些，現在看來當時那批詩人的作品還不夠多，還不足以撐起「當代」一詞。不過，熱愛讀詩的編輯為這次專輯策劃了一個「蔓延：青年詩人的十年之旅」實體展覽，在學校咖啡館B1，展期有一個月之久，跟詩人們合作了許多裝置藝術。想想真是年輕啊！可以盡情燃燒。

No.361

聯合文學
UNITAS
2014.11
361
whodunit
偵探速成
推理評論達人陳國偉
輕鬆搞懂推理關鍵詞A to Z
專業推理編輯
精選今年最值得一讀推理作品
howdunit
解謎技巧
歐美推理＋史上最強五大偵探
日本推理＋特有變格推理系譜
華文推理＋麥家最新大作《解密》搶看
whydunit
實地練習
華文推理大師麥家
當月作家跨海專訪
小說天才陳栢青×劇場文青陳茂康
異角度推理對談
台灣推理教母陳蕙慧
導覽必去日本推理場景
推理入門
2014諾貝爾文學獎
派屈克．蒙迪安諾的法國現場
當代三大詩人專訪
瘂弦、洛夫、鄭愁予
小島影像派對
金門電影文學營報導
秋天了，一片片落葉與微涼溫度，
適合我們開始練習 破 解 詭 計。

本刊編輯葉佳怡最新短篇小說集《染》十一月出版。大恭喜！

我很喜歡的一位美國白人爵士貝斯手查理・海登（Charlie Haden, 1937-2014）今年七月剛過世，活了七十六歲，這年紀該怎麼說呢？跟同樣是白人貝斯手，兩人住過同一間公寓，只大他一歲的 Scott LaFaro（1936-1961））比起來，算是長命很多，而且留下了演奏樣貌和創作意圖都非常清晰的大量錄音。Scott LaFaro 才活了二十五歲，來不及有所謂的階段性風格，不過從此以傳奇的早逝爵士天才形象，永遠青春有勁地活在樂迷心中，卻是晚年飽受耳疾與小兒麻痺後遺症所苦的查理・海登比不上的（也不用這樣比就是了）。如果有興趣想聽，以我相當有限的爵士知識推薦，他和鋼琴家 Bill Evans、鼓手 Paul Motian 合組三重奏的 Waltz for Debby 絕對是無可挑剔的經典，這是 Scott LaFaro 的最後錄音，十天之後他就車禍身亡了。跟 Scott LaFaro 一樣，查理・海登過世前也來不及看見自己最後一張錄音，和鋼琴家 Keith Jarrett 合作的二重奏作品《Last Dance》出版，這專輯名字真是不幸，又跟 Scott LaFaro 一樣，兩人最後一張專輯都和跳舞有關。

查理・海登早期是自由爵士出身，不是那麼好懂，除了他和老牌鋼琴家 HankJones 合作的美國民謠專輯之外，我也喜歡他一九八〇年代後期開始組成 QuartetWest 四重奏的作品，他自己接受訪問的時候說，他想要做一些「擁有更深刻價值的流行音樂」。但這指的並不是當時的流行歌曲，而是以爵士樂重新演譯他最鍾愛的一九三〇至四〇年代，那一段以美國西岸城市生活氛圍為中心，包括電影、音樂、文學風貌在內的美好時光，正因為這樣他才組了 Quartet West。那麼，這個樂隊到底要演奏什麼樣感覺的音樂呢？查理．海登是這麼告訴《時代雜誌》的：「我想傳遞一種站在菲利普．馬羅的辦公室裡頭，往外看著霓虹燈在夜裡一閃一滅的感覺。」非常浪漫有情調的說法，但菲利普．馬羅是什麼傢伙呢？我想有人知道，有人還不知道。

當您翻開本期雜誌，徹底搞清楚菲利普．馬羅是誰之前，我建議您可以先買一張查理．海登與 Quartet West 一九八七年的專輯《Quartet West》來聽，裡頭有一首曲子叫做〈Bay City〉，這曲子有什麼特別的呢？Bay City 在推理小說家瑞蒙．錢德勒的小說裡，向來指的是加州的渡假聖地聖塔莫尼卡，而瑞蒙．錢德勒是查理．海登最著迷的作家，他在小說中所描繪的一九三〇至四〇年代洛杉磯景色與人情事故，正是查理．海登與 Quartet West 樂曲創作頗為重要的靈感來源。Bay City 便是查理．海登直接向錢德勒的致敬之作，但大概是怕非推理迷不懂其淵源，還乾脆摘引了一小段錢德勒的經典小說《再見，吾愛》作為唱片內頁文案。

難道您不覺得最近被一些爛事和選舉搞得很煩了嗎？討厭的事情就留給夏天吧，秋天來了，何妨試著聽一聽爵士樂，讀一讀推理小說，趁著神清氣爽多學習一點點可以讓生活更有樂趣的事情，比方說如何密室殺人一類的……

我們首次做推理文學，是一種導覽式的作法，常見的編輯技術就是「關鍵詞A to Z」，能夠快速地理解一個主題。我們每年至少都會做一次類型文學，因為我們不做這些文學更廣闊的部分，在臺灣幾乎沒有別的刊物會做。內頁美術設計在缺乏素材的情況下，表現力較低落，跟不上文章的豐富性，封面部分我們則犯了該死大錯，爆了雷，這對推理迷來說是不可原諒的。封面標我原本落的是「秋天了，一片片落葉與微涼溫度，適合我們開始練習密室殺人」，我認為這樣上下兩句對比力量很強，但我的主管覺得有點太驚悚，而改為「破解詭計」，使得句子變弱了。上述的種種缺失，我們後來都在不同的類型專輯裡追求更高的完整度。

「解密」麥家

No.362

2014年 90冊文學讀物&特色書店私藏

聯合文學

當月作家——史上最《怒》的吉田修一・UNITAS名家別冊——嚴歌苓最新長篇《陸犯焉識》獨家選摘

和你一樣，
我們喜歡工作，
也喜歡文學。
一年若能多讀幾本書，
便是最奢侈的日常。

UNITAS
2014.12
NO.362

本期是新銳詩人崔舜華加入《聯合文學》首次企劃的專輯！

某個週六，公司幫焦元溥的新書《樂之本事》辦分享會，找了焦妹張懸、柯裕棻老師一起座談，當天出門前，身為張懸粉絲的太太慎重交代我不要廢話太多，而且每次講完都要請問一下張懸有什麼意見，但我又不是張懸粉絲，有必要做到這種程度嗎？

同樣的，我對古典樂不熟悉，也就不敢說是焦元溥的粉絲，但努力地讀了《樂之本事》（焦元溥幫我在扉頁寫了一小段蕭邦〈離別曲〉的樂譜），這書非常暢銷，不需要我多嘴誇獎，不過除了談音樂觀念清晰易懂，連我這種音痴也讀得下去之外，最好的是，焦元溥引用了許多國內外文學作品與文學家觀點來說明古典樂定義、原理與欣賞方式，讓我覺得古典樂好像也沒離自己太遠，只是好的音樂書有個不幸的特點，讀完後常得額外花很多錢，像是讀完《樂之本事》，我想說不如換組真空管擴大器的音響來聽古典樂好了。

但是在座談會上，我開玩笑似地找焦元溥麻煩，因為這書特別提出村上春樹長篇小說《海邊的卡夫卡》裡的角色星野先生，這個會一面抽菸一面看漫畫，穿著大花夏威夷衫的卡車司機，居然在喫茶店聽了海頓和貝多芬而深受感動，甚至改變了人生，然後焦元溥又寫他在軍中當後勤官，辦公時鎮日開著唱機聽音樂，結果有個小兵邊聽普羅高菲夫《第三號鋼琴協奏曲》邊開心地手舞足蹈起來，意思就是古典樂人人都能聽愛聽，沒有門檻限制。我刻意說騙人沒當過兵，一般阿兵哥哪有這般音樂素養，何況每天幹得要死，怎有閒情逸致欣賞古典樂？

焦元溥一如往常，像傳道士般認真地回答問題，但其實我心裡早知道答案的。正如他接受OKAPI採訪所說，古典樂並沒有入門曲，只要聽最近聽到的、自己有興趣的就好。試著讀一本小說、散文或短短一首詩也是如此，在一個適當的情境或一次不經意的情感觸動，任何人都可以輕易跨過原本以為難以跨過的「專業」或「誤解」的鴻溝，儘管是在極其有限的範圍內，也能盡情享受閱讀的樂趣與迷惘，這便是本期《聯合文學》想跟大家分享的，各行各業不同卻人人可及的文學體驗。

「我並不覺得古典樂如大家所說的正在勢微，因為不管喜歡流行樂或古典樂都是好事，比起來我反倒擔心大家不再聽音樂了。」這是焦元溥說的，我偷來換了幾個詞：「我並不覺得文學如大家所說的正在勢微，因為不管喜歡大眾文學或純文學都是好事，比起來我反倒擔心大家不再讀文學了。」就請大家回顧一下今年讀了什麼，我想應該不至於害我們擔心了吧？

信任他人的條件，是自己

2014一年的讀書

如果曾有噪音，也難反抗甚遠。

Born this way

印刷廠技工——陳昌遠

讀完了詩，彷彿又變了個好人

Living

Society and Economy

Art and Literature

+PLUS
2014年度悅讀加碼推薦

不只是讓作家、文學工作者來談一年的讀書，而是讓各行各業的人都能談談讀書，是我們從這時候開始決定的一個方向。這個想法來自於一本小小薄薄的，我以前很喜歡的雜誌《蘑菇》，他們做過一期「讀書」專輯。當然，我們還是加入了作家與書店通路，使得專輯能夠更完整。封面是原印刷技工陳昌遠，他是熱愛讀詩寫詩的傢伙，我們讓他站在一個鐵工廠裡拍照，成了文學刊物上非常獨特的一張封面。如今他是位相當傑出的記者與詩人了。但是這一期的內頁影像，並沒有配合這些職人的工作場合來拍攝，使得影像的表現力大打折扣。我沒有事先好好說明該如何執行，編輯也還不懂得運用雜誌影像應有的思考與邏輯，剛改版的一年，仍有許多必須加緊進步的空間。

No.363

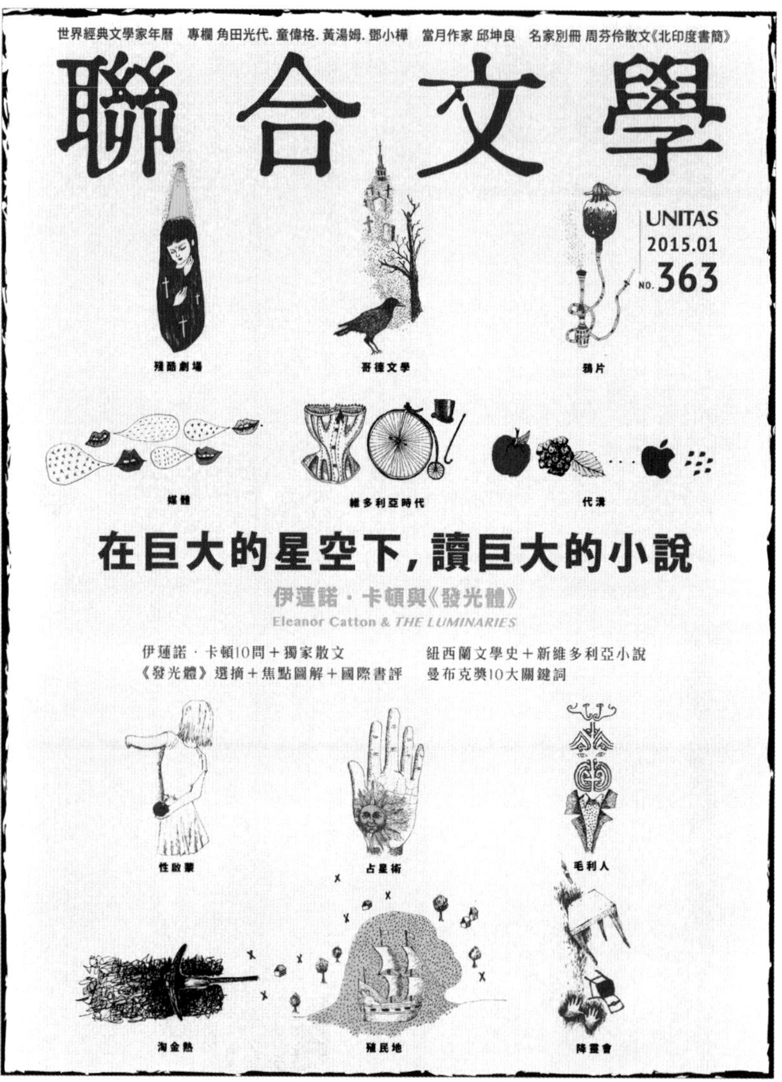
世界經典文學家年曆　專欄 角田光代. 童偉格. 黃湯姆. 鄧小樺　當月作家 邱坤良　名家別冊 周芬伶散文《北印度書簡》
聯合文學
UNITAS
2015.01
NO.363
殘酷劇場
哥德文學
鴉片
媒體
維多利亞時代
代溝
在巨大的星空下，讀巨大的小說
伊蓮諾・卡頓與《發光體》
Eleanor Catton & THE LUMINARIES
伊蓮諾・卡頓10問＋獨家散文
《發光體》選摘＋焦點圖解＋國際書評
紐西蘭文學史＋新維多利亞小說
曼布克獎10大關鍵詞
性啟蒙
占星術
毛利人
淘金熱
殖民地
降靈會

二〇一五年，和朋友一起組個文學小團體。

年輕小說家黃崇凱從臺南來，正好遇上悽慘的寒流，天氣又冷又濕，走在路上一直罵著臺北真糟，好想趕快回去日光明朗的臺南。去年一整年，在臺南悠哉悠哉的日子裡，他寫了一本新的長篇小說《黃色小說》，為他贏得中國時報開卷十大好書獎，是七年級小說家的第一人。

他約了我、高翊峰和伊格言一起在北平西來順吃酸菜白肉鍋，我們恭喜他，他謙虛說自己覺得很意外。這獎頗有歷史榮光，年輕人不容易得，雖然一毛獎金也沒有，但出版社和作家們都很重視，會當作一年工作成績的指標。我倒不覺得意外，七年級小說家裡，黃崇凱大概是最能掌握當下時代氛圍的，他的角色總率性地過著某種崩壞的人生，當中沒有任何的批判性存在，幾乎是把價值判斷抽成真空的世界。他問我對《黃色小說》有什麼批評指教嗎？我說寫得很好啊，都得大獎了，我沒資格說什麼。他聽了就罵我很虛偽，然後有些感慨地說：「從我得了第一個文學獎到現在，居然已經過了十年之久了耶。」

其實在文學這條漫漫長路上，前行巨人們如此之多，十年、二十年的時光甚短，我和他都還沒資格有類似的感慨。然而，我也知道為什麼他會這麼說，文學環境與出版市場的「崩壞」，使得像他這般傑出的年輕作家比前行者更加生存不易，能夠支撐他們持續寫作的經濟誘因越來越少（所以只好完全依賴個人的熱情與使命感？），或許您不知道，我們六年級作家出道的時候，出書預付版稅（實際印量×版稅率×定價×預付比例）雖然也少，但至少版稅率基本能有十％，還有百分之百的預付比例，等輪到他們的時代，版稅率卻很少能有十％，預付比例也僅有五成至七成。那麼，若像他一樣得到開卷十大好書獎加持，是不是就有所改觀呢？據說過去得了這獎，書上貼了得獎貼紙，再搭配全國性的推廣活動，銷量可以較未得獎前翻漲數書，最終還是得各憑本事。

很抱歉二〇一五年一開始就講這麼沉重的感想，不過這是文學人共同面臨的未來，不用說這是個共生關係，若日漸失去讀者，自然就會失去作者，相反過來也是，也正因為這樣，身為文學雜誌編輯的我們有著雙重使命：希望使作者能為讀者所眷愛，讀者能為作者所珍視，如一個小小的、別人不在乎也沒關係的文學生活共同體。那麼，今年也請作者和讀者各位，多多批評指教。

《聯合文學》雜誌部門自二〇一三年移轉至聯經出版公司之後，有的時候必須協助聯經出版的新書做專輯，這是身為同一團隊的義務，但反過來說，也是獨有的第一手權利。例如這一期，讓我們有機會開拓「紐西蘭文學」這個在臺灣相對冷門的領域。這讓我想起 308 期做同樣是曼布克獎作品《狼廳》的成功經驗，能夠把當下正受注目的外國作家第一手地介紹給臺灣讀者（雖然無法很深入），我們原本以為銷售也會相當冷門……但其實賣得還不錯，對行銷也相當有助益。封面當時想使用伊蓮諾・卡頓的照片，但效果不佳，我建議以 Jupee 的插畫元素來做，像是星座般的發光體，非常清爽好看，「封面做不出來，就用 Jupee 的插畫」常常能救我們一命。只是，在這淘洗快速的翻譯文學市場，如果不能一炮而紅或成為經典大師，即使是曼布克獎作家，在臺灣也只有少數出版的機會了。那麼，如果您是出版編輯想要與我們合作新書做專輯，請三個月前來跟我們報書喔。

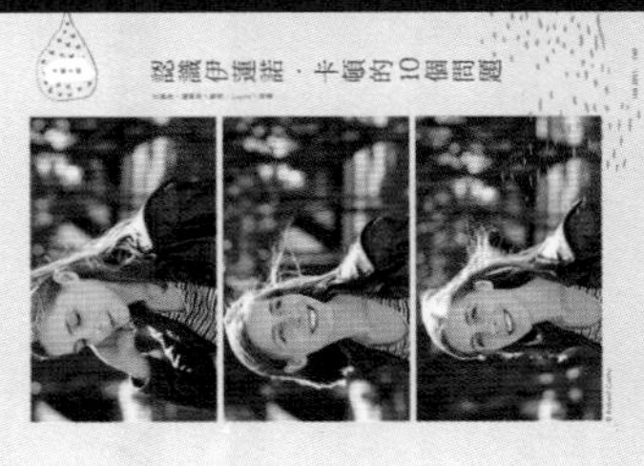

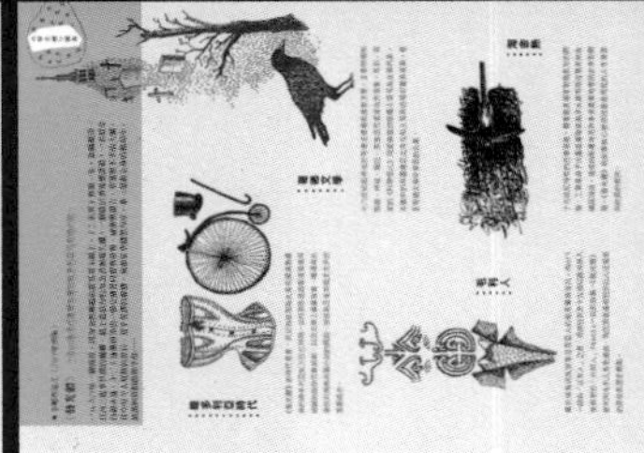

No.364

貝多芬致「不朽的愛」

凌青（一九八三—二〇一五年），再見了，謝謝妳為我們做的一切。

一般人對作家有不少刻板印象，像老是熬夜寫作白天睡覺、有點小事就會抓狂或哭泣、忽然之間可以背出一串詩詞歌賦、很喜歡送別人簽名書、沒有靈感的時候會一直抽菸或爛醉如泥。嗯……好吧，以我個人而言，確實不能撇清完全沒這些事，但我想一般人會有這種活跳印象多半來自電影電視的塑造，例如《慾望城市》裡的凱莉．布萊蕭，這位聰慧又美麗的專欄作家，總是流連在一場又一場的奢華派對，換過一個又一個才貌雙全的男人，既享受人生樂事又順便追求真愛，「哈哈哈，根本就是電視在騙人的啊，真的當作家哪有這種好事！」咳咳咳，您是不是以為我會這麼說呢？不幸的是（還是很幸運？），也偶爾會有這種好事。

在《慾望城市》電影版第一集，原本以為感情即將修成正果的凱莉，慘遭大人物逃婚，直到後來大人物幡然悔悟，抄寫圖書館借來的《偉人情書集》一封一封寄給凱莉，才總算挽回凱莉，兩人破鏡重圓。我手上這本號稱「慾望城市版」的《偉人情書集》（聯經出版，二〇一二），裡面有一封西蒙．波娃寄給美國作家納爾森．艾格林的情書，她寫道：「我心愛的人，我不知道自己可以等那麼久以後，才開口說我愛你……愛好像自始就已經存在。無論如何，那個東西現在就在這裡，就是愛，我的心好痛。」

他們兩人於一九四七年在芝加哥相遇熱戀，據說艾格林是第一個可以給波娃性高潮的男人。波娃回巴黎之後，仍常常寫情書給他，還自稱是他永遠的妻子，這聽來十分浪漫不是嗎……但是等等，那波娃的摯愛沙特此刻在幹嘛？事實上，波娃同時擁有艾格林和沙特兩個情人，一個也捨不得放手，那麼，沙特看來似乎是個無辜的受害者？並不是這樣，沙特除了波娃之外也是外遇不斷，根據《情婦史》（時報出版，二〇一五）一書所說，波娃甚至還會幫沙特出主意，分析如何勾引女人。他們兩位一邊深愛著彼此，一邊又各玩各的，終其一生似乎也沒什麼問題，當沙特死後，波娃傷心欲絕，不久過世便葬在沙特旁邊，只是手上戴著艾格林送給她的銀戒指。大作家與哲學家的情欲糾葛，真不是我們這種凡夫俗子所能了解，但是想想，萬一大人物抄了這情書給凱莉，而凱莉必然知道波娃的生平，這婚還結得下去嗎？

是這樣敢愛敢分，那臺灣作家也有這種好事嗎？咳咳咳，跟本期雜誌裡專訪的幾對神仙眷侶，以及本人絕對無關，不過，海海人生該有的風流韻事還是有一些的，恕無法在此一一公開（很遺憾，也不會在任何地方公開）。

AGENDA

特別為情人節推出的專輯，主要內容是採訪四對文壇戀人，用四種攝影的方式呈現，圖文呈現都令人驚豔，再加上介紹歷史上經典的文學情侶，是一次非常甜蜜到位的專輯。這種作法沒有什麼特別正經嚴肅的主題，只是在呈現作家愛情的切面。封面模仿了《愛是您．愛是我》的電影海報設計，就是非常有電影感，不過有些遺憾的是（但這也就是人生的真實樣貌），封面上的四對愛侶，有人已經分手各自婚嫁，有人已經過世了，就跟世上所有的愛侶最終的命運相同。今年開始有角田光代的專欄！我們真的很會邀啊！

No.365

聯合文學
UNITAS
2015.03
NO.365
過去 現在 未來
作家的幸福時光機
苦苓與情人的南方飯桌
黃麗群、紀大偉示範逛街
陳德政居家閱讀
何致和的家庭單車生活
回得去的片刻
徐霞客 盛可以 鴨長明
陳思宏 威廉・布萊克
弗朗切斯科・佩脫拉克 陳雨航
巴爾扎克 安徒生 胡晴舫
回不去的永恆
江凌青紀念特輯

編輯果明珠畢業了，祝妳與「末路小花」劇團萬事順利！

我都叫她阿發。認識她的時候，我剛大學畢業，考上研究所，她則從別家大學畢業一年了，一邊當攝影助理替人打工，一邊到處旁聽跟藝術有關的免費課程。明明是個嬌小可愛的女孩子，但是個性大剌剌的，跟她本人的名字很不搭軋，我覺得很像是鄉土劇裡會被叫阿發的角色，所以我說：「我就叫妳阿發好了。」

她花了幾秒想了想說：「嘖，你叫鬼啊。」

有一天，她翻開左手腕給我看，上面有一片割腕的舊傷痕，顏色有淺有深，長一些的像披麻皴滑過半隻手腕，短一些的，像是雨點皴密布肌膚。

「搞什麼呀！」我說。

「都是為同一個男人割的。」她說，「那時真的好痛苦喔，覺得談戀愛根本沒有幸福可言。」不過就在她如此受折磨的時刻，有個當住院醫師的學長一直在背後默默守候著，據說有次她割腕之後打電話給學長，學長立刻衝到她租的小房間，抱著她痛哭：「為什麼妳不願意跟我在一起？我絕對不會這樣傷害妳。」我見過這位學長，是個瘦瘦高高、像爵士薩克斯風手Dexter Gordon一般緩慢堅毅的男人。阿發也帶學長回去見爸媽，學長是個孤兒，於是把阿發爸媽當成自己爸媽一樣孝順。後來，阿發去洛杉磯唸攝影學校，沒幾個月就把學長給甩了，在那邊猛交男朋友。學長約我吃飯，一直哭哭啼啼：「阿發是不是不要我了？她都不回信不回電話，她是不是不回來了……」我也沒辦法啊，只能幫他寄一箱零食和乾燥金針花給阿發。

過了兩年，阿發忽然寫信給我說她要結婚了，居然是嫁給一個才在交友網站上認識一個月的生化科技工程師，信中附了照片是個白皙皙的洋人，年紀還比阿發小幾歲。富有藝術氣息的小型婚禮在洛杉磯舉辦了，我當然沒去，回臺灣補請朋友，也沒發帖子給我，聽她說宴客當天還跟爸媽吵了一架，隔天就飛回美國。

這十多年間，我沒怎麼跟阿發聯絡，她在美國和臺灣之間來來回回，一次也沒找過我。上個月回來，總算約我見面，臉稍微有點變形，原來的個性沒什麼改變，照樣沒帶腦子地說我怎麼混成這樣，為什麼不去劍橋大學唸博士一類的。五年前，她已經跟生化科技工程師離婚，現在跟一個洋人會計師在一起，自己在華人社區教美術，兩人沒結婚，以後不知道會不會結，不過倒是先生了一個小男孩。我們聊天的時候，三歲小男孩靜靜坐在一旁，抱著一大冊彩色繪本看，阿發三不五時就用手指頭戳他的臉，他理都不理。她一伸手，還可以清楚看見那片斑斕的舊傷痕。

托爾斯泰的《安娜．卡列妮娜》開場白寫了：「幸福的家庭都是相似的，不幸的家庭各有各的不幸。」這段句子讀來深富文學性的感傷和譬喻，像是總括地說明了這世間運行的一切，但我卻不曉得，該把阿發的人生放在句子的哪一個部分。

《99個幸福時刻》新書選摘

明朝文人旅行家

徐霞客

天台山

雨後新霽

No.366

專欄 角田光代·鄧小樺·童偉格·黃湯姆 當月作家 袁瓊瓊 名家別冊 湖南蟲散文〈五十音聯想〉
聯合文學
東京
宮部美幸
石田衣良
向田邦子
川端康成
村上春樹
三島由紀夫
芥川龍之介
夏目漱石
UNITAS
2015.04
No.366
佐藤春夫
太宰治
東京文学旅行計画
古本書店訪問
文学紀念館散策
台灣作家の東京漫歩

歡迎新任編輯江子逸先生來和我們一起工作！

早上七點多，我和太太站在東京車站附近的飯店門口，打算找一家可以吃早餐的咖啡館。路上的男人幾乎都穿著黑西裝與黑色長版外套，提著公事包行色倉促地趕路。雖然不關我的事，但忽然覺得非常煩，好像我也得去上班似的，尤其是後來吃了一頓難吃的連鎖咖啡館早餐。

前幾日在東京大學參加臺日作家東京會議，東道主是藤井省三老師主持的東大中國文學研究室，除了白先勇老師的特別講座之外，兩邊作家都是三、四十歲的年輕人，見到了楊逸、溫又柔、中島京子、星野智幸等等，不是什麼嚴肅會議，只是雙方發表作品，談談對彼此的感想。不過，有個不太妙的開始，第一天，載我們的巴士一進校園後便鬼打牆地繞來繞去，找不著要住的山上會館，到了晚上十點多才找到，一下車，一群餓得要命的年輕作家立刻衝出赤門，擠進LAWSON買宵夜。隔天，藤井老師請我們在一家叫「金魚坂」的餐廳吃飯，離赤門不遠的小巷子裡，外面有一方專門賣金魚的庭園，一池一池的金魚和水草，噗噗噗的水泡聲。

早餐後去了下北澤，我鑽進一家二手CD店，捨不得走。我對下北澤的想像，多半是從介紹雜貨的雜誌讀來的，還有就是吉本芭娜娜寫的《喂！喂！下北澤》，是一個很有人情味的小地方，可以療癒被老公和爸爸傷害的破碎心靈，因此寧願不住舒適的豪宅，母女兩個人擠在一小間房間過日子。

我們花了很長時間找「自由之丘」蛋糕店，一直在住宅區內走來走去，披掛著一整排彩色襪子的露台和白靜的兩層樓房子。找到了，但是沒有位子坐，戶外兩張小桌子給一家子臺灣觀光客占了，大女兒拿地圖問我某處要怎麼走，他們走了就把位子讓給我們坐。蛋糕精緻好吃，那時候已經是黃昏了，長長緩緩起伏的街上，有一台小廂型車在迴轉。

離開之後我們去銀座，整條街都亮晶晶的，說到銀座一定會想到吉行淳之介和酒家，很遺憾我沒法去任何一家，只逛了伊東屋文具店，然後去日本最古老的啤酒屋 GINZA LION 吃烤物、喝啤酒。不過癮，往小巷子去，找了一家關東煮小店，又吃了一頓，配一壺燙清酒。邊喝的時候，我想起跟吉行淳之介一樣，同樣擅長流連風月場所的永井荷風，他喜歡在淺草散步，喜歡去巷子裡的樂屋、遊廓，老照片裡可以看見，他摟著幾位裸體的脫衣舞孃或藝妓心滿意足的樣子，這種作家日常好像也不錯。前一天才去了淺草，吃了東京最古老的天婦羅店，三定。至於類似永井荷風與女人纏綿的地方，很遺憾也是一個都沒去。

結果好像比較在意吃的事情，算了。到東京旅行有各種方式，哪種都行，但若能有一點點文學的話，不用很在意，有一點點就好了。不妨有一點點。

將文學與城市旅行結合起來做一個專輯，是我們日漸成熟的拿手好戲，尤其能夠和當地的作家與特派員合作，做出具有文學地景臨場感的企劃，是臺灣文學刊物少做的，而我們是從日本文化、生活、旅行類的刊物學來的。本次專輯集合了最著名的東京作家，並且與東京各行政區結合起來，充滿在地感，雖然無法深入探索東京的文學史，但可以廣泛輕鬆掃瞄東京文學歷史、作家、地景、藝文與閱讀，增加旅行樂趣是我們的目的（可惜，過於粗糙小氣的文學地圖是敗筆）。本期非常暢銷，除內容豐富之外，封面決定了一切，這個大受歡迎，既直覺又色彩絕美，表現力超強的封面（感謝Jupee的插畫），直到現在仍是《聯合文學》的最佳封面之一。這是在半夜忽然之間，由編輯葉佳怡、崔舜華和視覺設計陳怡絜做出來的，在此之前，她們一直以我僵固的文化生活類雜誌封面的想法與美感在做，但我那模仿的姿態實在拙劣。當時，束手無策的我，看著她們做出這個封面原稿的瞬間，真的像天啟似地，覺得天使降臨了。

No.367

紅樓夢

——2015遊園指南——

賞人　王熙鳳 賈寶玉 林黛玉 劉姥姥 史湘雲 秦可卿等25位

觀景　正園門 怡紅院 瀟湘館 秋爽齋 稻香村 櫳翠庵 暖香塢 藕香榭 蘅蕪苑

嚐鮮　涼拌菜和奶子糖梗米粥 燉雞蛋和火腿燉芽菜 茄鯗

問學　楊小濱 楊佳嫻 黃麗群 張怡微 李桐豪 朱嘉雯 歐麗娟 汪順平

二〇一五全國巡迴文藝營正式開跑了，在宜蘭!!

我沒讀完《紅樓夢》，不過這沒什麼了不起的，我沒讀完的書本來就有一大堆，《尤利西斯》、《追憶似水年華》、《戰爭與和平》……這些買歸買了，一口氣擺在書架上很壯觀，也都沒讀完，甚至連金庸全集我還漏掉《飛狐外傳》沒讀。別的書沒讀完不知道會怎麼樣，但是沒讀完《紅樓夢》就好像羞恥於跟人家說自己是喜歡文學的人，因為那可是中國文學四大名著之《紅樓夢》啊（其他三本倒是讀完了，也打了好幾代的改編電玩，人物劇情熟得很）。

一直自欺欺人下去也不是辦法，多少得做點彌補的工作，所以我連去義大利蜜月旅行，都把《紅樓夢》電子書下載到手機裡，坐長途火車過夜時，一邊在臥舖上喝當地啤酒，一邊趁太太睡著了偷偷拿出來讀，說來奇怪，居然氣氛很合地讀掉大半。雖然如此，長久以來，我仍像懷抱著一個巨大的謊言，假裝這個也讀過那個也讀過的樣子過日子，害怕有一天有人會跑到我的面前，猛力地指謫我說：「你們看，就是他，說自己很愛文學，卻沒讀完《紅樓夢》！」我一定會無話可說，我也認為應該要好好讀完《紅樓夢》才對啊，然後就崩潰了一類的。

直到幾年前的某天，我讀到了楊照老師寫的〈竟然至今未曾讀完《紅樓夢》〉文，文章一開頭就寫：「人生畢竟有些事，是沒什麼道理的，例如，我至今未曾讀完過《紅樓夢》。不只沒讀完，而且讀過的段落遠少過還沒讀過的，更麻煩的，很難解釋為什麼會這樣。」真是不敢置信，即使像他那樣學識淵博的人也沒能讀完《紅樓夢》？而且本人就這樣說出來真的沒關係嗎？我忽然之間有種「The truth set me free」的感覺。當然，楊照老師沒花在讀完《紅樓夢》的時間、精力，必定都拿去讀別的書了，所以大方承認未竟之處無傷大雅，至於我自己則只是純粹疏懶罷了，不能跟他相比，不過若要為自己找個藉口，其實也可偷點同篇文章的說法來使，和楊照老師一樣，我早早迷上了當代文學作品，各類型的中西方小說、臺灣現代詩等等，喜歡讀的、想要寫的，都與《紅樓夢》的情調、價值觀、敘事方式相去甚遠，自然很難逼自己讀得更多，走得更遠了。

「如此一錯過，之後三十多年，竟然也都沒有出現讓我非得好好讀完《紅樓夢》的充分、強烈理由，於是持續錯過，直到今天。」這篇幾年前的文章結尾這麼寫道，不知道楊照老師後來是否找到理由把《紅樓夢》讀完了？也不知道您是否讀過呢？總之就我個人來說，打算以這次的專輯為出發點，再好好地讀讀看。先別管那些紅學考證辨論和無窮無盡的象徵譬喻，把自己當作對《紅樓夢》一無所知，只想走馬看花的主題樂園式觀光客也無妨，讓我們一起輕輕鬆鬆參加一次大觀園一日遊園行程，暢快體驗和《紅樓夢》的互動樂趣吧！

AGENDA

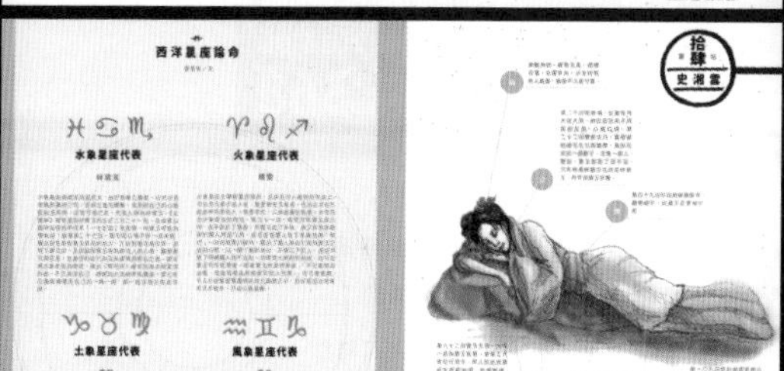

這一期永遠會是我認為《聯合文學》最重要的代表作，是由擅長古典主題的執編江柏學完成的。本期標誌著《聯合文學》放大開本，並且改為全彩製作之後，可以將文學雜誌的可能性推到甚麼樣的驚人程度，從封面到內頁設計完成度極高。首先，我們嘗試古典題材，再將這個古典題材做得時尚感十足，封面使用了專業模特兒，於臺北捷運內拍照（這在文學刊物非常少見）。其次，我們發揮高度創意與編輯技術，將整本小說改造成一個遊樂園般，使讀者能在遊戲、美食（作家親自下廚）、地景、座談、八卦消息、星座、名人街訪、專業文章、圖表分析、漫畫裡等各個面向理解《紅樓夢》，而不是讀一本無聊的論文集。這一次，《聯合文學》告訴讀者：「你們想要看到的，我們都做得到。」也告訴競媒：「你們想像不到的，我們都做得到。」如您所知，這一期是完全暢銷的一期，已經絕版了。

No.368

甘耀明
與他的花蓮魔幻
穿越四十二萬字愛情小說《邦查女孩》

花蓮文學地景漫步

摩里沙卡部落
森榮國小
林田山林業文物館
木瓜溪
奇萊南峰
曙光橋
七星潭

《邦查女孩》精讀

陳明柔
陳榮彬
劉智濬
方梓
巴代
朱宥勳

作家讀書　鍾文音
八月，全國巡迴文藝營在宜蘭。

報名二〇一五全國巡迴文藝營就有機會獲得《聯合文學》新刊六期！

甘耀明是臺灣當下仍然寫作小說的所有作家裡，最好的幾位之一。在我們這一世代最傑出的幾個小說家裡，當然各有優點是超過耀明的：比方說童偉格廣泛的詩意與抽象性、伊格言的理解力與面向現實的衝擊、黃麗群對人世輕巧犀利的嘲弄、劉梓潔細緻的情感蘊釀、高翊峰極度緊張的荒謬性等等，在這些領域裡，耀明可能無法寫得比他們更出色，但耀明的小說（特別是長篇小說）擁有壓倒性的、像是橫掃大草原的強風與雲朵一般開闊的說故事力量，既強悍又溫柔，既豐富又有趣（跟他本人很類似），輕輕鬆鬆地反駁了六年級世代受到較多嚴肅注目之前，常被前輩作家提出「年輕作家只會喃喃自語，寫自己肚臍眼的事情」如此的指責。

甘耀明成為一位頂尖小說家的歷程，可以作為六年級世代崛起最鮮明的標誌。在二〇〇〇至二〇一〇年這段期間，包圍這文學圈子的風暴無疑是上世代的駱以軍與袁哲生，新人小說創作者所備受影響的，要不是繁複接枝的駱腔，不然就是袁哲生直白的新寫實，若不能從這一繁一簡的敘事風暴中脫身而出，便不可能有形成一個新世代風格的機會。耀明早期被出版社的行銷文案用「千面寫手」定位，但這並不是什麼好評語，他年輕時代的作品，風貌多樣但其實可觀處不多，就是「很會寫」而已，同樣屬於「很會寫」這個等級的創作者不少，他之所以出類拔萃，就是「下一本書忽然」發出「一種」獨特且成熟的聲調（二〇〇五年的《水鬼學校和失去媽媽的水獺》），只他一家別無分號，並且是六年級世代最早有這般成就的一位，跟過去袁哲生和駱以軍轉瞬間一口氣攻破前世代的風格一樣，絕無畏懼與羞澀，也絲毫沒有對巨大的前輩讓步之處。對我來說，他們同屬於創造時勢的英雄人物，他們所獲得的成就不只是屬於自己的成就，他們還使自己的那一個世代任何執筆弄墨的作家，都認為自己足以跟其他任何世代抗衡。

甫出版四十餘萬字小說《邦查女孩》的甘耀明不僅是六年級的，也是當代臺灣文學的典範之一，但是別誤會了，（如果世代論這件事是可以被討論的）一個世代的崛起絕對不是一個人的功勞，也不是光靠一種聲調便足夠，必定是一批同世代的作家都寫出了相同等級強度，卻面貌各殊的作品才足以構成穩固基礎，如上述我所提到或未能一一列舉的傑出小說家們。而現在是二〇一五年了，已經輪到更年輕的七年級小說家崛起的時刻，像是黃崇凱、葉佳怡、神小風、朱宥勳、陳又津、陳栢青、林佑軒等人，真是令人期待，不知道會發展出什麼樣的獨特聲調與最佳作品，使得文學圈子感到撼動，逼迫所有人正視又一個世代的文學新典範的成形。

為了甘耀明的新書《邦查女孩》所做的專輯，隨作者踏查小說景點是我們全采大開本後的標準作法，加上和陳明柔老師的對談與其他作家的讀書會。從我接手《聯合文學》以來，耀明上了三次封面！應該是我最偏愛的作家了吧。這段時間，我們有個新單元叫「作家讀書」，每期訪問一位作家談讀書經驗（搭配插畫），相當典雅正統的單元。

No.369

專欄 角田光代・鄧小樺・童偉格・黃湯姆 當月作家 許榮哲 名家別冊 李永平小說《朱鴒書》選讀
聯合文學
對談
陳雪×楊凱麟
導讀
紀大偉
評論
楊凱麟＋潘怡帆
先睹
《摩天大樓》選摘
生活
陳雪的五種家常時光
8/1～8/3
全國巡迴文藝營在宜蘭
最新！上海－台北兩岸文學營招生
陳雪的城市迷境
作家日常與最新小說《摩天大樓》
UNITAS
2015.07
No.369

上海－臺北兩岸文學營！童偉格、劉梓潔陪您逛上海書展。

四十年前，爸爸買的第一間房子，是蓋來賣給公教人員的四樓公寓的二樓，在高雄一處荒涼郊區。我住的那一棟前後十六戶人家，大概都知道每一家是住什麼樣的人，做什麼工作、有多少成員，何時娶媳婦嫁女兒都掌握的相當清楚。朋友會直接在樓下叫我的名字，要我下去玩，中秋節時跟隔壁棟公寓小孩用沖天炮互射，一隻三色野貓則會沿著樓梯、鐵窗爬上陽台，把我家吊在外面三個鳥籠裡的鳥，大約五隻，全部用爪子割裂殺死。

貓抓死鳥沒什麼了不起的，三樓的狹窄陽台養了一隻比人還高大的大麥町，但才養一個星期而已，某天主人早晨起來一看，喉嚨一道貓爪痕，血流滿了陽台地板，大麥町已經死的僵硬了。那家小孩是我練習跆拳道的朋友，家裡曾經相當有錢，爸爸生意失敗之後不得已搬到這裡來，據說媽媽有段時間拋下家庭去日本「做代誌」，當鄰居說起「聽說伊去日本做代誌」時，總是壓低了聲音，好像怕早就知道其實是怎麼回事的人又知道一次。他們家空空如也，客廳只有一組紫褐色的古董木家具，地板跟所有人家一樣是綠白色塑膠貼皮。他媽媽是個清秀嬌小的女人，有次切了盤哈密瓜給我吃，好像很高興兒子有我這個朋友，卻又不好意思跟我說話，可能因為我是非常有名的好學生，而我那朋友其實是個小混混，打躲避球和打架的身手都很了得，附近小孩常常被他扁得慘兮兮的，不知道為什麼對我特別好。

現在想起來，那隻大麥町好像是他家的象徵，看起來那麼強壯氣派，卻得委屈於狹小不得志的偏遠之地，而且事實上極為脆弱，只要一道貓爪痕便足以致命。我實在搞不懂為什麼一個空空如也、已經沒有金錢沒有權勢，甚至都快沒有家人的家庭，要忽然養一隻不合時宜的大麥町，然後又巨大悽慘地死去？當時只是在念小學四年級的我，沒辦法問出這樣的問題，我只問了朋友說：「狗半夜沒有叫嗎？」

「我只有聽到嗚嗚的聲音而已。」他說。過了幾個月，念小學六年級的朋友一家便搬離公寓，不知去向。當然那時候還沒有專門當作住家的電梯大樓，我心中也沒有那樣的觀念存在，後來我們家搬到一棟電梯大樓，但我已來臺北求學工作，而在這二十幾年間，只有最近四年是住在大樓，逐漸明白類似大樓的空間設計、動線規劃與運作模式，如何將人們切隔成一戶一戶獨立如太空艙般的生活，例如僅僅樓上樓下的距離，卻彼此不願意登門拜訪，而盡可能透過管理委員會、警衛、總幹事和對講機來溝通，就像太空艙得依賴ＮＡＳＡ控制中心才能與地球聯絡一樣。

很奇妙的，我讀陳雪的《摩天大樓》時一直想起《星際效應》這部電影，那些操作太空艙在廣漠宇宙裡四散發射、飄浮、降落、搜尋美好未來的太空人，彷彿是勇於孤獨前進的新人類，但最終仍得回到一種舊式的情懷——「想要與你相遇相知」，即便要花掉幾十年時間等待只得到一場短短會面，即便對方是活在五次元空間的人類，即便要讓自己陷入傳統人情世故，千瘡百孔，無法重來。

一個小型的單一作家專輯，結構上也很簡單，不過攝影方面花了很多心思去表現摩天大樓不合時宜的摩登感，我們設法讓陳雪能身處在這樣的情境裡，但整體來說只是差強人意，沒有呈現出原本設定的小說場景感覺。最好的部分是拍攝採訪陳雪與早餐人的家常時光，恬靜自然，她們兩人的家書對談，也非常動人。

No.370

『沒有不好寫的題目，只有不好好寫的傢伙！』
史上首次，頂尖作家親自執筆，
教您如何把無趣難纏的命題作文，寫成精彩動人的文學篇章。

阿公是我摸過的第一個死人。

他躺在棺材裡，在路口靈堂的後面，那一年我升上國中二年級，正發現自己有長大的感覺。不只是身體拉高了，個性變得比以前無所謂，不再像隻悽惶小獸，真正脫離了整天想討人開心的國小學生階段，而是個能自己決定喜歡什麼、不喜歡什麼的大人了。

他的臉擦了一層粉，或許也塗上一點唇膏，帶了一點粉紅色調，但整個臉是塌下去的，像是蓋了一張春捲的麵皮，周圍沒有支撐，稍稍地往外擴大，雖然我很少見到他，但看著這張整理過的臉，實在感到很陌生，一點也不像那個偶爾來探訪我們，永遠只會帶著一包可口奶酥的阿公。他一個人住在臺東的長濱鄉，開著一間小小的鄉下診所，多半沒事的時候都一直在彈吉他。

爸爸走過來，要我摸摸他的腳和頭，我不知道為什麼要這樣做，不過還是照摸了，什麼都冰冰涼涼的，腳也是，頭也是。那天，我記得自己一滴眼淚都沒流，坦白說也搞不清楚有沒有捨不得，摸阿公的時候，也沒有害怕，只是感到微微的困惑而已，好像那冰涼是無法預期的，但那應該是可以預期的其實，或是原本以為會有什麼不同才對，就是沒人跟我說過：「別擔心，那就是一般極其普通的冰涼，跟所有的冰涼都一樣。」

或許是我的心思沒放在這裡的關係，我剛當選全校模範生，穿著白皙挺直的新制服和藍短褲上台領獎，卻不幸地穿錯了襪子，媽媽也沒有提醒我，全校同學都看到我穿著像小丑似一高一低的白襪，假裝一臉正經嚴肅地在升旗台上發表獲選感言。那一整天，我都在心裡猜想，因為這一高一低的白襪，同學們會不會覺得我不符合當模範生的資格呢？

阿公過世之前，我的外公外媽都已經先去了，阿公過世之後，則先是阿媽家裡的兩隻狗，一隻叫茉莉的杜賓犬，一隻叫露露的雜種狗接連死掉，然後是一位賣烏魚子的表叔、一位當拆船工的叔叔，不久輪到阿媽和一位我敬愛的小說家，稍微停了幾年之後，老是裝出一幅兇巴巴模樣的大姨也走了，但我不再有其他摸過已逝去的誰的身體，所以我沒有足夠經驗去描述那樣的冰涼，結果讓那微微的困惑一直殘留在心裡。

可想而知，往後將有更多我愛的人會陸續死掉，我一定會再有摸到誰的機會，這一次或者未來很多次，我發誓不要有那種微微的困惑了，我要確實地撫摸那已逝去的親愛的誰的臉和手，充滿大量遺憾和眼淚地向他們告別，然後就如同馬奎斯在《百年孤寂》一開頭寫的那般：「許多年後，當邦迪亞上校面對行刑槍隊時，他便會想起他父親帶他去找冰塊的那個遙遠的下午」。想起那觸摸阿公的冰涼記憶。

相當受歡迎的一期，我想當年一定有許多高中職讀者或老師買回去參考。我們邀請了專門教作文的老師來做教學指導，這方面可能有些參考價值，但是找了作家來寫基測學測的作文題目，是否會對廣大學子有什麼幫助呢……呃，坦白說我自己都有點懷疑，不過這樣的設定不是很有趣嗎？把那些看起來就是很正經無聊的題目寫得很有趣，寫得非常文學有點偏，正是我們這些作家應該發揮的功能，雖然有可能沒辦法讓大家作文拿高分就是了，希望當年沒害誰因此落榜。至於「刺客聶隱娘特輯」能夠訪問到侯孝賢和謝海盟，也算是趕上當時的熱門話題。本期的當月作家是已過世的李永平老師。另外，這個月我們同時推出主題特刊《作家的國文課》。主題特刊的目的在於針對一重要或時效性主題，以一本刊物完整地做 mook 式的呈現，是獨立以書籍形式發行，前一年則是做了《瑪格麗特．莒哈絲》特刊。我的想像是類似《太陽》別冊那樣的文學畫刊，不定時發行，也認為這兩次特刊都是內容扎實而且美麗，但考量編輯工作負擔太重，銷售也未能符合預期，因此沒有繼續做下去。不過，並不排除某天捲土重來。

No.371

專欄 角田光代・鄧小樺・董偉格・黃湯姆　當月作家 李維菁　名家別冊 林達陽全新散文《青春瑣事之樹》
聯合文學
特輯 二〇一五年直木賞得主
東山彰良
紀念那徹底愛過的時代
羅曼史小說大全集
西洋羅曼史源流+台灣羅曼史發展
ㄅ到ㄦ羅曼史必備知識+20位羅曼史名家
台灣羅曼史年表+最佳羅曼史電影
羅曼史聚焦談心
典心×沈韋×宋雨桐
達人專訪
插畫大師 平凡&陳淑芬
讀書會主持人 鈕釦
出版觀察家 貓眼娜娜
越界挑戰
羅曼史經典製造十大公式
創作練習 林黛嫚+劉梓潔+陳又津+羅浥薇薇+沈意卿
371

「謝謝你編了這麼棒的雜誌。」被兩位高中女生鼓勵了。

已經有好多年了，無論接受誰的訪問，若有人問道：「你最想做的專輯，卻一直沒做的，是哪一個呢？」我必定回答：「羅曼史小說。」

我在二〇〇五年出版的《百日不斷電》這本合集裡，寫過我對羅曼史小說的感想：「如果把文學圈子當作弱肉強食的侏儸紀公園，那麼網路小說就是新生當紅，很能適應環境變化的哺乳類，至於曾經長期統治這世界的『羅曼史小說』，則是根基穩固、依舊橫行霸道的恐龍家族……言情小說的恐龍們還是在租書店和傳統小書店繼續肆虐十幾歲的少女、檳榔西施和廣大的ＯＬ們。」我這口氣也許太過戲謔，以至於某本研究「九〇年代商業羅曼史小說」的碩士論文引了這段話，指我不友善地批評了羅曼史小說，但是天地良心，我並沒有這個意思。

事實上，我在同篇文章舉了席絹為例，以她的小說成就來說明臺灣羅曼史小說的革命性、銷售量與影響力深遠，並非忽然竄紅的網路小說能夠比擬，我所說的「恐龍」指的是在當時閱讀環境裡，羅曼史小說是最有主宰性的草根力量，無人能夠抗衡。但人家罵的也沒錯，我終究流露出某些刻板與傲慢的偏見，粗糙地列舉「十幾歲的少女、檳榔西施和廣大的ＯＬ們」作為讀者的樣貌。

儘管我從來不是羅曼史小說或言情小說的熱烈讀者，但正因為如此，我對這文學的另一個世界充滿好奇，總是詢問周遭朋友是否了解羅曼史小說，出乎意料之外的，許多我以為的純文學作家與讀者，常常是羅曼史小說的擁護者，或者至少過去有一段很長的時間，總是抱著這樣的小說渡過漫長無聊的生活。所以我反省了過去輕率的態度，並且衷心感到若有機會的話，我一定要做一次內行的羅曼史小說專輯，徹底搞清楚另一個世界是如何神秘又如此迷人。

至於「二〇一五年直木賞得主東山彰良」特輯，則又是截然不同的世界。直木賞一年兩期，是日本文壇頒給通俗文學出版品的年度最高榮譽，東山彰良今年以跨越中、日、臺三國的家族史故事《流》，拿下了上半期的第一五三回直木賞。向來被認定是純文學雜誌的我們，並非沒針對通俗文學作家做過大幅報導，例如二〇一〇年３０３期，我們便破天荒地做了丹．布朗《失落的符號》專輯。

不過這次意義更重大的是，東山彰良是繼邱永漢、陳舜臣之後，第三位獲得此獎的臺籍作家，因此也引發了臺灣眾多出版社高價競逐《流》的版權。我們的出發點很簡單，雖然我們曾在二〇一〇年３０７期做過《翻越大和國境》專輯，探討「非母語」作家如何在日本文壇取得文學地位，當中也訪問了首位すばる文學賞的臺裔作家溫又柔，這次我們要更貼近文學歷史的第一現場，直接反映新聞熱潮，更深入地理解一個臺籍作家如何在日本成長、蛻變並取得世俗性的成功。

雖然類型並不相同，但這一個專輯一個特輯所一致指向的通俗文學成就之外，其各自擁有獨特的世界觀是我們想一次呈現的，希望這能稍稍協助熱愛純文學的讀者，眺望更遼闊多樣的文學視野。

純文學雜誌以一整個專輯做「羅曼史小說」大概是史無前例的事，不僅讀者感到驚奇，就連受訪的羅曼史小說家們也覺得非常震驚，我們居然要採訪他們，甚至有人謙稱自己「只是小說作者，不是作家。」而推辭了訪問。因為能做這主題的機會不多，所以就以「大全集」的方式包山包海地做，這一期是聯文十年來大暢銷的前幾名，但可想而知一定有讓人不滿意的地方，尤其是臺灣羅曼史十大名家與必讀作品的名單，引發了大筆戰（每一次做類型文學都這樣）。最得意的是，我們邀請了平凡和陳淑芬為封面畫插畫，一句話也不用說的，就能直接跳回那個最令人悸動的羅曼史時代，這讓視覺設計的工作變得很簡單。臨時增加的特輯是「東山彰良」，完全靠了當時人在東京的謝惠貞老師緊急為我們組稿與專訪，每個編輯都需要這樣的好朋友啊！本期的當月作家是已過世的李維菁。

No.372

當月作家 張曼娟
聯合文學
高雄
緩慢的，
到處亂走的
在地生活與文學
3條作家主題路線
7篇青春懷鄉紀事
13款高雄限定文藝腔口
UNITAS
2015.10
No.372

恭喜美術編輯陳怡絜入選 PRISMA 人權攝影展參展！

不只一次，讀者問我住在旗后或哈瑪星的哪裡，我說我不住在那裡，他們便會不死心地問，那我是何時搬走的呢？他們會這樣問，當然是因為讀過了我寫的《複島》和《濱線女兒》，前者是爸爸的故事，後者是媽媽的故事，很遺憾，雖然寫了這兩本小說，我卻從未長住旗后和哈瑪星。我在高雄縣五甲長到五歲，然後搬到高雄市前鎮草衙，高中畢業便到臺北念書工作至今，家裡後來搬到鳳山，除了回鄉當兵的兩年，我已殊少在家。

爸爸和媽媽幼時分別從屏東潮州和高雄苓仔寮搬到這兩地，不用說，他們起初並不知道彼此的存在，但他們曾經共同在繁華過的街區長大，讀同一間國小，或許都坐過哨船頭的舢板。在高雄熱鬧市區逐漸往內陸移動的過程裡，這兩地是向內崩毀而日漸被拋棄的，以至於如今得依賴觀光事業與懷舊氛圍來過日子。對他們兩人來說，這兩地的過去那邊或許是熟悉的，不過若要他們一一從現在這邊指認，卻總是充滿挫折。

小時我常隨著他們往返兩地，有時從前鎮到中洲仔，有時候從哈瑪星到旗后，不知坐過多少次渡輪去探望仍留在原地的親人。即使是這麼淺短的記憶，三十餘年之間，連我都感覺到這兩地變得（我不知道是好是壞）越來越像某些地方，你可以在任何地方，裝上一個空殼子便成為那個樣子的地方。

有時候，我會懷念以前沙子與海風的荒涼、魚貨腥臭味一類的，後來我便說服自己，那些只是幻覺而已，何況沒有人喜歡這種幻覺。我想起某一年，我久違地站在被海風、沙塵與潮浪侵蝕毀壞一度美好的旗津海岸公園當中，看著那些破爛的木造步道、圍欄、淘空的地基、鋼筋外露的水泥雕飾與荒廢的景觀小屋，心裡有些竊喜，我自暴自棄的幻覺論終究要重新統治這個世界，但很遺憾這事並沒有發生，更新更好的建設再度覆蓋了一切。

我本來以為是這樣的，那些過去的、類似的城鎮幻覺從不曾被好好珍惜、記憶與轉述，因為人們總急於擺脫不合時宜的事物，並且在乎如何與他人合群一致，適合生存。然而在這次專輯裡，我們舉辦了一次高雄作家的座談，五年級以降的寫作同儕們紛紛說起了，他們於高雄的某一村鎮角落，曾經生活或目擊過的種種，像是使一整座山崖為之降雪的白鷺絲群，或穿梭現代車陣中，自石板巷弄浮出的遠古牛車，幾乎與如今可見的事物無法聯想，而這不過是二、三十年之間而已，彷若此地曾歷經大規模製造的幻覺，結果被拆光重建成真實市街的災難，即使現在是那麼真實，甚至比過去的「真實」還要真實，仍舊令人感到困惑，所謂的「高雄」究竟是如何存在的呢？

不知道。或許是身為高雄作家的我們，寫得還不夠多的緣故。或許寫得夠多了，真實的高雄就會存在了。

為我的家鄉而做的專輯，並沒有特別的切入點，文學結合散步的主題路線形式是我們熟悉使用的編輯策略，再加上高雄作家們的懷鄉文章與座談構成。這次的文學年表還是太過簡略，只是清晰易讀而已。封面的色彩與布局我非常喜歡，主要是表現夏夏與他可愛的黃傘。她身旁是手指夾著菸的執行編輯崔舜華，在徵得她的同意之後，將主標高雄放在她身上，看看兩人的表情，一個拿傘一個穿雨衣，一個文靜害羞一個煙視媚行，有種莫名的惡趣味……對不起!!!

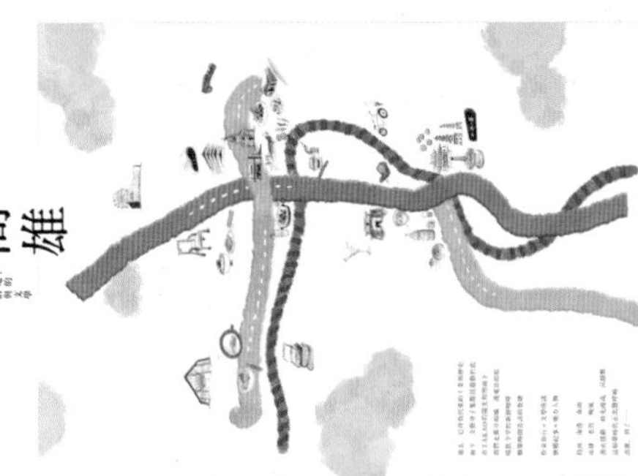

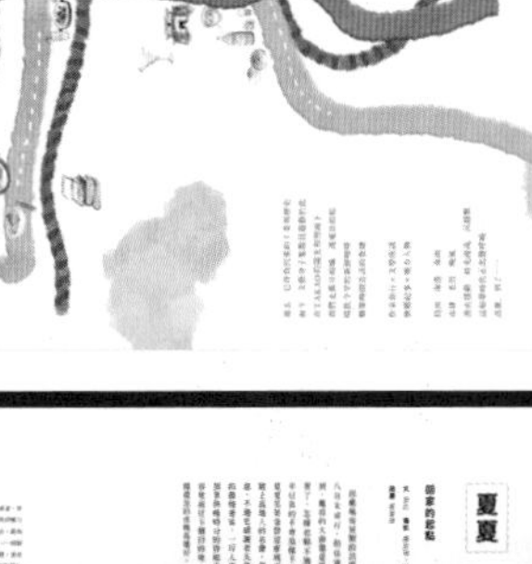

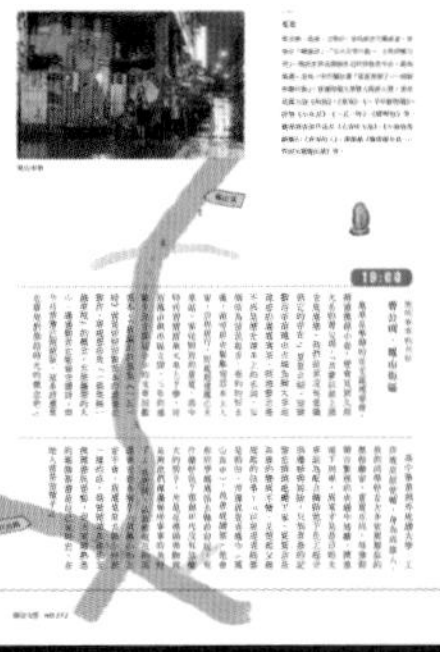

No.373

聯合文學
谷崎其人、其作、其事
古都行跡：人形町、倚松庵、法然院、記念館
經典短篇〈刺青〉刊登、導讀
桐野夏生談谷崎、粉絲專訪、同代文人
谷崎潤一郎
如雪般絢爛的虐待狂
UNITAS
2015.11
NO.373

十一月十二日—十一月二十二日全國巡迴書展到臺中文化創意產業園區了！

今年是六月下旬去的京都，第二天見到原本不認識的吳若彤小姐，她是京都大學博士生，上期為我們採訪直木賞得主東山彰良的母親張桐生女士，這一期也幫我們寫了稿子。在一間小巷的居酒屋裡，她看了看在我的手機上用 evernote 精密規劃，搭配國際漫遊可隨時更新路徑、時間、出發地與抵達地等交通資料的行程，像是這樣（底線標示處，表示可以點進去連接至 google map 或店家網頁）：

09：00 和式早餐居様 IZAMA 地圖
10：30 從南禪寺走哲學之道到法然院交通
12：30 午餐法然院旁的淨土寺隱藏名店京湯どうふ喜さ起地圖
13：39 甜點甘味處銀閣寺きみ家地圖
14：00 出發往あじき路地交通

她提醒我漏寫了一件事：走哲學之道去法然院時，別忘了順便探訪谷崎潤一郎的墓地。結帳之後，老闆好奇地問我們是哪裡來的？怎麼會知道他們這家店？「很少有觀光客來呢」。他說。

我坐巴士到南禪寺下車，先去參觀南禪寺一會兒，拍了照，然後便開始走哲學之道，往法然院走去。或許是淡季又遠離銀閣寺的關係，觀光客很少，偶爾對面走過來幾個金髮碧眼的洋妞。這時節既沒有櫻花也無楓葉，倒是有紫陽花一叢一叢地隨處開著，遇上一對日本新婚夫妻襯著那花拍婚紗照。路旁一台廢棄的觀光馬車上有幾隻貓窩在一起，是有人餵著的，乾乾淨淨曬太陽睡覺，忽然想起那下雨怎麼辦呢？上頭沒有可遮的頂棚，而同樣會被雨淋濕的還有一整排石頭地藏菩薩，高高矮矮的，有些精神抖擻，有些面目模糊，像是一群被叫來走廊集合的小學生似的。

走到法然院參道時，我早就將吳若彤交代的谷崎潤一郎的事情給忘了，他的墓地，寫著空與寂的兩塊石頭，就在參道旁的公共墓地深處，但我只是走過去而已，心裡想：「啊，這裡有一片墓地。」如此而已，然後就跟一般觀光客一樣，進了山門，在裡頭走來走去，同樣的既無櫻花也無楓葉，我在一棟建築物外的小角，發現了一個書架，上面堆滿筆記本和素描本，我抽了一本看，封面寫著「詩の展覽會 2006 深井ゆらじん」，內頁則用毛筆寫了一首一首的短詩。稍微再走一下，有一座如花開般的湧水石雕，上層蓄水池的水流出口，不知是誰放了片小葉子，再用塊小石頭壓著，如此便能細細地導水，不使水流墜下時過強四濺，我盯著許久，幾乎入迷了，這是法然院靜謙而美之處，一片葉子（或一首詩）便足以讓這個世界安靜下來。

後來我就走了，到最後也沒記起谷崎潤一郎的事。但是，谷崎潤一郎敗德經典《瘋顛老人日記》女主角颯子的原型，是他不具血緣的兒媳婦渡邊千萬子，就住在法然院旁（後來開了咖啡館 Atelier de Café）。谷崎潤一郎也真是不得了，一邊為自己在法然院如此靜謙而美的神聖之地買墓地，一邊又幻想著要跟住附近的兒媳婦亂搞，這大概是小說會好看的原因吧。

在地訪問了新潮文庫編輯與Clans Books店員，加上谷崎文學地景，創作史與作品介紹，是輕型的導讀。缺乏較多的影像素材，除了部分篇章以書封和歷史照片設計之外，視覺上較無表現。最好的是插畫，顏色飽滿造型拙趣，但單靠插畫與谷崎潤一郎本人的照片都無法做出完整封面，那麼試著把兩者結合看看如何呢，變成了有點像「進擊的巨人」一樣的感覺，谷崎本人看起來有點無奈似的，但好像也滿好看的！

No.374

專欄 角田光代・鄧小樺・童偉格・黃湯姆　當月作家 凌性傑　名家別冊 平路最新長篇小說《黑水》選摘

聯合文學

史上首次，百位跨平台書店職人海選

二〇一五華文文學書店大賞

推理大師勞倫斯・卜洛克二〇一六年獨家專欄超級登場

喜歡逛書店買書的您，不用說當然知道，這次專輯是依循了「日本本屋大賞」的基本概念：「由全國書店店員所選出的最想銷售的書」來做的，若您同時喜歡日系的生活文化類雜誌，大概也知道，許多日本刊物每到年底就會固定做各式各樣形式的讀書票選活動，為了做這次的專輯，我們編輯部書架上便疊了一堆作為參考。而且坦白說，這在臺灣也不是什麼新鮮事，這幾年誠品書店都做了「書店閱讀職人大賞」，目標是「由最貼近閱讀脈動的書店門市，以其專業的職人視角與不從眾的閱讀主張，向讀者們推薦他們心中的年度 TOP 一」。去年我們自己十二月號「一年的讀書」暢銷專輯，也做了小規模的「二〇一四年度書店選書」，找了二十二位書店相關人員為我們推薦心中的文學好書。於是我個人就想，二〇一五年將盡，從這個角度和已經操練過的作法出發，介紹讀者今年有哪些值得一買一讀的華文文學作品，應該是個絕佳主意……

但是等等，如果做得跟別人一樣似乎又有點無聊，我說：「不如先設計八種生活情境，有一般難度的，有特殊狀況的，再來看看在這樣的日常運作當中，書店職人們會提供什麼樣的專業閱讀意見？」

資深編輯，也是年輕有為的新銳小說家神小風負責這期的專輯製作，她看著我，露出「這傢伙又在打什麼鬼主意」的無奈表情說：「喔，所以咧！」

「所以，今年乾脆來做大一點的！」我興奮地說，「一口氣找一百個書店職人來票選好了！」

「一百個？你去死吧！」神小風完完全全沒有這樣說，但我可以從她的眼神裡看到一閃而過的殺意。別說是她了，整個公司主管一起開會，我向老闆報告「怎樣，我們要找一百個書店職人來票選！」時，他噗哧地笑了出來！

於是一個我個人看似絕佳的主意，變成了神小風和編輯部的一連串災難得一一克服……（很抱歉）從內容主題方向、編輯企劃技術、大書單挑選、票選問卷設計到邀請書店從業人員投票，包括第一線的門市店員、幕後的企劃、行銷、採購、美術編輯等等參與投票，最終有三十七家實體與網路書店：大型連鎖企業和獨立書店、二手書店，總共一〇三位職人在短時間之內，百忙之中，還慷慨熱心而且不厭其煩地支援了我們這次尚不成熟的行動，我謹代表《聯合文學》雜誌全體同仁，在此向辛苦的大家深深致謝。

這次我們的「二〇一五華文文學書店大賞」在這麼多人協助下完成，應該是臺灣史上第一次聯合這麼多書店平台的閱讀票選活動，但當然這只是一個所謂「書店大賞」的雛型而已，只是一個努力的嘗試，一個開始，我們希望明年能呈現給大家一個真正的，具有嚴格定義與舉辦方式，以及實質影響力的「臺灣書店大賞」，敬請各位期待二〇一六年的到來。

非常有企圖心，但編輯也讓我搞慘的一期，我認為企劃上沒有問題，有這麼多職人的支持，加上八個日常情境的讀書選擇也相當生活感，不過太巨大的想法必須在有限頁面和資源下執行，事實上有很多細節是沒顧到的，顯得完成度有些低，勞師動眾的結果卻讓一番創意與好意打了折扣，原本想每年固定做這樣的大賞，也就僅做這一次，這對好大喜功的我是很好的教訓。這一期與前一年十二月號相反，特意邀請不同行業的名人來談讀書，最大牌的是正在競選的民進黨主席蔡英文，封面同樣主打名人讀書，選擇了照片效果最佳與知名度最高的吳念真，但並沒有像前一年那麼受到注目，說到底就是我們做了太理所當然的事，沒有給讀者耳目一新的感受。

No.375

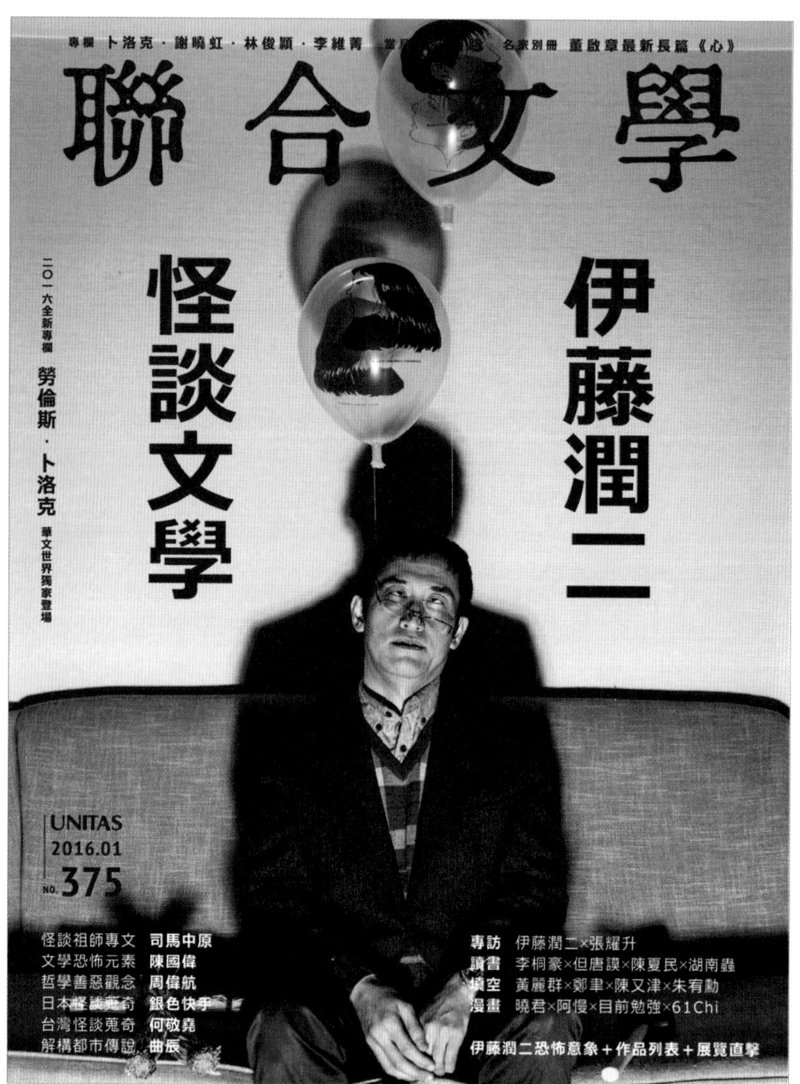
專欄 卜洛克・謝曉虹・林俊穎・李維菁
名家別冊 董啟章最新長篇《心》
聯合文學
二〇一六全新專欄 勞倫斯・卜洛克 華文世界獨家登場
怪談文學
伊藤潤二
UNITAS
2016.01
NO.375
怪談祖師專文 司馬中原
文學恐怖元素 陳國偉
哲學善惡觀念 周偉航
日本怪談蒐奇 銀色快手
台灣怪談蒐奇 何敬堯
解構都市傳說 曲辰
專訪 伊藤潤二×張耀升
讀書 李桐豪×但唐謨×陳夏民×湖南蟲
填空 黃麗群×鄭聿×陳又津×朱宥勳
漫畫 曉君×阿慢×目前勉強×61Chi
伊藤潤二恐怖意象＋作品列表＋展覽直擊

伊藤潤二和勞倫斯・卜洛克煮的石頭湯

我很喜歡一個老故事，叫做《石頭湯》。

在一個景氣不是很好的歲月，一座小村落的人們好不容易積存點糧食準備過冬。有天傍晚來了位旅人，希望能從誰家獲得一餐溫飽，但這旅人實在太陌生，村民猶豫是否接納他。沒辦法，旅人只好從背包裡拿出一顆石頭，「既然大家都沒有食物吃，我只好煮鍋湯請大家喝。這是顆神奇的石頭，只要給我一大鍋水，就能煮出一鍋好湯。」村民端來一大鐵鍋水和柴火，旅人將石頭放進水裡說：「煮湯當然要加點鹽和胡椒，這樣才好喝。」於是有人拿了鹽和胡椒來，「如果還能有一些些胡蘿蔔或甘藍菜就更甜了。」兩三個村民便跑回家拿了蔬果丟進去，「要是還能有牛肉和馬鈴薯，我們便能像有錢人一樣享受了。」幾位村民奉獻了這幾樣食材，最後旅人說：「若是能加些奶油、大麥和威士忌酒，這湯便能像國王吃的一樣。」村民將他要的東西加入石頭湯細心攪拌，另外一些人則點燃火把，佈置露天餐桌，大家一起享用這鍋美味無比的石頭湯，旅人還將神奇石頭送給他們，村民一輩子都不怕沒湯可喝了……

小時候讀這故事，我覺得這旅人真機智，居然想得出這個好方法，把那些無情的村民騙得團團轉，不僅把食物乖乖拿出來，還以為自己賺到一顆神奇石頭。但哪有這麼笨的村民，加鹽和胡椒的時候也許還搞不清楚狀況，怎麼可能加牛肉的時候還傻成這樣？其實村民只是配合了旅人的小把戲，盡己所能奉獻出與他人分享的食物，旅人得到溫飽，村民們得到一場歡樂夜宴，以及一顆能讓所有人反覆回憶這美好夜宴，並且只要願意便能使其一再重現的神奇石頭。

對我來說，這就是文學雜誌。我以前認為《聯合文學》是一片應許之地，像是會自動長出牛奶和蜂蜜似的，（請見２９６期「編輯室報告」）但現在我覺得，《聯合文學》就是一鍋石頭湯，若非如此多的作家、攝影師、文字工作者、插畫家、讀者，只是看見我們站在文學路口，手裡拿著一顆神奇石頭喊著：「我們來煮一鍋湯喝吧。」便願意跑回家把鹽、甘藍菜、牛肉、馬鈴薯、大麥、威士忌等等食材搬出來，一股腦地加進沸騰的水裡，我們不可能在文學的景氣嚴冬中，還能執著地編輯著這本雜誌。何況這些村民明明知道，除了一顆得靠他們自己的付出才會有神奇效果的石頭之外，我們能夠給予的，實在非常微薄。

真的非常謝謝大家在二〇一六年繼續與我們一起煮這鍋石頭湯，不過不幸的是，我們卻因此變得更貪心了，「唉呀，這石頭湯已經太好喝了，但要是能讓文學跟不同領域的大師合作，一定會好喝到下巴融化掉吧。」於是伊藤潤二一聽，就答應跟我們做一月號的專輯。好像這樣還不夠貪心，「啊呀，這石頭湯已經太好喝了，跟國王享受的一樣的了，但要是有個真正的世界級大師專欄的話，一定會可口到連上帝也羨慕吧。」於是勞倫斯·卜洛克一聽，就趕緊跑回家去，幫我們寫一整年的專欄了。

這大概就是我喜歡《石頭湯》這個老故事的原因吧。

AGENDA

這期原本是與「伊藤潤二恐佈美學體驗大展」合作的案子，我們雖然知道伊藤潤二很紅，但不知道做在文學刊物上會產生什麼效果？要將恐怖漫畫轉化成怪談文學，概念轉換的執行並沒有那麼難，內頁用了漫畫分鏡的方式來置入文字很特別，最有趣的是，我們把伊藤潤二的漫畫拿來請作家填空文字，這也適合文學與漫畫的改造，整體閱讀感受這樣建立起來之後，配合封面上伊藤潤二神來一白眼的表情，充滿詭異氣氛，在所有可見的來臺宣傳照裡，我們拍的這一張最令人震撼！所有這些到位的作法組合在一起，就成了極為暢銷的一期，幾乎成了《聯合文學》十年之間最為人熟知的代表作。這也讓我們有信心，能夠以文學結合日本流行文化做出受歡迎的深度專輯，之後便一再嘗試（當然有成有敗）。

No.376

聯合文學
2016
香港文青
最前線
香港，可能存在的場所？
2016大師專欄 勞倫斯．卜洛克 TELLING LIES
UNITAS
2016.02
No.376

我下次去香港，都給陳寧請客。

因為很久沒去，我對香港的印象有些模糊了。我盡可能回想我第一次去的情形，最先想起來的是一條人潮洶湧，建物紛亂的狹窄街道，兩側堆滿了各式雜貨衣物裝飾品等等，特別的是，這裡頭有好多家玩具店，我發現許多在臺灣已經找不到的日本古老原版的超合金機器人，像是可以變成打火機的「黃金戰士」一類，我也在某家店裡買了幾個懷舊的鐵皮小車飛機，用白色、上頭有單薄灰塵的方正紙盒裝著。想到這裡我才記起來，這本來就是一條香港有名的玩具街，但是在香港哪裡呢？街名叫什麼呢？我記不清楚了，所以寫訊息去問陳寧，我記起我會去逛這條街的原因很簡單，因為這街在小寧家附近，而我就在她家住了好幾天，那是灣仔的太原街。

「那次去香港是幾年前的事了？」我說。

「遠古時代囉。」小寧說，「但好像也沒那麼久。」

我乾脆去查一下那時自己部落格的照片與文字，是二〇〇六年十一月，我寫著：「抵達香港，吃了遲了的晚餐，小寧便帶我們去和一些藝文朋友見面。在一家巷子裡的 PUB，露天喝酒。據說，如果該地發生爆炸，大約香港藝文圈便要毀滅。當我感到廣東話令人頭痛之際，轉頭拍了張巷子的照片。是一種暫停。」

「那是在 club71 吧。」小寧說。

「那天妳找來一起喝酒的是誰啊？」

「朗天、潘國靈、李照興、湯禎兆啦。」

「我的天啊，隨便一件事都快十年了。」

「真的，好可怕。」小寧說，「香港這十年變化很大。」

正如小寧說的，香港近來在政治、社會、文化上皆受到很大的中國衝擊，引發內外環境的劇烈改變，以及占中行動、雨傘革命等等在地抗爭意識的激烈興起，那麼香港文學與作家們在這當中，已經蛻變成什麼模樣了呢？針對這個複雜又快速演變的「存在的場所」（村上龍語），已經許久沒有文學刊物做大型專輯來探討，是否我們對香港藝文的觀念仍停留在太早的時代？而就在二〇一四年五十萬人上街的七一大遊行後，作為現代香港文學指標人物的董啟章，提出了「後衛文學」的概念，期待能發揮「歷史守護」和「時代見證」的功能，特別是小說家在社會上必須扮演「守護後方，不要衝得太前」的後衛角色，這對當下作家參與香港的劇變時代有何特殊意義嗎？我們將其個人與新的長篇小說《心》作為一個特殊的香港文學切片，深入探究作家與作品的奇異之處，以及其無可迴避的核心問題。

「所以來吧，我們在香港十年一聚。」小寧說。

「好，我要是去香港……」我說，「只想一直吃！」

小寧在另一端沉默許久，而且明明已經讀了訊息了卻不回，我想她心裡一定在想，「早知道就不幫小威寫什麼正經稿子了。」

還好，經過很長時間的已讀不回後，小寧（大概不得已）說了：「當然。」

這樣就好了，我們下次金鳳茶餐廳見吧！

尋找精神困境的指南書

2016 香港文青最前線

香港，可能存在的場所？

首先要買得起床 先有得瞓覺發夢

每個人，每一樣品物物都有佢故事

自己地方，想做咩都得

價錢任你定，最怕就係你唔睇書

文青嚟講，去旺角一定係去序言

若有這種症頭，什麼都想不出來

勞倫斯・卜洛克 Lawrence Block

No.377

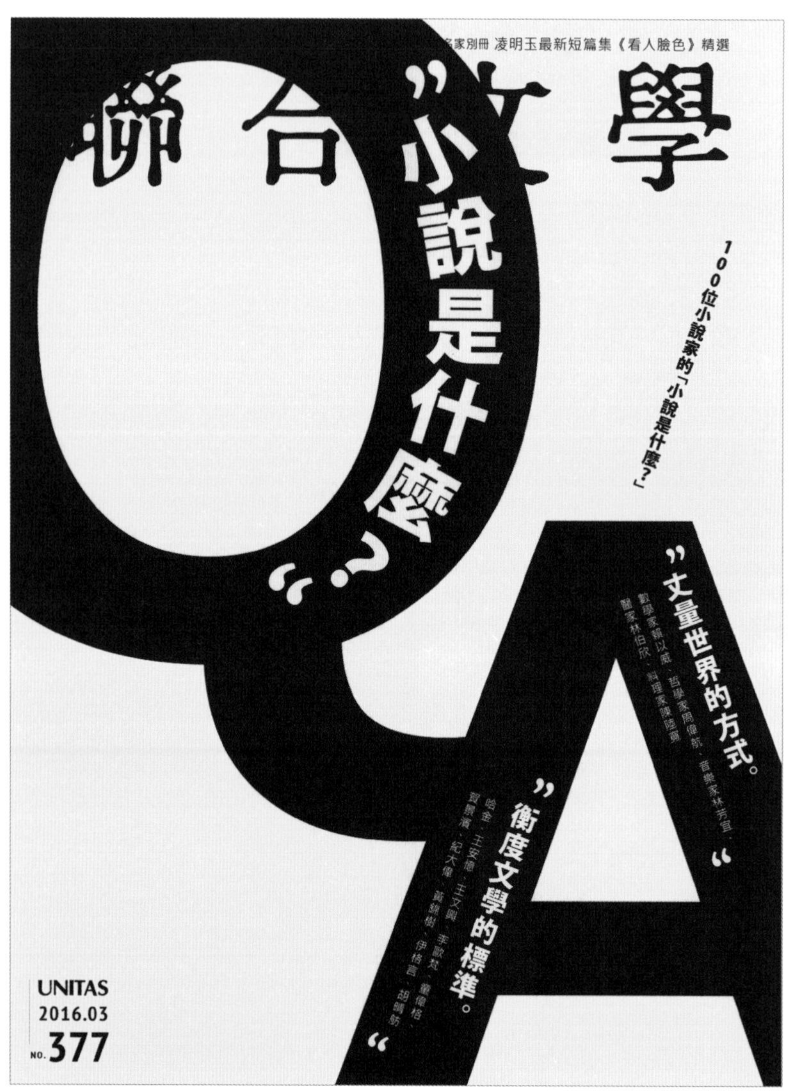
名家別冊 凌明玉最新短篇集《看人臉色》精選
聯合文學
"小說是什麼?"
1000位小說家的「小說是什麼?」
"丈量世界的方式。"
數學家賴以威、哲學家周偉航、音樂家林芳宜、醫家林伯欣、料理家陳陸寬
"衡度文學的標準。"
哈金、王安憶、王文興、李歐梵、童偉格、賀景濱、紀大偉、黃錦樹、伊格言、胡晴舫
UNITAS
2016.03
NO.377

讀完「小說是什麼？」還不夠？不如親自寫寫看。

「我想做『小說是什麼？』專輯。」某天我跟發行人討論二〇一六年每月雜誌專輯要做什麼時，他這樣宣佈。我一聽，臉色沒變但心裡想：「這主題廣到前不著村後不著店，是要怎麼做？」如果您留意過我們近年的專輯，因為刊物採取了「文學生活誌」的風格定位，所以幾乎都是探討非常確實的文學人、事、物或具體的文學現象，現在忽然來了個從任何地方都可以插一腳的開放命題，我有種不知如何下手的感覺。

「我要做『小說是什麼？』專輯。」沒多久之後，我們編輯部自己開會一一確認每月專輯內容時，我依樣畫胡蘆地宣佈。負責這個月的執行編輯，也是年輕小說家神小風立刻露出「是總編輯就可以這樣任性嗎？」的表情，「來，你來給我說清楚這個是要怎麼做！」她並沒有這麼說出口，不過心裡一定是這麼想，嗯……雖然與本文無關，但值得提一下，「聽聞不妙消息之際，臉色的變與不變」就是職場老鳥與菜鳥的差別。

於是我跟她陷入了鎮日的苦惱，一時之間實在無法決定怎麼進行。坦白說，這主題最簡單的作法就是把維基百科「小說」條拷貝下來貼上就結束了，當然不可能這麼做，只是將其當作一種「文類」來加以說明。既然「小說是什麼？」是個寬廣無比的問句，我們就應該有寬廣無比的對應方式才是，比方說，在我腦子裡模模糊糊出現的就是設法用「世界觀」這個詞來加以回答，這是什麼意思呢？我所想到的說明，是類似小川洋子的經典作品《博士熱愛的算式》所呈現的：在一位只有八十分鐘記憶力的數學家的眼中，其所見到這世界的一切，皆具有數學上的形象或意義，反過來，一道美妙的公式不僅僅是數學概念而已，亦可以用來說明人間的和諧情感如何存在。

那麼小說是什麼呢？小說如何與我們的世界產生關聯？這樣的問題自然首先要請問眾多的小說家們，以小說來衡度我們所熟悉的文學範疇，同時以文學的嚴格要求來建立何謂小說的標準。像是確定小說的本質與能耐之後，我們更想要知道，從不同學科範疇裡那些看似冷冰冰的知識，是否也能表述一般人的複雜情感，而這正是小說可以大大發揮功用的地方，也就是說，我們與受邀的各領域專家，一起試著將他們的「世界觀」轉換成「小說」這個東西（在邀訪的過程裡，也曾被某些人說過搞不懂我們要什麼），就像神秘的單位換算一樣，小說成為我們（熱愛小說的人）丈量這世界的方式，於是身為一個文學愛好者，似乎擁有了一個最大的可能性與野心：「若是能夠掌握小說，就等於可以掌握這個世界的一切。」

以上所說的，是身為一個雜誌編輯人的我，盡可能在任性而做的範圍裡面，跟編輯們商量出來的專輯呈現方向，覺得應該要做一百頁才夠看似地相當具有挑戰性，也因此不知道害神小風被專家學者們拒絕了幾百次，非常抱歉。至於同樣身為小說家的我，則一邊思考這個主題一邊感到恐慌，因此仍然要繼續努力探索，對於我個人來說小說是什麼？嗯，順便與神小風共勉之。

A G E N D A

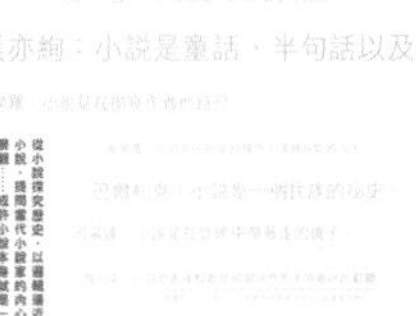
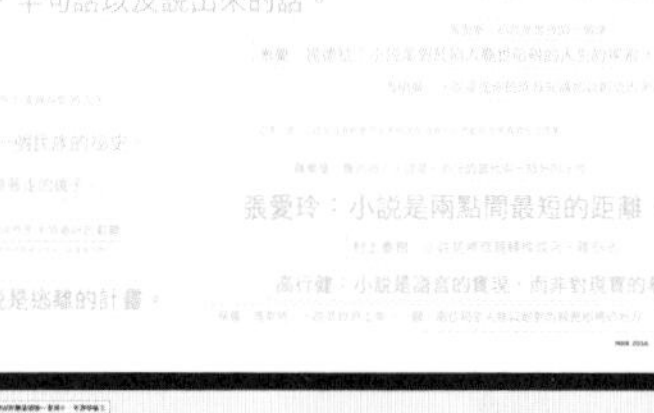

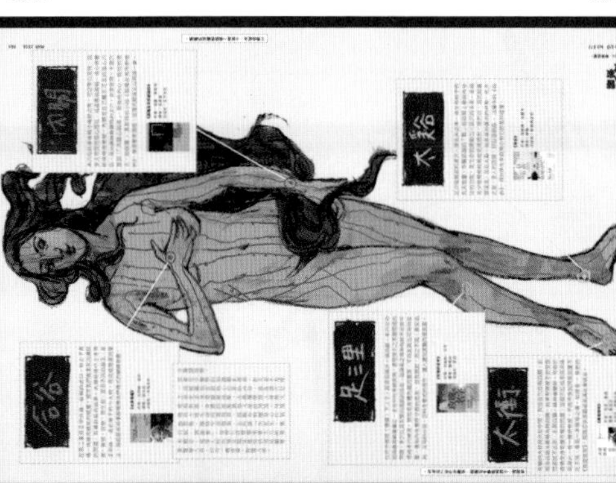

做完之後還是搞不懂「小說是什麼」的一期，儘管已經盡力從許多面向去談了，也設法用「小說」這個事物去衡量其他事物。但是像這樣的主題就是做雜誌時最怕遇到的，廣大到無邊無際，光是「介紹一下」就不知道從哪裡開始。這次是個好挑戰，不過並沒有辦法幫讀者解決問題，只是延伸出更多問題吧！我向來認為雜誌內容應該幫讀者解決當下的問題（這是定期刊物的功能論），所以選擇主題時通常很具體，這次實在做不到。

No.378

專欄 卜洛克・謝曉虹・林俊頴・李維菁
新長篇《度越》選摘
聯合文學
3 款《金瓶梅》精選茶飲
4 招《金瓶梅》戀愛巧技
閨蜜教妳如何攻略男人
12 件《金瓶梅》熱門單品
職場必勝美人計
老闆最愛李瓶兒VS.頭家娘偏寵龐春梅
打造妳的100%「水滸式」男人
西門慶真相追蹤
武松關鍵報告
新裝到著
小腳超模穿鞋術
SUPER CELEBRITY PARTY
《金瓶梅》狂歡派對現場直擊
潘金蓮
情慾女人的終極想像
2016 Chinese Classics Guide
Chin P'ing Mei
越古越美
NO. 378

跟著《金瓶梅》過普遍級的生活

去年開始，我們決定每年做一次以中國古典名著為主題的專輯，所以去年先做了四大名著之首《紅樓夢》。但坦白說，我們是以介紹現當代文學優先，大概也比較擅長的文學生活雜誌，中國古典名著顯然是需要換個腦筋的挑戰。首先當然是文學專業性的部分，這些古老的超級經典早就歷經千錘百煉的研究，我想不太可能會忽然有什麼「讓十三億七千萬人都震驚了！」的發現刊在我們雜誌上，因此目標是盡可能將這些名著的大略樣貌呈現給多少知道一些的讀者，或者壓根覺得讀這些很無聊的傢伙（捉著他們的衣領，用力地搖晃喊著：「你給我醒醒啊，你這個混蛋，這個讀起來很有趣啊！」）。不過問題不在於專業性，這裡有許多內行的專家學者會幫我們，文章品質絕對沒有問題，問題在於光邀請文章放在雜誌內，不用說會變成一本《中國古典名著論文集》。非常熱愛讀論文集，一想到要讀論文集就感到興奮的朋友不知道有多少，很抱歉，我們還是想編輯得更有趣一些，希望讓更多人可以在日常生活裡、熟悉的行為或喜愛的事物中，獲得與中國古典文學連結的美妙共感。

所以去年介紹《紅樓夢》時，我們做了「《紅樓夢》二〇一五 遊園指南」，為讀者安排在大觀園裡吃喝玩樂的行程，包括使用模特兒拍攝情境式照片的封面，就像是閒著沒事的假日，出發去一趟規劃完善，遊樂設施齊全的主題樂園之旅，這個嘗試獲得了很大的成功，也讓該期成了去年最暢銷的幾期之一。而這一期，同樣是超級經典的《金瓶梅》跟《紅樓夢》有著截然不同的性質，完全是描述庶民文化、通常百姓的風俗樣態、兩性心理、家庭瑣事，當然還有明晃晃的情欲，也就是說其實更貼近一般人的生活需求：要吃要買、要睡要玩，而且既然是以潘金蓮、李瓶兒、龐春梅三人命名的小說，那麼我們想，是否可以用類似女性流行雜誌的編輯方式（這同樣是千錘百煉，能夠有效呈現特定價值觀與美學觀的雜誌形式），一方面適合現代的輕鬆閱讀習慣，另一方面更能突顯《金瓶梅》在古典名著中特立獨行的文學意涵？不過，咳咳，雖然《金瓶梅》本身是男女情欲流淌相當厲害的小說，要特別跟各位家長、老師與各大圖書館採購人員報告，在雜誌本刊裡「應該」是讀不到那些各位「或許」會擔心的情節，請放心與貴子女共讀，享受文學生活的快感。

但好吧，既然是《金瓶梅》專輯，卻完全沒有「限制級：未滿十八歲之人不得閱聽」的部分也太矯情，所以我們另外編了一本《金瓶梅同人誌》作為特典，邀請朱國珍、張亦絢、高翊峰、陳思宏、沈意卿五位名家特撰同人小說，再加上萬曆本《金瓶梅詞話》獨家摘錄與崇禎本木刻插畫精選，我想可以充分滿足「成人向」的讀者喜好。這特典將獨立發售或與本刊合購，不管哪一種，依政府規定，都請您證明自己已經成年，各大通路才會賣給您。因此除非您被留級過幾次，不然高中生以下（含高中生）就請不要為難書店店員和老師家長了。謝謝。

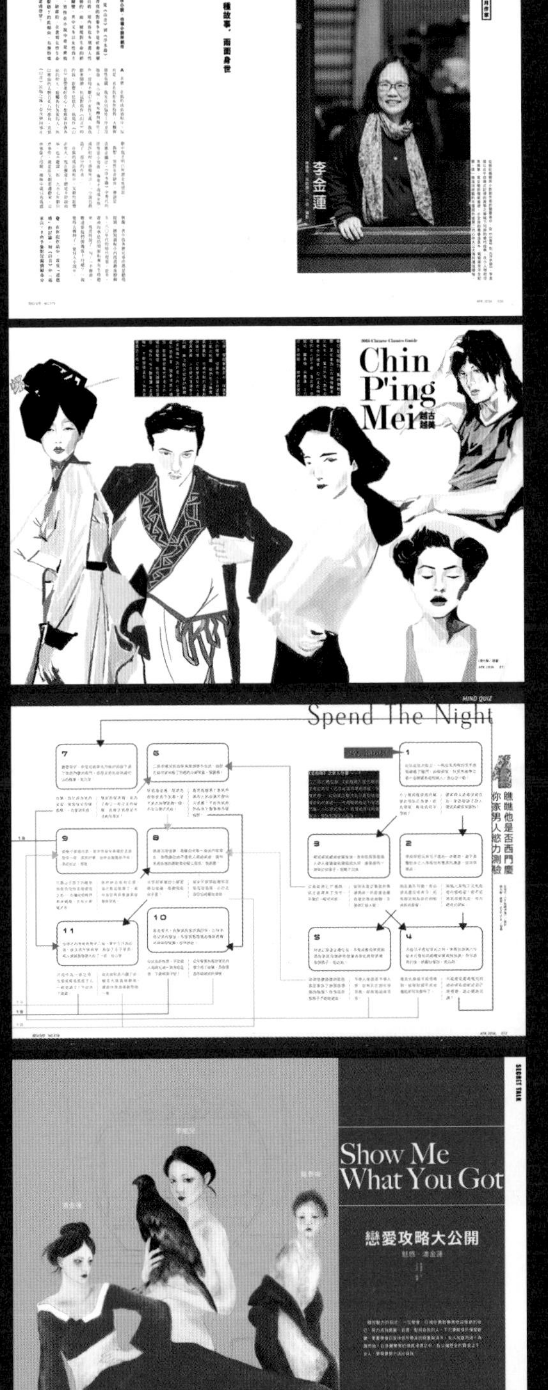

A G E N D A

打算採用國際時尚雜誌的編輯邏輯、技術與氛圍來介紹《金瓶梅》一定是沒人做過的事，封面設計與標題也是模仿時尚雜誌封面。當然，實際讀到內頁，我們這種文字量與圖片量恰好跟時尚雜誌相反，是無法做到的，但總之很有趣就是了，符合明代那個崇尚物質的年代。不過，本期最大的挑戰是做到了不限年紀均可閱讀，否則沒辦法進校園販售訂閱，非常可惜，而且對我個人的編輯出身來說，真的是大大減少了從FHM繼承而來的功夫啊！

No.379

專欄 卜洛克．謝曉虹．林俊穎．李維菁 當月作家 唐捐 名家別冊 賈平凹最新長篇《老生》選摘
聯合文學
日本國民作家逝世100年
夏目漱石
詞目
家族
友達
猫
国民性
小説家
言葉
心
和歌
憂鬱
甘味
夢
散策
倫敦
四國
熊本
伊豆
江戶
神奈川
新宿
神保町
UNITAS
2016.05
No.379

貓到底要叫什麼名字才好？

因為是我的編輯室報告，所以我有一個特權，就是不管當期內容寫什麼，每一期（幾乎）都放我家的貓的照片。話雖如此，倒沒什麼特別挑選，並不是刻意要炫耀他很可愛，反正貓本人也不會在乎，最近有拍什麼就放什麼，結果不可愛，一團黑黑的照片似乎還比較多一些。

我家的貓名字對外宣稱叫「小貓」，一開始引來眾多朋友批評：「為什麼不認真幫人家取個正常名字，比方說小威或黑點仔一類的。」好像是在指摘我是個不負責任的父親。我想，就只是隻路邊撿來的流浪貓而已（請參考《聯合文學》351期編輯室報告，以及《關於ANIMALS》第十五期〈王聰威與小貓一段為愛克服過敏的寵愛日記〉專訪），還要慎重其事取名字，也太浪費時間了。然後某小說家又說：「那萬一以後他長大了怎麼辦？總不能還一直叫小貓吧。」這是什麼鬼話，李小龍長大了還是叫李小龍，也沒改名叫李大龍吧。總之我並沒有聽從這些酒肉朋友的建議，幫小貓取新名字，不過實際上會怎麼叫呢？其實也是隨便亂叫一通，除了「小貓」之外，也叫「貓貓」、「喵喵」、「咪咪」、「阿喵」、「niauniau」、「阿 niau」、「阿憨」、「小 niau」、「小喵」，如果加上命令詞的話就會變成「貓來」、「貓走」、「喵來」、「niau 走」。不得不說，這是我覺得為人父親最值得驕傲之處，不管怎麼叫他，我家小貓都會回應，搖尾巴或是喵喵叫，或是快快從躲藏的地方跑出來，「我來了，我來了。」彷彿聽到他這麼急切地回答，在這一點上，他是個貼心的好孩子，所以就請不要在意他有沒有好聽的名字了。

而且請容我幫我家小貓臉上貼金一下，一九〇四年自動來到夏目漱石家院子後就一直待下來，甚至還隨著夏目漱石搬了幾次家的黑色條紋貓也沒有名字（不知道為什麼，找不到漱石和貓的合照）。「據漱石的長女筆子表示，夏目家的貓也沒名字，誰也不覺得貓需要名字，而且他們幾個孩子就叫貓『貓（neko）！貓（neko）！』非常爽快的。」（引自劉黎兒，〈日本最有名的貓是哪隻貓？——今年是夏目漱石逝世百年紀念年〉，《民報》二〇一六年二月十六日）這不是跟我叫我家的貓的方式一樣爽快嗎？這隻貓就是《我是貓》裡那隻貓的原型，《我是貓》裡的貓從頭到尾也沒有名字，「我是貓，還沒有名字。不曉得出生在什麼地方，只依稀記得在一處陰暗潮濕的地方喵喵叫著的情形。」這是眾所皆知的《我是貓》的開頭句子，跟我家小貓的貓生實在太像了。就這樣，沒事了。

最後，有件事情讓我感到困擾，我記得我在某個地方讀過，夏目漱石因為非常愛貓，怕自己坐的椅子移動時會不小心壓到貓，所以特別將椅腳固定在地板上，稱為「貓椅」，但是這次一邊工作，一邊想找文章出處，卻完全找不到類似的記載！這到底是我的幻想還是真有此事呢？

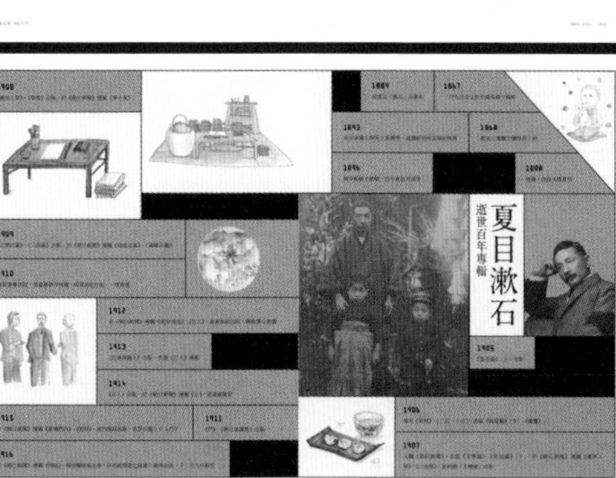

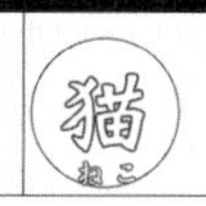

非常標準的文學人物作法，找出關鍵詞就能邀到文章，再加上實際踏查文學人物地景與年表即可，因此難度不高，夏目先生本人很受歡迎，所以就會賣得不錯。但我們厲害的是，邀到夏目先生的孫子幫我們寫文章，以及採訪了超級大牌角田光代小姐談漱石，盡可能親近作家本人周圍的作法，是我們習慣做的事。另外，我完全找不到一張夏目先生與貓合照的照片，有人看過嗎？

No.380

專欄 卜洛克・謝曉虹・林俊頴・李維菁　當月作家 施叔青　名家別冊 潘國靈最新長篇《寫托邦與消失咒》選摘

聯合文學

羅智成
以及文學系寫真專門班

CLASS 1
[專訪]
羅智成 攝影書鍊金術
[學科]
羅智成特展 旅行、影像、文字三位一體
潘怡帆 + 王嘉菲 分析羅式攝影心法
[術科]
廖偉棠 如何拍出黃碧雲的《烈佬傳》?

CLASS 2
[專訪]
川島小鳥 青春空氣感的台灣風物
[學科]
羅浥薇薇 談黛安・阿巴斯
孫得欽 談莎莉・曼恩
李時雍 談陳傳興
言叔夏 談荒木經惟
[術科]
王志元 如何拍出村上春樹的《黑夜之後》?

CLASS 3
[專訪]
吳明益 老照片底下的文學
[學科]
許綺玲 百年好合文學與攝影拼貼
[術科]
葉覓覓 如何拍出西西的〈象是笨蛋〉?

CLASS 4
[專訪]
吳俞萱 無人知曉的攝影計畫
[學科]
陳佳琦 漫談過往的文學與攝影之書
陳輝龍 孤獨的公開相簿
[術科]
顏忠賢 如何拍出自己的小說?

UNITAS
2016.06
NO.380

2016 全國巡迴文藝營 7/8-7/11 在台東，熱情相遇！

《聯合文學》榮獲二〇一六年最佳人文藝術類雜誌金鼎獎

知道雜誌得了金鼎獎之後，我想起曾在編輯室報告裡寫過有關的事情，是二〇一一年的七月號，編輯室報告的標題則是：「去冥王星的距離」，我寫了我對雜誌歷經改版，明明這麼有創意與美麗，在市場能見度上也有所提升和高度讚賞，卻無法在金鼎獎這個場域獲得肯定的沮喪。我寫了我認為我們已經做了該做的事，那是我喜歡的文學雜誌樣貌，所有事情都是我一一確認過的，而且我對讀者也充滿信心，我很喜歡他們，他們像是少數可以心靈相通的朋友。直到此刻，我對當時《聯合文學》的競爭力仍然毫無疑問，但重讀這篇文章時，我才發現我相信自己的才能、相信讀者的眼光、相信前輩編輯人的期待，卻沒有一個字提到，那一年小小的編輯團隊如何為了我不合常理的要求而奮戰不懈。我也沒提到我相信他們，我不記得為什麼了，越是親密的工作伙伴，我總會用越苛刻的眼光看待對方，心裡老是覺得：「可惡，這些傢伙是在做什麼鬼，這樣算是會編雜誌嗎？」或許我就是這樣糟糕的人。

二〇一四年，《聯合文學》雜誌部門移轉到聯經出版公司運作，做了全彩大開本的完全改版，也將當年做不到的事情和我想做的事情一次做足，這就是我們今年得了金鼎獎的樣子。評審概略地這麼說：「老牌的《聯合文學》成功地完成轉型，尋求與年輕世代對話，在維持文學深度的同時，又能兼具活潑多元的面向……」表面上的成果確實是如此，但為了這樣，便需要更具說服力的品牌精神、風格定位，以及能應付更靈活的編輯概念與處理複雜技術的編輯。這是從前沒人做過的文學雜誌樣子，因此所謂的轉型其實就等於是從最源頭最裡面的地方做起，於是，包括與我一起規劃大改版的兩位前編輯葉佳怡與果明珠（那時真的是拚了命地猛做，改版創刊前，好幾次放假日還被我叫到家裡來加班），以及現在的編輯團隊，陳怡絜、神小風、崔舜華、江子逸、郭苓玉，幾乎都是從束手無策，光看著我檢討彩樣也會發抖的菜鳥開始，所以我一直覺得什麼事都不如心意，常常懷著怒氣地工作，「可惡，這些傢伙怎麼什麼都不會！」我心裡總是這麼想，「這就是我討厭菜鳥的原因。」

在這淺淺的大改版歷程裡，這些傢伙在我眼中仍是編輯雜誌的菜鳥，我常常被氣得半死，他們還不是這一行最佳的編輯，但我卻不願意拿他們跟任何其他團隊交換。因為他們從頭開始就相信這件事行得通，盡其所能地工作著，對我這個中年大叔的固執也一一包容，更重要的是：在二〇一一年的七月號編輯室報告裡我曾寫了：「他們看著我，一臉『如果你也不知道怎麼辦，那接下去要怎麼做』的表情。」現在的，另一批「他們」，已經讓我相信，他們會露出不一樣的表情：「如果你不知道怎麼辦，接下去就讓我們做做看。」

AGENDA

許多作家都很愛拍照，這一期是搭配羅智成新書《遠在咫尺》而做的，那麼也來看看其他作家是如何拍照的。內容裡，有專訪與學科的部分，基本上是請專家或作家談攝影的歷史、理論與技術，有趣的是術科，我們請了幾位作家以文學作品為靈感，拍攝一系列的作品。從編輯技術來說，這個具有獨特創意的部分（且實踐了品牌精神與風格定位），才能代表這本雜誌的編輯力有多麼高強。身為雜誌編輯的您，務必在做每次規劃時，都要有一塊可以做到這樣程度的內容。

No.381

聯合文學
白先勇與現代主義
學長的文學
陳芳明 楊宗翰
現代主義群像寫真集
尉天驄 莊 靈
夏濟安 陳映真 白先勇
王文興 陳若曦 歐陽子
王禎和 陳國偉 楊富閔
白先勇的台大少年漫步
白先勇深談《現代文學》
白先勇 朱宥勳 林佑軒
陳柏言 盛浩偉
UNITAS
2016.07
No.381

高中聯考放榜前，我的第一志願是臺大外文系。我不知道我是怎麼想的，念書時我的英文很差，卻異想天開想念外文系，大概是因為我覺得念外文系聽起來就比念中文系要帥氣多了，另外一個原因是，臺大外文系是臺灣現代主義文學的重鎮，老天爺啊，那可是白先勇、王文興、歐陽子、陳若曦待過的地方。

光是這樣說，好像我念高中時就很懂現代主義文學似的，但其實完全搞不懂那是什麼，也沒讀過任何一本《現代文學》雜誌，我只是著迷於上述那些大師的名字，一股腦地想去當他們的學弟而已。很可惜沒考上，因為臺大外文系得要英文加重計分，不加重的話好像勉強有機會，這一加重整整差了二十多分，連邊都摸不著，或許幸好沒考上，要是考上也一定畢不了業。後來，我就衝著去當羅智成學弟的這個理由，(我為了當作家沒什麼理性)「高分低取」地念了第二志願哲學系。

在大學念書時，除了去旁聽王文興老師的課之外，自然不可能有機會見到這些學長學姊。我開始一點一點地讀他們的作品，設法了解「現代主義文學」是什麼意義，但是坦白說，當時的我，與同輩或是稍長一些文學寫作者們，早已經錯過了「現代」的黃金時期，那時已經是非常「後現代」兮兮的了，我們被捲進了大量迎面而來的翻譯作品、更加新穎的文學理論和更難以理解的書寫技術裡，簡直喘不過氣來，好像只要比別人少讀了某本剛進口的法國書，就會從當下的文學隊伍掉隊似的。大概就是這個緣故，別人怎麼樣我不知道，我自認為個人的寫作經驗和文學上的見解，都跟「現代主義」的緣分甚淺，當然，我明白這麼說，顯然是低估了現代主義文學在臺灣發展的複雜度與歧義性，和其如何在像我這樣乍看有些時空距離的作家身上留下自己也未曾反省過的痕跡。

有個有趣的例子值得一提，不久前，我和甘耀明、許榮哲在評審某個區域性質的高中文學獎時，讀到一篇我們一致認為是非常「現代主義」的作品，是篇扎實精彩的小說，就像是照著教科書操練般地標準，我們十分驚訝也難以想像，一個才十來歲的孩子居然有這麼「復刻版」的文學心靈。所以我想，此刻做這樣厚重的專輯應該有其意義，即便是如今仍活躍於第一線的作家，無論是過去深受影響，或是自始嚴厲排拒其影響，都無法迴避「現代主義」，以及白先勇與《現代文學》推波助瀾的一派主力，曾經為臺灣主流文壇注入的觀念與理想。那麼，除了足以懷念的長輩風範之外，「現代主義」對年輕一代的作家還能有什麼新的啟發呢？嗯，先別聽到「長輩」就覺得有代溝，這次，讓我們坐在眾多學長姊的身邊，聽聽他們怎麼談文學。

AGENDA

本期是以白先勇主編《現文因緣》一書而建立起來的主題，但是光想到封面要上「現代主義」這四個字，就覺得實在太復古也太嚴肅。於是稍稍動了點腦筋，大標變成了「學長的文學」，其實是滿足了我自己想當白先勇學弟的未竟之願，然後也很有趣的樣子，讓人不禁會想，「學長的文學」是什麼東西啊？有種青春校園感這樣。事實上，白先勇辦《現代文學》時，就是這麼青春無畏啊！內容很正統的現代主義介紹沒什麼問題，封面就是讓許多可愛的文學學弟們和白老師合照，瞧瞧白老師多麼開心！

No.382

《聯合文學》榮獲二〇一六年金鼎獎年度雜誌大獎

今年的金鼎獎，我們一共獲得了兩項獎。一項是之前報告過的最佳「人文藝術類雜誌」，另一項是在金鼎獎頒獎典禮現場，最後壓軸公佈頒發的「年度雜誌獎」，也就是從所有個別獎項的得獎刊物裡，再選出《聯合文學》成為當年度不分類別的最佳雜誌。我們顯然是以「轉型成功」贏得重大注目，但到底是轉了什麼型？您一定不會認為我們只是換了大開本，變成全彩印刷而已吧。先說結論，我們減少了較為嚴肅正統的呈現，設法使文學真的能成為日常生活的一部分，但具體上是怎麼思考的呢？

以這一期「村上春樹少女的文學啟蒙讀本」為例，目標讀者是喜愛文學的高中生的您，希望您能在暑假裡花點時間多親近文學。我們剛開始跟大部分的人一樣，立刻想到要開一長串書單，關於給高中生的書單，我喜歡詹宏志在羅智成的新書發表會上，談到之前引起話題的「人文經典閱讀會考競賽指定閱讀書單」的看法。許多人認為這書單實在太難，例如《夢的解析》、《查拉圖斯特如是說》、《第二性》等等，但詹宏志大概是這麼說：「不用擔心，這對高中生來說一點都不難，像我念高中的時候，就覺得自己什麼都讀得懂。哈哈哈。」我解讀他的意思是：高中生可以憑著豐富想像力、不知天高地厚的自信和毫不吝惜的腦力，自認為什麼都能讀懂。您知道，只要年歲多增長一點點，我們就會大規模失去這些想像力、自信與腦力，而變得畏畏縮啟蒙時刻。

縮的，好像書打開來就會咬人，就會嘲笑我們讀不懂，最後離書越來越遠，我們失去了最佳的

書單不過就是冷冰冰在紙上條列出來的東西，要不要讀隨便您，但是每日的生活卻是實實在在的事。生活就是找一個適合自己的「樣子」，決定自己看待這世界的方式，喜歡自己的發怒與發笑，如果您恰好喜歡文學的話，那便設法讓自己的生活與文學相關，比方從一本小說裡學會如何穿衣、如何料理、如何流浪、如何墮落、如何戀愛、如何獵殺馬林魚、如何傲慢、如何偏見、如何愛人、如何傷害對方，幾乎每一本文學作品，都是個人生活的操作手冊，沒人要求您要按部就班地做，但總是可以隨時參考。

所謂的啟蒙，不只是智識變化，而是找到屬於您個人的樣子。沒人說啟蒙了就一定會變成一個「好人」，而是當您撥開混沌曚昧，目擊了從未目擊的景色，可能是風光燦爛的瑞士巧克力草原，也可能是像《駭客任務》裡的荒涼母體。所以我們想做的不是條列書單，介紹每本書為何值得一讀，而是想告訴您，光您還是高中生就已經是夠棒的樣子了，而如果您還喜歡文學、喜歡寫作的話，那麼剛開始能有點像是三毛、像王爾德、像海明威、像珍·奧斯汀或像村上春樹的樣子，會有多麼迷人（或是討人厭），然後趁著您還有足夠想像力、無所畏懼的自信與可揮霍的腦力，未來「成·為·那·個·樣·子·的·人」，不是誰的樣子，就是您自己的樣子。

說到這裡，那如果您已經是個大人了怎麼辦？別慌啦，隨時啟蒙都沒問題，今天起就像文學少男少女般過生活吧！

AGENDA

如果您年輕的時候喜歡讀誰的文學作品，就會變成誰的樣子。我相信這樣的「理論」，所以就讓一個一個高中生變身成文學少男少女，其實就是提供高中生必要的文學啟蒙讀本。內頁設計使用插畫人物搭配實景照片，這是學自時尚雜誌的慣用作法，文學刊物較少使用，非常有氣氛。我也非常喜歡「逆襲！高中生開給大人的啟蒙書單」這種顛覆性的編輯技巧，是我們的特長。至於封面，這位據說激似日本女星水原希子的模特兒，當年剛自高中畢業，被同學介紹來拍照，我們因此有了這張絕美的村上春樹少女。本期本就大受歡迎，賣得相當好，誰知道幾年之後，吳宗憲的兒子鹿希派惹出了些風波，也連帶被發現這位模特兒是他的女友。媒體猛報她年紀輕輕就曾登上《聯合文學》封面，我們這一期封面也成了有史以來在各大媒體曝光最多的封面。

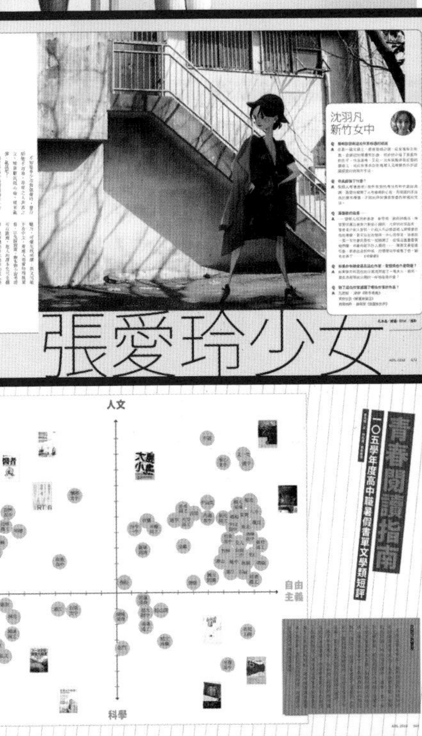

No.383

專欄 卜洛克・謝曉虹・林俊穎・李維菁
當月作家 劉梓潔
名家別冊
聯合文
院門跡
関西セミナーハウス
茶室 清心庵
京都
文學・遊楽
公衆トイレ
UNITAS
2016.09
No.383

吃あぶり餅就是要下雪

一月底，我第五次去京都，為了看下雪。我從來沒見過下雪，我見過最接近雪的東西，就是除霜不良的冰箱冷凍室裡結的霜而已。為了能在京都看下雪，去之前的一個半月，我就每天上網監視京都的天氣預報，研究京都歷年降雪時間，同時也把手機上的氣象顯示地點改為京都，以便隨時提醒自己，但預報狀況相當絕望，早該下雪的日子都沒下。

忽然之間，一月中過了幾天，氣溫刷得一聲下降到零度之下，那是京都二〇一五年入冬以來最低溫，下雪了！出發當天，坐上飛機前我最後一次看京都天氣預報，最低溫仍有零下兩度，所以請完成我卑微的心願，不必讓我看到雪落金閣寺的絕美景色沒關係，但當飛機在關西機場降落時，讓我能看到雪花於天空瀰漫，隨著關空特急 HARUKA 號奔馳，一路飄散至京都……

但是，完全沒有，連一咪咪的雪都沒有落下，從我抵達京都那天開始，氣溫逐步上升，甚至遠遠超過同時期京都的歷史平均溫度，只有到大原這樣的郊外或信樂高原鐵道旁，才能看到屋簷和地上的殘雪。

然後，某一天，我去了今宮神社，神社東門外有兩家賣「あぶり餅」的店舖。「あぶり餅」基本上是以炭火烤塗了黃豆粉的小麻糬，再沾滿甜甜的白味噌醬，我去吃了其中一家據說開店一千多年的「一文字和輔」，配一壺井水燒的熱茶，偎著陶火爐，坐在表參道邊看著觀光客走來走去，心裡空蕩蕩的，好像少了點什麼。啊！我想起池波正太郎在《昔日之味》（自由之丘，二〇一五年七月）一書推薦對面那家也有四百多年歷史的錺屋（かざりや），他是這麼寫的：「剛剛烤好的麻糬非常好吃。而且這烤麻糬還帶著來自江戶的古老風味，與四周相映，彷彿一幅韻味十足的『日本風情畫』……若遇上下雪的日子，那些抱著懷古幽情的人們，應該會更加喜出望外吧。」（引自〈關東煮與黃豆粉烤麻糬等—京都「蛸長」、「錺屋」等〉）連池波正太郎也這麼說了，這種時候就是應該要下雪才對味啊，為什麼我沒有喜出望外的命。

同一篇文章裡提到的「蛸長」關東煮，之前去了兩次，一次客滿沒位子，一次遇上閉店，另外一家上賀茂神社前的「神馬堂」烤麻糬則在這次一併吃到了。至於本月專輯裡介紹的四條文學路線：宇治的《源氏物語》、嵐山的《平家物語》、一乘寺文學書店周邊，和京大雙璧小說地景都是非常正統的「一生必去」路線，我前幾次去過了，也請您不必等到下雪才去。附帶一提，我從京都回臺灣的一個禮拜後，京都氣溫又降至零度以下，是的，又下雪了（哭了）。

P.S.本月專輯我們出動執行編輯神小風、視覺設計陳怡絜與郭苓玉三人，親至京都現場探查、拍攝文學路線（感謝「有行旅」贊助，以及京大博士生吳若彤小姐策劃行程與採訪協力）。人在京都居然還得工作，沒有比這個更折磨的事了。

AGENDA

如果是京都的話，我們可以做一百次，但不知何時才能做下一次，所以這一次是全面廣泛的作法。編輯小隊三人實際走訪的四條文學散策路線是其中的重點，因此把宇治的部分拉出來，特別做了漂亮的拉頁，給讀者一種賺到的感覺。我最歡的部分是視覺設計安比的攝影，把景色拍得很有空氣感，是一般的長處，但她特別擅長捕捉街邊普通人物的日常片刻，好像一個人稍微歪歪頭，就會讓人想要發問的感覺。她應該出一本攝影集的。奇怪的是，封面非常難產，試了許多張照片都無法捕捉這次主題，最後用了可愛的、莫名奇妙的柴犬，在人人可以辨識的京都地標，大家總算比較滿意了。本專輯後來加強內容之後編輯成書出版，滿足了我的私欲！

No.384

文學
UNITAS
王盛弘　李維菁　徐珮芬　江舟航　夏夏
秋天野餐攻略
秋涼隨筆
秋運籤詩
秋褲旅行
二〇一六全球秋季文學行事曆

自秋天流逝的時光

「我們十月號來做秋天專輯如何？」崔舜華說。

「好啊。」我說，「做個輕鬆一點的主題，讓作家談談自己的秋日生活。」

「那，我們找一群人去你家聊天，你煮菜給大家吃，這樣很輕鬆。」

「混蛋！憑什麼要我煮給大家吃！那樣我可不輕鬆！」我並沒有這樣想喔，這是個相當接近秋天感的好主意，讓幾位作家聚在一起，隨興聊聊跟秋天有關的文學、電影、食物、旅行、不幸的戀愛等等，那麼，不如就每個人帶一兩道應時菜餚、一兩本可以朗讀分享的書，穿上配合秋天的衣服，來辦一次真正的野餐吧！我猜沒有任何一款文學刊物這麼做過，因為只有我們才會這麼厚臉皮叫作家做這個那個的。於是某個週六，從早上開始一直下著傾盆大雨，到了午后三點，天空洗掉炎熱，陽光曬乾草地，涼爽稀疏的雲朵高高飄浮，簡直為了秋天開幕做好萬全準備。

其實我自己幾乎沒參加過這種「一整套」的秋天野餐，有點類似經驗是小時候過中秋節，尚未流行烤肉，大家喜歡輕裝簡從地到郊外賞月。比方說，我家每年固定準備綠色布巾一條、黑松汽水一瓶、開罐器一只、四個玻璃杯、柚子兩顆、水果刀一把、月餅一盒、蛋黃酥一盒，我爸騎著野狼 125 機車載著我媽、我跟我弟，從高雄前鎮草衙四貼騎到小港國際機場。具體位置已經忘記了，總之機場開放的空間裡有處寬闊草地與噴水池，抬頭往上一看就是毫無遮蔽、又圓又巨大的夜空與月亮，和現場許多人一樣，把綠色布巾鋪好隨地而坐，爸爸也將準備好的東西全部拿出來，像展覽似地擺在布巾上。

媽媽先給我們一人倒一杯汽水，拿水果刀切月餅、蛋黃酥和殺柚子。當時彼此間講了什麼話不可能記得，我想我爸一定會說些：「不可以用手指頭指月亮，不然會被割耳朵。」這種每年講一遍的小故事，其他大概就是看看月亮、吃吃東西、喝喝汽水，把殺好的柚子皮當帽子戴在頭上，跟弟弟互相追逐打鬧而已。時間差不多了，就收拾乾淨，把身上的月餅屑拍掉，如果沒把月餅屑拍掉，就會像是完全沒有來過似的，然後又四貼騎車回家，這便是我最早的一整套秋天野餐。

慢慢流行烤肉之後，我們家反而不去賞月野餐，跟隔壁鄰居一樣，只有爸爸一個人蹲在狹窄的公寓陽台，起一個小小的炭爐烤肉，媽媽在廚房裡不知忙什麼，我和弟弟坐在客廳一邊看電視，一邊覺得好餓，為什麼爸爸不趕快烤好？不過，那時的烤肉跟現在的烤肉相比，或許還是有點氣氛的微妙不同，怎麼說呢？像是我們可以過得上電視烤肉醬廣告一般的生活了，有一種額外的富足感。再過幾年，我們家既不賞月也不烤肉，我離開高雄到臺北求學、工作，從來沒有一次為了中秋節回家團聚。

此刻忽然想起來，好像只有在小時候的中秋節才好好地看過月亮，真的去辨認月球上的坑洞陰影哪個是嫦娥或玉兔，雖然時光流逝就是這樣無可挽回，但當我想起這個，我便覺得很討厭現在的自己。

文學生活化光說不練，令人心虛，不如趁著秋天好天氣，找一群作家去野餐吧（其中也留下了李維菁美麗的身影）。是不是很浪漫呢？這一期，都是充滿這樣秋天適合做什麼事的抒情氣息，就像野餐一樣，一人帶一道菜來，集合了來自世界各地許多作家的秋天文章。敗筆是二〇一六全球秋季文學行事曆，非常粗糙，像是沒完成的一個跨頁。資料、影像都沒準備齊全，硬做的結果就是這麼大失敗。

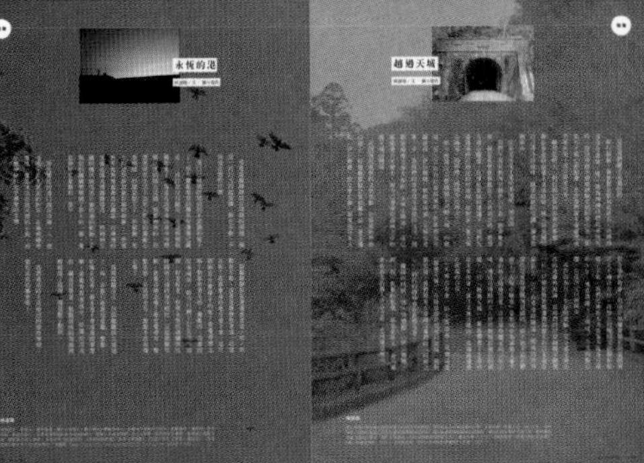

No.385

專欄 卜洛克・謝曉虹・林俊頴・李維菁 當月作家 馬家輝 名家別冊 楊渡最新小說選摘
聯合文學
二〇一六諾貝爾文學獎雙封面特輯
詩人歌手 巴布・狄倫
楊德昌
《牯嶺街少年殺人事件》25周年復刻紀念
編導對談 小野×余為彥
國際視角 Jean-Michel Frodon
文青觀點 黃以曦 李志薔 孫梓評 馬欣 葉佳怡 印卡 凌性傑
關鍵辭彙 686
文學風格 張耀升
台灣電影 林文淇
劇本分析 黃建業
女性成長 張靄珠
城市視景 楊小濱
傳奇一一 吳珮慈
演員記憶 張洋洋

真正文青的兩式指南

您猜對今年的諾貝爾文學獎得主了嗎？

我沒猜對。但與其說有猜是哪一位，不如說這幾年來我都私心希望湯瑪斯．品瓊（Thomas Pynchon, 1937-）能得獎，這樣也許就有哪個出版社有勇氣和預算出版《萬有引力之虹》的繁體中文版。據說到目前為止，諾貝爾獎評審委員會都還聯絡不上二〇一六年得主巴布．狄倫，但狄倫本人仍然可在許多公開場合被看見，例如公佈得獎的當晚他就在賭城拉斯維加斯開演唱會，可要是一直被認為「美國最接近諾貝爾文學獎的其中一人」湯瑪斯．品瓊得獎一定會更加戲劇化，首先他本人過著如隱士般的生活，相當有可能就直接拒領，其次現在的他到底成了什麼模樣也不太清楚，網路上好幾張被標示為他的老年照片，不僅跟年輕時代看來討喜的他長得不一樣，彼此之間也完全不同，甚至還有流傳說，早年他出席自己的新書發表會時，這位「湯瑪斯．品瓊」是出版社派人假冒的。

話題扯得有些遠了，不過我想這次巴布．狄倫得獎，應該是全世界都沒任何人猜到吧，即使讀了那麼多事後趕緊補脈絡，徹底分析「狄倫得獎本來就天經地義」或是失望批評「怎麼會頒給狄倫這個歌星」的中外文章，沒有任何一個人敢說：「你看，我就猜今年會是狄倫得獎！」即便事實上，狄倫一直在英國的諾貝爾文學獎賭盤裡占有一席之地，本來就是相當可能的人選之一，但包括我在內的許多人，大概從來沒把他放進每年的考慮之內，因為他唱歌太有名了啊，我有一大堆他的錄音室、演唱會專輯和精選輯，水泥腦袋裡還是不由自主地想，畢竟已經二十三年沒頒給美國作家了，為什麼這次不給唐・德里羅或湯瑪斯・品瓊呢？（或其他更值得的作家）

為什麼呢？我不知道，我不知道遙遠的諾貝爾文學獎評審在想什麼。但我知道一件事，那就是雖然諾貝爾文學獎評審想什麼不太重要，但至少告訴我們文學這個領域實在廣大且複雜得不得了，而文學定義其實是隨時流動而時尚的，甚至點石成金的，當有人老是說村上先生是因為太流行了而無法得獎時，不如想想這個：文學可以是像荷塔・穆勒，連本國記者也搞不清楚她是誰一般冷門，卻也可以像是巴布・狄倫在您家塞滿一整個唱片櫃，然後您去拉斯維加斯拉完霸或喝得爛醉跑去假結婚之際，還能順便聽他的演唱會。正因為如此難以歸類、預測，難以用小人之心度君子之腹，「真正的」而足以悠久存在的文學及其周邊產物才會有趣到不行，身為一個文學人，我們一方面盡可能謙遜地創作出符合自己嚴苛標準的作品，另一方面也請盡量享受各種面貌多變的文學生活，雖然別人有些看不起，但請活得像是一個「真正的」文青。

這其中，我對自己說，也該包括重看一遍楊德昌的電影。

AGENDA

本期非常長銷，到了隔年的國際書展仍是賣得最好的一期。從各個角度去談楊德昌，是個完整的企劃，但事實上執行面卻不符合我們原有的理想。我原本希望用大量的舊報刊雜誌的報導，加上同時代的重要新聞，像一個長長的年表一樣貫穿楊德昌的一生，以及他過世之後繼續發揮的影響。但在資料收集不夠的狀況下，並沒有成功，年表也單獨成一單元。未來，我們也再度嘗試這樣的作法，397期的巴黎文學專輯，才算是做出那個樣子。至於諾貝爾文學獎巴布．狄倫特輯，則用了偷懶而快速的方式，找到能寫的作家，一人交一篇！

No.386

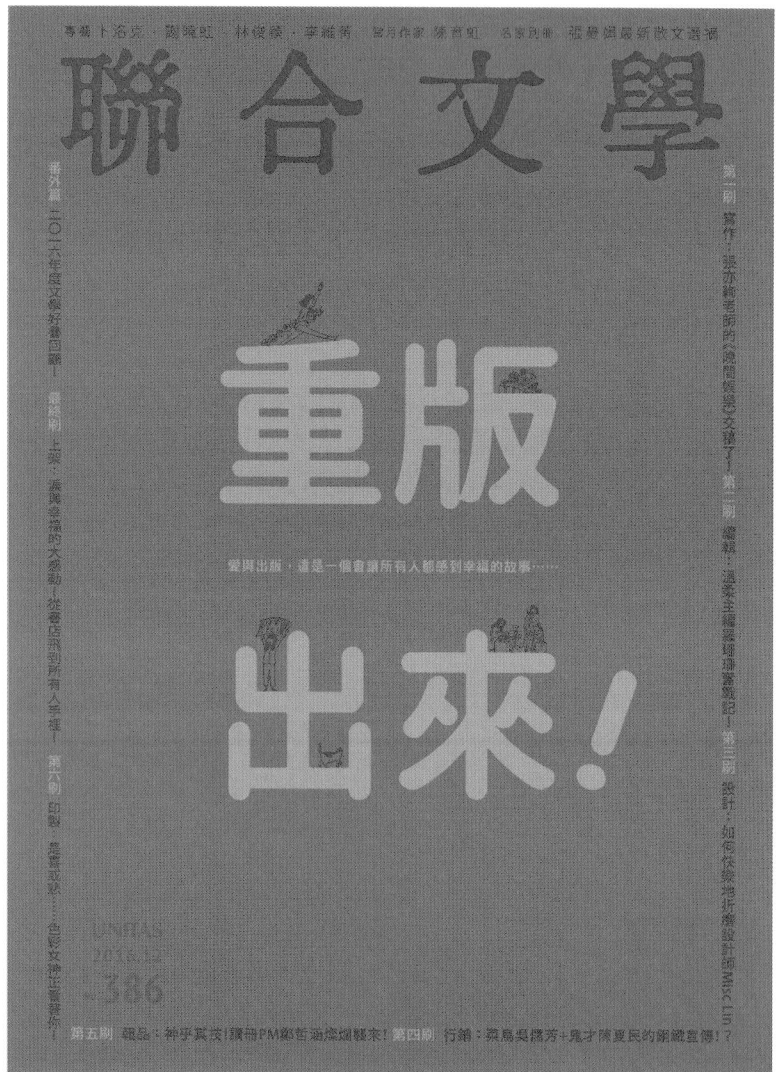

十一月五日到十日，我陪高翊峰、黃麗群、童偉格、劉梓潔、李維菁、伊格言參加二〇一六上海—臺北小說工作坊（由上海作家協會、北京世紀文景出版公司和聯經出版公司合辦），上海那邊也有六位作家參與：路內、小白、任曉雯、滕肖瀾、走走、薛舒，目的在於讓兩岸七〇後小說家有個交流的機會，舉辦方式非常特別，大家一律可以睡到中午，下午進行四個小時左右的密集討論，就在上海作協的漂亮小樓一樓的正中央，外面有個美麗的女神噴泉花園。參與者坐成一個方陣，此前每人都已提供一本個人作品，所有人都得讀過這十二本著作，然後逐本進行討論，因為是半公開的性質，也有讀者旁聽發問。吃完晚飯之後，則改為較輕鬆的喝酒聚會，但雖然說是輕鬆，實際上討論文學的密度完全沒有減少，甚至更野一點。

全部是第一線作家，而且都還年輕氣盛，在彼此誰也不服誰的狀態下，基本上沒有寒喧式的話語，直接就是專業對談，像是覺得這樣還不夠硬，上海方面又另外安排六位年輕評論家參與，對雙方展開坦白的評價。您或許有點難想像這是什麼情況，彼此都很陌生，只能以過往的典範尺度來衡量對方，然而這些典範尺度早已不能代表當下文學的進展與生活感，唯一共同點是知道對方是個寫小說的，就像不同的變種人，就算立場不同，特殊能力不同，即使完全不同意對方的論點、詞語運用模糊不清或定義有問題，但那也是「我．們．的．問．題」，而非不相干的他人的問題。

這像是一場私人的親密聚會，雖然大可簡單說：「同樣身為人，我們相同之處遠比不同之處要多。」但恰恰是那少數不同之處將我們遙遙相隔，因此當我們在每一場論辯裡聽到：「我們同行如何如何……」就是這一次聚會最重要的核心，也就是使其有效的方式：透過將一大群怪胎緊密結合在一起，說一些可能言不及義的話語，讓彼此暫時跨過不同之處。這或許可以說是一種同行的義氣，絕大多數是依賴情感，儘管在討論過程裡必須使用理性的語言，但即便是雞同鴨講，總有一天會搞清楚彼此的差異有多大，從對方那邊學得更好的事，也繼續討厭對方某些無聊的想法——當我們真的理解那是真的很無聊，而不是被固有意識型態與歷史框架所迷惑。

這一次，當我們討論文學時，我們討論的是什麼，是小說的功能論一類的嗎？其實並不是的，大部分討論仍環繞於身為一個小說家如何看待對方，像是黑夜裡相遇的犬類，彼此碰碰鼻子，聞聞屁眼，確認對方是不是不懷好意，或是可以追求的對象（這當然是譬喻），彼此確認是具有相同資格的同行。如何成為作家的同行，或如何成為一個文學工作的專業者？便是我們這一期「重版出來」要告訴您的，透過另一位七〇後頂尖作家張亦絢的寫作與出版歷程，給想要成為作家的誰誰誰知道，原來身為作家與出版一本書是怎麼回事，然後，您或許也有機會參加某一個工作坊，自身開始感覺到是誰的同類，不是只有親朋好友對您說您是個作家而已。那麼，歡迎加入這個變種人的世界。

我個人偏愛的一期，可能也是年度回顧專輯最具創意、細節完善的一期。將日本偶像劇《重版出來》的哏，用文學出版的架構重新做一次非常有趣，居然在實體刊物上真的能做出來。厲害的是，以真的要出版的張亦絢新書《晚間娛樂》來跑整個出版流程，跟作家、編輯、行銷、美術設計、各種通路等等合作，既複雜又真人實況呈現，可以作為有志出版者的參考，然後把年度回顧的內容也大量加入，日系的整體設計清爽又充滿臨場感，執編許俐葳做出完整度極高的一期。封面下了重本燙金，做出耶誕禮物的樣子，「愛與出版，這是一個會讓所有人都感到幸福的故事……」我落的標題非常「感人」，一直相當得意！從企劃發想到實際執行，這一期足以顯示編輯小隊遠遠超越他刊的驚人編輯力。

No.387

專欄 卜洛克．路內、高翊峰、言叔夏 當月作家 臥斧 新人新書 陳柏言首部短篇集《夕瀑雨》選刊
聯合文學
歌詞學
歌詞大師×文學卡拉OK
UNITAS
2017.01
387

完整且超越尋常的文學想像

二〇一六年結尾時，某個假日早晨為了辦一場標案活動，我在板橋站坐上高鐵。我的位置是靠窗的5A，靠走道的5C已經有一個女生坐了，大型行李箱塞滿了走進5A的狹窄空間，她困難地站起身，打算將行李箱拖出來，這時候，我的後方走來一位也拖著大行李箱的男人，我只好往前走一步，打算側身讓他過，可是5C女生卻迫不及待地把行李箱拖到通道，又卡住那個男人，男人露出了「妳是笨蛋啊」的神色。當我終於在5A坐好時，忽然發覺搞不清楚自己身在何處。

不久前，在一次喝太多酒的場合，與一位娛樂雜誌的總編輯聊天，談到這一年雜誌出版的困境，即便像他們那樣有電視節目作為後盾的流行雜誌，也必須依靠舉辦各式活動才能生存，例如做馬拉松路跑，這位跟我一樣，歷練過許多紙本雜誌的老派編輯人說：「在這個時代，像我們這樣的雜誌編輯，究竟還有什麼存在的意義？」再不久之前，另一位健康類雜誌的總編輯，一邊抱怨廣告衰退有多麼嚴重時，也說了類似的話，我們耗盡力氣做的事物，很多時候比不上一條臉書訊息來得受人重視，因此他們必須一天發二十多條新聞。

對我來說，已過去的二〇一六是個心情複雜的一年，一方面徹底改版後的《聯合文學》獲得了金鼎獎年度最佳雜誌大獎以及最佳人文藝術類雜誌雙料獎項，這是紙本雜誌少數能得到的鼓舞，另一方面為了讓紙本雜誌生存下去，並且仍然發揮影響力，身為總編輯的我所做的，與編雜誌本身無關的事情，恐怕要比前輩們多的多，卻不可能不做，往好的方向想，或許我可以達成詹宏志說的：「做完編輯工作之後，全世界所有的工作都能做，因為沒有一個工作比編輯更難。」

既然已經是不可能抱怨的事了，那麼二〇一七開始的《聯合文學》，不對，不只是雜誌本身，還有這個品牌代表的一切將成為我們更具有野心的目標，透過文學活動、藝文班隊、網路平台、社群媒體、大型節慶等等，打造一個完整的，並且超越尋常的文學想像。因為所謂的典範（如果有的話），比起過去慢吞吞的模樣，如今更加猛烈迅速地轉移，如何將文學傳遞給各位也應該有新的方式。四百年前的莎士比亞經典劇作，到二〇一六年的巴布．狄倫流行歌詞，文學的跨度如此之大而豐富，狄倫自己也不敢置信地在諾貝爾文學獎獲獎演講詞中寫了：「我從來沒有時間自問一句：『我的歌是文學嗎？』」所以，非常感謝瑞典學院，不但花時間思考了這個問題，並且最終提供了如此美好的答案。」那些遙遠國度的評審大老都能這樣了，難道我們不行嗎？我希望你們仍有足夠的耐心期待，我們會執行更多改變與嘗試來確認專屬於《聯合文學》的答案。

高鐵開動了，車窗外景色不停飛逝變化，我感到既熟悉又陌生，這些一再重複看過的景色，卻一時之間無法思考是南下或北上，究竟是出發或歸來，甚至這到底是一日的開頭或是結尾呢？但很快的，我就意識到自己身在何處，正要前往何處，無論未來是喜是悲，是輕鬆或是沉重，還要繼續往前飛馳。

由於巴布・狄倫得了諾貝爾文學獎這事實在太令人驚訝，所以特別再做一次歌詞學，廣泛地討論各國歌詞、音樂工作者、作家們喜歡的歌詞等等。我們向來習慣認為詩是文學，而歌詞僅是一種流行文字，不過在這樣的討論裡，我們才能逐漸理解歌詞如何能得「文學獎」。盡可能拉近各種文字類型、表現方式與文學的關係，是我們一直在做的事。封面給人一種老派漫畫的拙趣，好想聽黑膠喔。

No.388

專欄 卜洛克、路內、高翊峰、言叔夏　當月作家 周芬伶　新人新書 曾淦賢詩集《苦集滅道》選刊

聯合文學

妖怪台灣小史
妖怪中台變形
妖怪流行文化
妖怪名作導讀
妖怪圖像小說
妖怪自創競寫

隨刊桌遊：
法力全開！
百大台灣妖怪收服記

UNITAS
2017.02
No.388

收服妖怪的一例一休法術

我站在公司樓下，7-ELEVEN的門口，門上貼了張公告，寫著營業時間變更，從原來的二十四小時全年無休，變成早上六點到晚上十二點整。大概是一例一休的關係吧，本來就看到便利商店要縮短營業時間的新聞，何況這間是以附近幾棟辦公大樓、金融行號的上班族生意為主，確實不用二十四小時開著。唯一會感到非常不方便的，大概只有我的雜誌編輯同事，半夜加班需要補充大量零食飲料時，得走遠一點去買了。

我自己和編輯們一起熬夜的機會現在已經很少了，不過從我年輕時代做雜誌開始，一直到前兩年大改版，不記得經歷了多少次從白天到夜晚再到白天的加班日子，特別是截稿期，不同部門的同事早上八、九點到公司上班，還會相當驚訝地說：「咦，你們今天怎麼這麼早來？」然後，我就繼續和他們一起工作到下午才回家，稍微睡個四小時再到公司來奮戰。您或許很難想像，那是個主管會叫大家半夜十二點開編輯會議的年代，但不只是您，不管在哪個公司，其他部門同事一看到我們也常常搖頭，不知道我們怎麼會把自己活成這樣，既不合群也不守規定，白天愛來不來，晚上又該睡不睡不回家。說實話，也怪不得人家這麼抱怨，我以前有位女同事，就是喜歡晚上十一點才進公司，一個人在漫漫長夜慢條斯理地穿越無人的昏暗辦公室和樓梯間，長髮長裙地走動、倒水、喝咖啡、講電話（半夜哪來這麼多電話可講？），並且像是切割礦山鑽石、森林水晶，再一字一字地鑲嵌成一小篇文章，光是這樣說，您不覺得整個雜誌編輯部就像籠罩在一種妖氣沖天的氛圍裡嗎？

好啦，其實也沒怎麼樣，當時是執行編輯的我，因為得等她的稿子入稿，常常和她和美編一起加班，所以很習慣她那自在的模樣了。我只是讀了《妖怪臺灣》，再加上近來人事異動，有點胡思亂想而已：像我們這些做雜誌的人在許多人眼裡一定都是妖怪吧。所謂的妖怪就是老做一些自己視為理所當然的事，也不太管一般人心裡怎麼想的，以至於有時候會做一些可笑又徒勞的事情，有時候，我們只是太想要盡責，卻不知道怎麼辦才好，也就容易受到驚嚇，因此傷害了別人或被傷害。

這個月，屬於我們其中的一個妖怪崔舜華要離開了。某位作家跟我這麼形容，舜華就像是美麗的巫婆，默默地在煙霧瀰漫的房間熬藥煮石、擊火煉金自己獨一無二，色彩斑爛氣味濃郁的詩歌之湯。她送給我的離別禮物是一張自製的乾燥花卡片和一雙條紋襪子。卡片我可以理解，但條紋襪子到底是什麼意思呢？我曾經露出缺少襪子而感到困擾的表情嗎？我不敢問她，這畢竟是妖怪獨特的想法吧。

另外，以上所言之超時加班狀況，皆是一例一休正式實施前所發生。現在，原本喜愛夜半出沒的妖怪們都被一例一休法術給收服，改邪歸正，回家睡覺了。如果還有人半夜看到我們，一定是假的，有人的眼睛業障重。

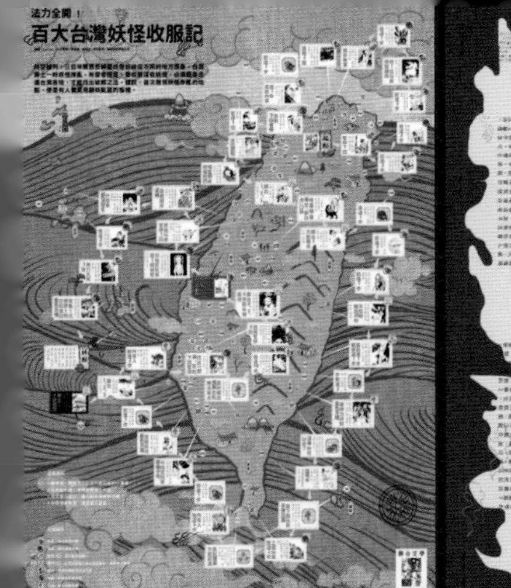

這是搭配聯經出版的超級暢銷書《妖怪臺灣》而做的，本身主題很有趣，雜誌內頁作法是中規中矩地談妖怪，視覺設計一般。但厲害的地方是我們做了一個妖怪桌遊「百大臺灣妖怪收服記」附贈其中，這是我們早期在雜誌內做桌遊最成功的嘗試，雖然簡單，但非常漂亮精緻且立刻上手可玩，一次就能搞懂臺灣妖怪出沒地，可惜公司沒把它商品化。另外，直接將《妖怪臺灣》改成漫畫上封面，是文學刊物較少見的作法。

No.389

專欄 卜洛克、路內、高翊峰、言叔夏 當月作家 隱地 新人新書 藤原進三《少年凡一》選摘
聯合文學
情熱同志文學史
內行領讀
張亦絢 楊佳嫻
林佑軒 郭正偉
深櫃密語
LGBT地下讀本 洪凌
焦點會談
紀大偉×盛浩偉×鄭清鴻×鄭芳婷
名人熱線
苗博雅 黃益中
簡莉穎 簡維萱
呂欣潔 個人意見
彩虹娛樂
多元劇院 蔡雨辰
狂戀影展 但唐謨
同志歌廳 陳俊志
現場直擊
學校 李屏瑤《向光植物》
KTV 郭強生《斷代》
紅樓 鄭聿×陳栢青×羅毓嘉《樂園輿圖》
劇場 徐堰鈴《踏青去》
UNITAS
2017.03
No.389

如何切割自己的人生？

幾年前我們做過一次同志文學專輯，也是請紀大偉拍攝雜誌封面。那是非常暢銷的一期，很短的時間內就賣光雜誌。封面設計非常搶眼，我們參考了男性時尚雜誌的攝影風格，拍出了號稱「正太變大叔」的紀大偉，有種渡邊謙的成熟魅力，另一方面，我們把「同志文學專門讀本」封面主標八個大字直接打在他漂亮的額頭上，怎麼說呢，嗯……相當敢做。至於內容本身則四平八穩，概覽地介紹了同志文學的發展與特色。那時候，如今風風火火的同志平權或婚姻平權運動，雖然還沒躍上媒體焦點版面，但同志文學早就不是什麼禁忌，許多優秀作家也早寫出花團錦簇的各式作品，雜誌裡做相關議題或刊登文章時，也幾乎為所欲為，就算少數讀者有不妥的回饋，我也都稟持著「管你的」心態，有禮貌地回覆。那些大型而堅硬的迫切危害一望可知，但我想大概是因為在自己長年的職場環境或朋友圈子，太習慣與同志友人一起生活一起工作，我很少意識到對方是否擁有跟異性戀一樣的權利義務。

在同運擴大，婚姻平權草案剛要浮上檯面之前，我跟一位年輕能幹的民進黨立委在某宴會同席，他說某團體一天到晚打電話到他辦公室罵他，我本來還一副「搞什麼啊這些人」的無聊表情，但等他談到有可能另立專法時，我不解地說：「為什麼要另立專法？直接修民法不就好了？」他有點為難地苦笑。即便後來通過一讀的增訂條文草案，例如：「同性婚姻，由雙方當事人自行訂定。」也像是混了個小專法在裡頭。我搞不懂這些事有什麼好爭執的？不管用什麼宗教理由、法律見解、人生觀點來反對，我都覺得不可思議，好像他們在討論與他們完全無關的人生。但這明明是我們所有人的人生裡不可分割的一部分，又不是在臉書上封鎖對方就完事了。類似另立專法或貼標籤這樣的事，不就是在切割我們自己的人生嗎？切割我們的工作伙伴，切割我們親愛的同學，切割我們的朋友，切割我們的子女父母，切割我們本來出於任何原因的愛？這其實不是反對同運與婚姻平權，而是反對自己的人生。

因此事隔多年之後，我們很樂意再做一期同志文學專輯，再讓紀大偉上一次封面。這次，我們想了一個新的方向，善加利用改版後的美術設計與編輯風格，我們要邀請紀大偉《同志文學史：台灣的發明》這本書裡評介的作家，親自帶領我們深入他們作品裡的文學現場，透過這樣的呈現，使同志文學史在我們的生活場景裡鮮活起來：有的黎明即起有的必須搞到三更半夜，有的孤獨有的呼朋引伴，有的是學姊有的是大叔，有的單純有的複雜，這是他們的生活如何反映在文學創作的面貌，也是我們身為文學愛好者、專門工作者，以及身為他們的友人或粉絲的人生的一部分。儘管文學人對同運與婚姻平權的立場並不一致，但這就是我們的立場。

AGENDA

雖然都是以紀大偉為封面，但本期在聲勢上無法與322期「同志文學專門讀本」相較。在封面的設計，本期以拼貼來呈現同志文學與運動的多樣貌，很有趣但顯然完成度較低，不夠洗練。不過，內文所做的，由同志書寫的作家們帶我們重回同文學作品現場，還有同志現場等等，大量影像的使用則是過去的《聯合文學》無法做到的，能夠展現同一主題不同作法，也就帶給讀者不同的閱讀感受。時代前進，原本讓人驚豔的作法很快就會變得平庸，只能一直不斷地嘗試，然後理解每一次成功與失敗的原因。

No.390

專欄 卜洛克、路內、高翊峰、言叔夏　當月作家 林婉瑜　新人新書 包子逸首部散文集《風滾草》選刊
聯合文學
獻給等不及中譯本的村上狂！
村上春樹最新小說《刺殺騎士團長》深度分析
太宰治的人間之道
故鄉津輕 林水福
非人怪談
文友聯歡 黃翠娥
直面自殺 朱家安
人間失格 黃文鉅
終點三鷹 劉黎兒
動漫化身
人生笑談
現代太宰
太宰治Book Café
太宰治Literary Salon
太宰治BiblioBattle
厭世悖論
豬大爺×黃麗群
2017.04
No.390

我只想活到二十四歲

那時候朋友常常打電話給R，R跟她相隔有幾個縣市之遙，很難得才會見上一面。R住在大學宿舍，房間裡的電話不能撥外線，也懶得走出去排隊打公共電話，而她跟男朋友住在另一所大學附近的小公寓，自己有一台電話，所以只好由她那邊打來。

沒什麼重要的事，她就是自顧自地說學校發生的事，跟誰吵架，哪個老師很色，還有早晨在堤防上慢跑時看到有兩隻狗在河邊草地交配，下課後又特別跑去再看一次，結果居然還在搞。剛上大學時，R唯一一次去找她，兩人曾經在那個堤防上一起散步，不過那個堤防既短又淒涼，哪有那麼多閒事好講？再不然就是講她男朋友，他今天說了什麼有趣的話，他有多麼愛她，她也決定以後要嫁給他，可能會一起出國一類的，R常常聽到放空，她卻可以不厭其煩地重述，不曉得她哪來的耐心，因為宿舍電話接外線有三分鐘限制，時間一到就會自動斷掉，她會一再重撥，像是要把當天預定說的話全部說完為止。

跟男朋友分手之後，她打給R的第一通電話先是嘮嘮叨叨地又說了學校的事，接著她說她決定只活到二十四歲，然後在三分鐘一次斷線又重撥的過程裡，又說了很長的理由來解釋她為什麼只打算活到二十四歲，坦白說，R沒那麼在乎她說這個，不知道是不是同溫層的關係，R

念大學時聽許多朋友說過他們只打算短暫活著。而在後來的漫長時光裡，R念了研究所、當兵、進入社會工作，她則出國念了個鳥不拉幾的碩士回來，在一家生技公司任職，她還是偶爾會打電話給R，有幾次她恍恍惚惚地拼湊著大學時代的印象，就像在說昨日才發生的事，R問她怎麼了，她總說：「沒事啦，我只是好想睡覺喔。」然後就摔掉電話。

R最後一次見到她，是她打電話來，一接通就說：「我剛剛吞了五十幾顆安眠藥喔。」R問：「妳家地址在哪？」她告訴R之後，R立刻跳上摩托車衝去她家。她開門讓R進去，自己一下子坐到地板，靠在櫥櫃旁，眼白大片朝下地死盯著R。R也依在她的身邊摟著她，她長至腰間的頭髮發散著乾燥粗糙的氣味。

「怎麼了？」

「我好想睡覺喔。」她說，「你抱我去睡覺。」

R將她抱上床，讓她蓋好被子，她要R留下來陪她。R說好，便坐在床邊的椅子上看著她入眠，等到聽見她穩定的呼吸聲音，不知道該怎麼辦的R打了通電話，請一位女性長輩來陪她。

現在R想起她，總會想起那三分鐘就斷掉的電話，為了講下去，必須一再重撥以連結那個中斷的前後，就像為了活下去，必須一再地做些什麼，連結阻隔人生的深淵。那些曾經告訴過R只打算短暫活著的朋友，包括她在內，據R告訴我，無一例外如今都好好地活著。他們是否因此感到慶幸，R不知道，但有幾位以為隔天便會見面或講上電話，卻早早將自己投入深淵的R和我共同的友人，不管他們自己怎麼認為，從R和我這邊私心來說，我們一點也不感到慶幸。

非常全面的太宰治介紹，從歷史的太宰到現代擁有各式面貌的太宰。既有嚴肅的文章，也有動漫、咖啡館，再加上太宰的文學現場等等，對我們來說相當駕輕就熟。不過類似的外國文學名家主題，最困難的地方往往是歷史照片難以取得，或是影像成本太過昂貴，以至於無法像日本雜誌一樣，做到圖文均強的地步，每一次都覺得很遺憾。本期也領教到某位作家相當難搞之處！當然不可能說出是誰！

No.391

專欄 卜洛克・蹄內・高翊峰・言叔夏 當月作家 溫又柔 新人新書 盛浩偉首部散文集《名為「我」之物》選刊
聯合文學
牡丹亭
回到未來的青春戀夢
《牡丹亭》劇目賞析
文本導讀、才子概論
女性自覺、另類思考
古典參照、唱曲流變
影劇改編、青春觀點
專訪白先勇
＋蘇州崑劇院的青春版《牡丹亭》
王安祈暢談當代戲曲
如何利用《牡丹亭》造夢？
朱國珍・凌明玉
盧慧心・沈意卿
UNITAS
2017.05
391

參加校園文學獎的兩個小 tips

這幾個月是大學、高中文學獎的旺季，我也去了幾所學校擔任評審，我很樂於參加這樣的場合，能提早認識正要冒芽茁壯的新人，一方面可以一再感受從事文學工作的興奮，另一方面偷偷地將喜歡的作者名字記下來，也等於累積人才資料庫。

我會在決審稿件上密密麻麻地寫下評語，也因為很重視年輕的寫作者，所以在即使有參賽者出席的評審會議上，也常常不太留情面地說自己想說的話，想讓對方知道比他們資深一點的作家與讀者是怎麼思考的，但對我真心喜歡的作品也會全心全意誇獎，最近不知是不是稍微有些年紀的關係，似乎變得更容易激動，在臺北市立大學學燈文學獎評選小說，得首獎的同學才大一，據說也同時獲得散文與新詩首獎，真是不可思議的強者，我在評語裡寫著：「一所學校能擁有這種等級的寫作者何其有幸。」另一場在高雄駁墨三城高中聯合文學獎裡，拿下小說首獎的是一位首次投稿的高雄女中二年級生，我殊少在高中，甚或大學文學獎場域讀過這麼完美無缺的作品，也讓我在她的稿件上情不自禁寫了：「令人感到可怕的天才」。評審會議結束後，我主動遞名片給她，如果她願意考慮，希望她無論如何要成為作家。

如此無比傑出的新人一定少到不行，但無論何時何處遇見，總會使人為之顫慄，我希望《聯合文學》能夠時常引發這種毫無脈絡可尋的新鮮顫慄感，所以不知道您是否注意到了，我們今年將過去隨刊附贈的《UNITAS 名家別冊》改版為《UNITAS 名家 & 新秀傑作選》，仍以名家作品為固定核心，再進一步強化新人的評介，特別是「新人新書」單元，或許是目前文學刊物裡最重視新人的作法：我們選摘即將出版第一本書的新人新作，邀請資深作家學者評論文本，並且訪問新人創作理念，也就是在新人的第一本書都還沒印好之前，就已經有了第一手的書評與個人專訪，我想對出版社來說也很好用來行銷。因此，如果您自認為是這種等級的新人，或是各出版社朋友手中有這樣的超級新秀（就像本期的盛浩偉），請不吝推薦給我們，讓我們來效力。

最後，想給正努力參加校園文學獎的新人兩個小小的 tips。第一，若您身邊剛好有上述那般天才的同學，您很有可能得不了首獎，但顯然天分遠不及他的您應該要這麼想：「下次若在文學獎再見，我的作品將會使你震動，使你感到巨大的威脅。」我個人年輕時就是這樣想的。第二，請盡量不要在參賽作品裡出現「自殺」、「車禍」與「做夢」等情節。特別是短篇小說，前兩者讓角色說死就死，這種方便法門會使您精心設計的故事變得很廉價，隨便弄個無可逆轉的轉折就要讀者買單，人家不會認真看待。至於「做夢」，不該是迴避無力直面真實世界而採取的遁術，很容易被我這種既資深又機歪的讀者識破手腳，若非寫不可，請試著將它視為真實世界的一部分來寫寫看，您可以讀讀這一期介紹的《牡丹亭》是如何理所當然地讓角色自在出入夢境、幽冥與真實之間，無縫接軌構成一個完美浪漫的愛情故事。然後您就會知道，功力不足或文體不夠強勁的話，還是不要輕易寫「做夢」參加比賽比較好。

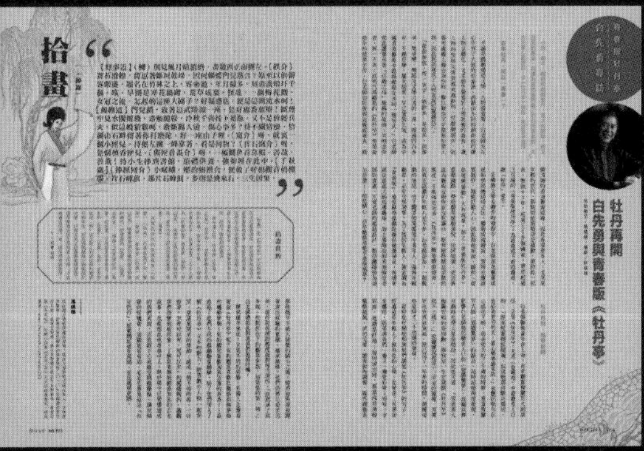

做中國古典文學裡較普通的一期，當時想了很多辦法要讓《牡丹亭》有不同的呈現方式，但既想不周全，美術設計上也做不到。最終成了單篇文章的規劃集結，加上片段的引用而已。封面也只是版畫的重製。那時深深感受到自己能力的不足，不是每種主題都做得出來。

No.392

聯合文學
老派詩人特調
YABOO café
×
聯合文學
UNITAS
憑本期雜誌點名特調八折
喜歡讀書寫字的
咖啡生活。
自宅手作 鄧九雲
超大型二〇一七全國巡迴文藝營啟動！
新北淡江大學 7/29、7/31
宜蘭佛光大學 8/4、8/6
作家愛店
李明璁 Beans&Beats
林育德 浮室 soave plan
馬 欣 暖暖食飲
川貝母 巧園咖啡
潘家欣 Masa Loft
王榆鈞 雪可屋
劉梓潔 Honey's
張心柔 葉子咖啡
鄭順聰 M.E Coffee Shop
吳懷晨 南島咖啡
毛 奇 未央咖啡
江舟航 三餘書店
陳玠安 The Folks
職人現沖
YABOO 鴉埠咖啡 Tina & Emily
＋許悔之＋《聯合文學》特調
路人咖啡 王通煥
＋任明信＋單品選讀
挪威森林咖啡 余永寬
二十年前房價尚未翻倍前的咖啡館
自宅手作
鄧九雲 居家手沖生活
花柏容 男人的咖啡手段
陳又津 夫妻烘豆時間
世界濃縮
卡夫卡、布拉格與咖啡館
維也納咖啡往事
普希金與俄羅斯咖啡館
在辛波絲卡的城市，來杯「卡夫卡」吧
在桌隨寫
何景窗
騷 夏
唐 捐
林達陽

豔陽下的過度換氣症

十八歲之前我很少喝咖啡，家裡沒有喝咖啡的習慣，頂多泡泡即溶咖啡加合成奶精，就我所知的親朋好友範圍之內，也沒聽過誰喜歡喝咖啡，更不用說自己執行磨豆、沖煮咖啡的高難度作業，至於去咖啡館喝咖啡這種有氣質的事，對我來說更是不可思議。

到臺北念書後，既然已經立定志向要當文藝青年了，那麼就非得去咖啡館寫作。一九九〇年代初期臺大附近還沒有現在那麼多「文青咖啡館」，我比較有記憶的都是開在新生南路巷子裡的，比方說 Peter's cafe、挪威森林和朱利安諾。至於現在仍然很有名，被認為是老派文青咖啡館的雪可屋，如果我沒記錯的話，一開始是賣手搖泡沫紅茶有名的。話說回來，前面三家都已經關門，最早關門的 Peter's cafe（一九九八年左右），店開在小巷裡，非常狹窄，木頭招牌也很小，一不小心就會錯過，我只去過一次，跟一位社團學妹，裡頭的客人不知為何好像都跟老闆很熟似的，是非常有大人味道的一家店，可惜我當時還不懂得箇中的醍醐味，覺得坐在吧台的自己是打擾人家的外人，所以搞得神經緊張，整夜坐立難安。

第二家關門的是挪威森林（二〇〇七年），這店鼎鼎大名不用多介紹，傳奇人物老闆阿寬這次也幫我們寫了稿子。我從念大學到研究所都常去這家，當時我寫小說有個習慣，一開始寫大量草稿，以及將分散的草稿組合成看起來有點完整的初稿階段，是在宿舍或租屋處工作，然後去影印店將初稿多印一份，在上頭做逐段重組或細校，這時候就會想很去咖啡館，刻意轉換心情般地用不同的眼光重新作業。身為村上狂的我當然每次都去挪威森林，那麼去了挪威森林，我都點哪一款咖啡呢？很抱歉，那還不習慣享受咖啡美味的我很少點咖啡，幾乎每次都點檸檬汁，所以挪威森林的咖啡有多好喝，我完全不記得，但檸檬汁真的很生很酸。我去任何咖啡館都點檸檬汁，絕對可以稱呼我為「咖啡館檸檬汁大王」的彆扭程度。

後來覺得去挪威森林常會遇到熟人，給人家看到我在寫小說很不好意思，於是改去朱利安諾，這家歐式裝潢風格的店開在一處轉角，甜點很有名，還有個小庭院，我會在那裡抽菸寫稿，一直到離開學校出社會工作，我變得更加依賴這家店（尤其是挪威森林關門後），只要是想找家咖啡館改稿子，我都還是特別從家裡出發，回到這處熟悉的地方。然後，隔了很長一段時間沒去，前年某次去臺大附近辦事，還有點時間，我在夏季高溫裡走著，想著趕緊去朱利安諾躲一下，喝杯填滿鮮奶油的冰咖啡，卻發現她已經完全消失了，（可能是二〇一二年）那處轉角成了另外一家店，一瞬間我以為是太久沒來記錯位置，還重走了前後兩條巷子。

而在那日正當中的豔陽下，我一邊焦急地疾走，一邊陷入了一陣被巨大陌生感（以及新開的咖啡館）包圍，像是呼吸不到熟悉空氣的過度換氣的恐慌之中。

出動了大量喜愛喝咖啡的作家為我們介紹愛店、自己如何手沖、烘培咖啡等等，再加上文青喜歡去的咖啡名店，世界文學與咖啡的關係等等，完整度非常高，視覺設計、影像也都非常迷人，我認為是徹底做到了「文學生活誌」的理想狀態。最好的企劃是，我們請作家在咖啡館的餐巾紙上寫詩，把寫作這件事實際地與咖啡館連結起來，非常浪漫。我們還與YABOO鴉埠咖啡合作，推出文學咖啡配方豆，在店內以及博客來上架販售，雖然只是一次性的專輯，但卻做了許多周邊創意的事，不禁讓人覺得做雜誌真是太有趣了，所謂的雜誌編輯，其實可以「編輯」更多事物。

No.393

專欄 卜洛克．路內．高翊峰．言叔夏　當月作家 顏忠賢　新人新書 蕭詒徽首部散文集《一千七百種靠近》選摘

聯合文學

單品
黃麗群 皮包
高翊峰 眼鏡
郭強生 西裝
許亞歷 古著
紀培慧 洋裝
以及六項待猜私物

作家的
日常美好事物

超大型二〇一七全國巡迴文藝營啟動！新北淡江大學 7/29-7/31 宜蘭佛光大學 8/4-8/6

實買
孫梓評逛 MUJI 無印良品
宇文正逛 NATURAL KITCHEN

提案
Marie Claire 總編輯 楊茵絜
BIOS Monthly 總編輯 溫為翔
Shopping Design 副總編 包叔平

小說
陳育萱 大同電鍋
賴志穎 大同電鍋
廖梅璇 Vaseline 凡士林
陳思宏 adidas NMD
川貝母 FUJIFILM X100F
林佑軒 Pentel 修正液
陳柏言 MacBook Air
林育德 RIMOWA 行李箱
葉佳怡 PILOT HI-TEC-C
楊隸亞 COMME des GARÇONS PLAY

UNITAS
2017.07
No.393

視覺設計指導陳怡絜榮獲金鼎獎「雜誌類個人獎：設計獎」

今年金鼎獎遲了些公佈，《聯合文學》獲選人文藝術類雜誌的優良出版品推薦，這自然是對我們去年囊括人文藝術類雜誌獎和年度雜誌大獎的持續肯定，不過更重要的是，今年我們家的視覺設計指導陳怡絜得了「雜誌類個人獎：設計獎」。這是個不分雜誌類別的個人獎項，也就是說這一次，在這個競賽場域，怡絜是所有雜誌美術設計裡最被肯定的。

我得知好消息不久，跟怡絜通過電話後坐上高鐵去高雄工作。應該是經過桃園了，我轉頭看向車窗外頭，一片又一片的綠色田園，小路田埂間錯落著小廟、農舍與水泥透天厝，在晴朗炎熱的天空下顯得透澈清晰，而當我回過神來，已經流了滿臉眼淚。去年，我們是時隔十年才又得了兩項大獎，我高興得要命，卻一滴淚也沒流，可是這一刻居然會對著車窗哭到不得不握緊拳頭，咬著牙不哭出聲音，害怕吵到隔了一個座位的乘客。

我想著怡絜這個與我一起工作五年，不過才二十多歲的年輕女孩，《聯合文學》是她大學畢業後第二份正職工作，就被我逼著做這做那，更不用說這幾年只依靠她一個美編，將一本三十多年來以黑白頁面為主的老派文學刊物，一點一滴，一條線一張圖地改造成如今美麗又獨一無二的模樣，我不是溫情的主管，即便這樣，有時也會對她感到抱歉與不捨，何必呢？這不過是一本文學刊物罷了，我喜歡做雜誌，所以會有很多不近人情，本來不是文學刊物該有的美術要求，但她何必也拚命做到這種程度呢？

但是「我們做到了，我們做到了！」我的腦子裡不停吶喊。在這個長長的，不斷探索「一本當下的文學雜誌應該長什麼樣子」的改版歷程，除了被質疑不該做什麼內容之外，還常常被指教文學雜誌「不該做大開本」、「不該做全彩的」、「不該做這麼花俏」等等，但我倒是認為批評者可以想想：「當一本文學雜誌變成大開本，做成全彩或做得比較花俏時，將帶給文學什麼樣的影響？」試著這樣想，或實際動手做做看就會發現，如今已不是「從文學這邊影響美術設計」的雜誌時代了，而是反過來，先以開放心態理解與思考美術設計可以怎麼做，才能使文學雜誌產生質變，並協助作家開拓出新的寫作可能性。英國音樂家 Ben Watt 在說明《Hendra》這張專輯的創作理念時就以技術性的觀點說：「……我心裡堆滿許多事情，每天夜裡，我走到地下室，把我的吉他做不尋常的調音定弦，把這當作是重新開始的方式，開始唱歌。」強迫自己做出形式的改變，就能影響內容的呈現，這才是刊物改版的真正意義。

正因為我們的美術人員，包括怡絜和安比，有能力做出比其他藝文刊物更具變化的設計空間，執行編輯也就能夠繼續挑戰沒人做過的企劃內容，不怕無法在頁面上呈現。就像這一次，可以結合文學、作家與生活類雜誌常做的「日用品選物」主題來做專輯，我們只是想讓喜歡文學的您知道，因為喜歡文學，會使得乍看無聊的日常生活變得非常有趣，任何時候，任何地方，任何一件小物，都生長著美好的文學想像。

謝謝怡絜，我是最幸福的雜誌總編輯了。

美的是視覺設計，我們畢竟操作時尚生活類刊物的經驗缺乏，總之做得不夠精準，有種生澀感。但更重要的是，這個主題太像我們其他的固定單元，以至於像是把東西集合起來的感覺，不像一個有自己生命的主題。作為一本「文學生活誌」，若是仍要將作家與作品作為一本刊物的敘述主體，那麼本期已經是走到最遠之處了，再過去就要換一種風格定位與編輯技術，也就是我們從二〇二〇年開始嘗試的。

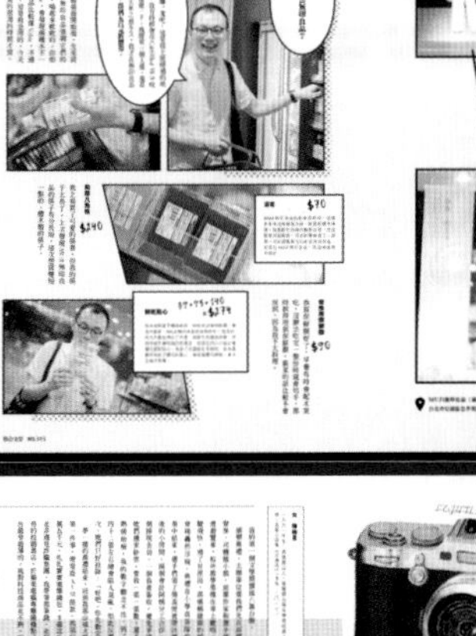

No.394

專欄 卜洛克、路內、高翊峰、言叔夏 當月作家 吳鈞堯 新人新書 吳緯婷散文集《行路女子：記每個將永恆的瞬間》選摘
聯合文學
5 作家的社團回憶
20 校刊的開卷大賞
50 校刊社的文學戀歌
記得吧，記得吧，那是我們校刊社的一次盛夏。
UNITAS
2017.08
No. 394

雄中去死名單的第八件事

我是高雄中學的畢業生，學號760646，距今剛好是三十年前入學。那時還是很單純的高中聯招，出乎所有人意料之外，我入學成績非常好，全校錄取一千多人，我是前一百名的學生，這也正是我在雄中的人生高峰，一年級最後一次段考我數學只考三十分，一整個學年平均下來剛好六十分不用補考，只要補考我就鐵定留級，所以，我在雄中最討厭的第一件事就是數學。

我在雄中最討厭的第二件事是雄中音樂班女生，因為我一個也不認識，人家也不認識我，但她們就認識我們班上的籃球校隊隊員，而且運動會之前，同學還會去教音樂班的跑大隊接力，所以，我在雄中第三件討厭的是籃球校隊，第四件討厭的當然就是運動會，每次運動會一開幕完，我就偷跑回家，或是去二輪電影院看A片。

第五件討厭的是高雄女中學生，雖然範圍超過雄中本體，但因為兩校有聯合大露營的關係，而且交換過校長，於是可以勉強算進來，討厭的原因很簡單就是對方不給約聯誼，也從來沒人邀我去參觀她們的校慶園遊會。第六件討厭的是雄中第三類組，因為他們的教室最棒，在日治時代留下來的紅樓，大樹拂照，冬暖夏涼，還可以清楚看見隔壁棟音樂班的上課情形。那幾年，雄中第三類組正紅，全國醫科榜首或二年級跳考大學什麼鬼的一大堆，學校寵他們，甚至開朝會聽無聊演講也不用出席。第七件討厭的是有人吵我睡午覺，偏偏就有這種傢伙，居然午休時間在我們教室正上方頂樓彈吉他，幾個同學衝上去差點海扁他一頓。

我從高二開始便不太把心思放在聽課，太難的一輩子也學不會，像是數學，其他太簡單的隨便讀讀就行，反正是社會組，學校也不太在乎，我一整天坐在座位上發呆，大部分時候都在想很色的事，少部分想著寫作。我投了人生的第一篇散文和第一篇小說給校刊《雄中青年》，都登出來了，又以另一篇小說得了人生的第一個文學獎「雄中青年文學獎」，話雖如此，我最討厭雄中的第八件事就是校刊社，因為那些人看起來都一副自己懂很多文學，文采多好的樣子，而且一天到晚請公假，也不知道是去哪裡鬼混？

等等，沒想到校刊社在這一串「雄中去死名單」裡才排第八名？但總之，誰也不知道人生會怎麼樣。我的作家好友，這次也幫我們寫了稿子的夏夏就是雄中音樂班的，今年我擔任評審覺得最驚豔的一篇校園文學獎小說，則是高雄女中二年級學生寫的，我在大學交情最好的臺大詩文學社友人，是雄中第三類組二年級跳考醫學系全國第六名，現在是陽明大學教授，而那個差點在頂樓被圍毆的學弟，後來成了我大學宿舍同寢室的親密室友。

然後，這一期居然要做高中校刊社專輯，要我這種前高中魯蛇看一大堆一副自己懂很多文學，文采多好，而且一天到晚請公假，也不知道是去哪裡鬼混的傢伙？嗯哼，好吧，算了，說不定也很有趣。

許多文青人生第一次接觸「文學刊物」應該就是各校的校刊，所以我們想不妨在暑假期間介紹全國高中的校刊給大家認識。因為是廣泛邀請，所以參與的學校不少，我們得以做出問卷調查、展示校刊、手繪重建各神秘校刊社，在整個規劃與執行上，執編江柏學做得非常成功，創意十足。特別是封面，我們邀請部分校刊社員從各地而來，在師大校園裡拍攝，青春氣息爆炸，另外，封面設計字型由小而大，做出空間感的延續，是我從某本日本雜誌學來的，放在這裡簡直像熱血的青春電影一樣，真是令人感到激動！實際上也大受好評，是相當暢銷的代表作。不過，內頁裡有個單元，我們預定給建中校刊社兩頁篇幅，請他們自己採訪與設計版面，我們照登，可惜他們做來成果不佳。我記得當時我非常生氣，氣到要把稿子拉掉，幸好主編許俐葳想出了解決方式，才得以讓這個單元用另一種面貌呈現。還有，本期推出之後，另一個文學單位也開始舉辦高中校刊的展覽與編輯課程，我覺得是好事一件。

No.395

專欄 卜洛克·路內·高翊峰·言叔夏 當月作家 林俊頴 新人新書 顏訥首部散文集《幽魂訥訥》選摘
聯合文學
散步、買書，
偶然在弄堂遇見作家，
就去喫飯、喝酒、聽爵士。
SNH48星梦剧院
上海
半層書店
衡山和集
西西弗書店
言几又
1984BOOKSTORE
上海作協
1933老場坊
棉花酒吧
摩登天空
MAO live house
和平飯店老爵士
凱司令蛋糕店
巴金／魯迅
張愛玲／蕭紅
金宇澄／路內
潘向黎／小白
周嘉寧／Btr
王若盧／
《萌芽》編輯群
UNITAS
2017.09
No.395

我們跟上海一樣的事

臺灣讀者對一九五六年創刊的《萌芽》雜誌一定非常陌生，但一提起韓寒、張悅然、郭敬明這些鼎鼎大名的作家，他們的共通點就是出身於《萌芽》與大陸全國重點大學合辦的「新概念作文大賽」。這個一九九八年首次舉辦的競賽限制參賽者三十歲以下，全大陸會有幾萬人參加，前幾屆最熱門，許多高中生得獎者光憑得了這個獎，就能免試或破格錄取北京大學、復旦大學、華東師範大學等等頂尖學校，也就成了年輕讀者眼中的風雲人物，同時帶動《萌芽》大暢銷，極盛時期據說能賣破五十萬冊。

「現在沒那麼熱門了啦。」《萌芽》雜誌的辦公室主任呂正跟我說，「雜誌銷量當然也沒那麼好了，要很努力才行。」

「嘖，我還以為你們這邊雜誌很好賣耶。」我笑說，「結果還不是一樣。」

我們在上海作協攀滿藤蔓的漂亮小樓二樓，一邊領著「二〇一七年上海—臺北兩岸文學營」的營員參觀《萌芽》辦公室，一邊隨便講話，還掛心金宇澄老師是否到了，專程來上海的《聯合文學》雜誌編輯小隊，準備在外面小陽台訪問他。二〇一〇年我首次幫《萌芽》寫稿子時，從來沒有想過有一天居然會如此頻繁往返上海，跟上海作協人員、上海作家、學者、《萌芽》同仁，以及來自各地的年輕寫作者見面。現在已經跟他們混得很熟，但其實剛接觸時完全不知道該怎麼相處，因為我根本不知道現在上海有哪些活躍的青壯作家，不知道他們喜歡什麼文學，不知道上海作協是什麼玩意兒？也幾乎無法理解《萌芽》這樣「新概念」的文學雜誌，為什麼維持這麼老派的編輯風格，而且字小到不行，讓人不禁懷疑大陸人的視力是不是比我們好多了？

跟金宇澄老師打過招呼，看他在小陽台就座，我們的編輯小隊與上海寫手包圍著他，開始問第一個問題時，我悄悄溜走，去衡山和集看書，一家非常中產階級的藝文精英書店，雖然這麼說有點那個，但臺灣沒有一家書店有這麼「中產精英」的程度。然後去一家咖啡館喝咖啡，吃閃電泡芙，雖然這麼說也有點那個，但我沒在臺灣一樣貴的咖啡館喝過那麼難喝的咖啡，吃過那麼難吃的閃電泡芙。我既不遺憾也不欣喜，我同樣也是這麼想的，本來在不同的風土、體制、教育方式與思考脈絡之下，兩岸的文學想像、文體技巧、關懷題材，而且對未來的憧憬都截然不同，才不可能靠著幾次的文學交流，讓彼此變得多麼了解彼此。

不過，別的事情不知道，至少在文學領域裡一定是以下這樣沒錯：保持好奇心，勇於去開拓更遠更陌生的領域，這便是此次專輯的目的。我還不夠了解上海，就像我不夠了解東京、巴黎、倫敦、紐約，可是我明白上海的他們和我們同樣熱愛文學，在各自的條件限制下，都想盡可能做好一點，而在越來越沒人想讀文學的時候，我們也懷著一樣挫敗的心情，想著要怎麼再更努力一些。

特別感謝：上海作家協會孫甘露老師、《萌芽》雜誌呂正、桂傳俍、唐一斌的協助。

上海這樣的城市做一次不夠，但這一次已經盡可能地訪問了當下最重要、最受注目的上海作家（以上海作協，具有官方支持色彩的作家為主），以及實地走訪的閱讀與文學路線。整體來說，規劃上有些粗糙，似乎走不太進去上海的內裡，我們做中國的城市文學確實有些吃力。事實上，也只做了這一次，人都是好人，但兩岸文學交流的陌生感，仍然非常明顯。封面嘗試了幾次，最後以拼貼呈現其複雜魔幻與令人心慌，如您所見並不成功。

No.396

這一期專輯的編輯形式是模仿日雜《考える人》季刊誌二〇一〇年夏，其中「特集／村上春樹／ロングインタビュー」而做的（時報出版公司曾將這個部分自該雜誌裡抽出，單獨翻譯出版（《1Q84》之後—特集：村上春樹 Long Interview 長訪談》），概念上很簡單，將作家從日常熟悉的，充滿各式各樣雜事與擁擠行程的生活裡拉開，送到一個陌生、無事可做，非得靜下心來專注凝視自己的空間，如此可以進行時間完整充裕，反覆且徹底透視作家性格、生命經歷與作品內容的極深極硬的訪談，就像在遙遠的磧石上鑽洞一樣。

因此，我們跟《考える人》對待村上春樹一樣，幾乎是逼迫著高翊峰先生拋下所有家庭私事與公務規劃——他正忙碌於長篇小說《泡沫戰爭》法文版出書的聯繫事宜，另一本史詩級科幻小說《幻艙》則甫於中國出版簡體版，人也剛從繁忙的上海國際書展宣傳回臺——便與我們特別邀請的訪問者：新銳小說家與文學評論者朱宥勳先生，一起入住宜蘭悅川酒店共同渡過三天兩夜，而在此之前，宥勳先生為了這次的長訪談，已將翊峰先生所有作品全部重讀一次，那包括了六本短篇小說集、兩本巨大的長篇小說，和最新出版的散文集《恍惚、靜止卻又浮現：威士忌飲者的緩慢一瞬》。除此之外，《聯合文學》雜誌編輯小隊、視覺設計、活動企劃人員與特約攝影小路輪流進駐酒店，一方面跟酒店公關人員協調，從早晨到深夜地照看兩位作家的起居，另一方面必須執行側記、平面攝影、動態錄影與補足邊欄的採訪，雖然是簡單的概念，實際上該做的事情多如牛毛，得一根一根地確實順好才行，當然，這對工作團隊來說算不上苦差事，忙碌歸忙碌，但悅川酒店設備一流，非常舒服，宜蘭東西又好吃，翊峰先生與宥勳先生也沒有怨言地忍受我們安排不周之處。

以前在時尚流行雜誌工作時，以如此規格對待一位明星或名人並不少見，不過在我孤陋寡聞的有限編輯生涯裡，近年尚未在文學刊物上見過類似的「厚工」長訪談，何況我可以保證，不會有任何針對明星或名人的娛樂專訪會做到這種傷人的程度：儘管身處舒適的空間裡，翊峰先生與宥勳先生仍必須根本地、一日設定一個廣泛主軸，再往下細分無數子題，不斷澄清觀念、選擇用語、質疑成規、設法逼近創作本源，您可以在長達四十多頁、總共近五萬字、彼此毫不退卻的一問一答裡，讀到翊峰先生的理性邏輯、充滿自信、頭腦清晰之強，也可以讀到他的感性、迴避、遲疑與脆弱，像是一次長途跋涉的心智之旅，而這所有的一切，最終想呈現正如《考える人》的刊物精神：「plain living & high thinking」。

嗯，好吧，頗愛買東西的翊峰先生不算什麼素樸生活的傢伙（您也可以在長訪談裡讀到），但至少高度思考這件事，若您熟悉他的作品風格就會知道他向來實踐得相當激烈，而這一次，我想是他接受過的訪談裡最「高度思考」的一次……翊峰先生有所不知的是，宥勳先生答應為我們採訪之後，我特別打了通電話請求：「請你在訪問時，務必讓高翊峰得因為費盡心力思考而感到痛。」

十分感謝。

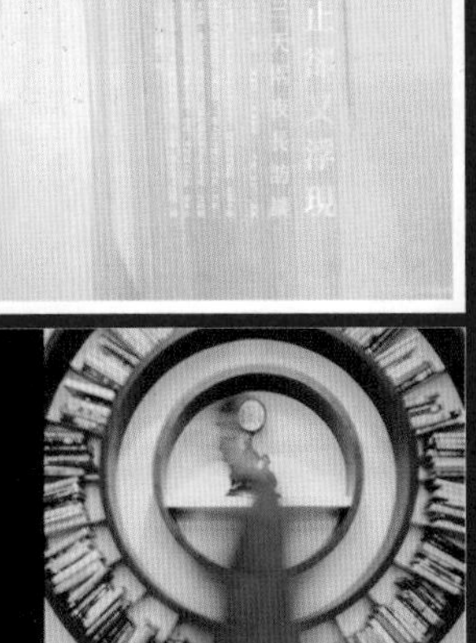

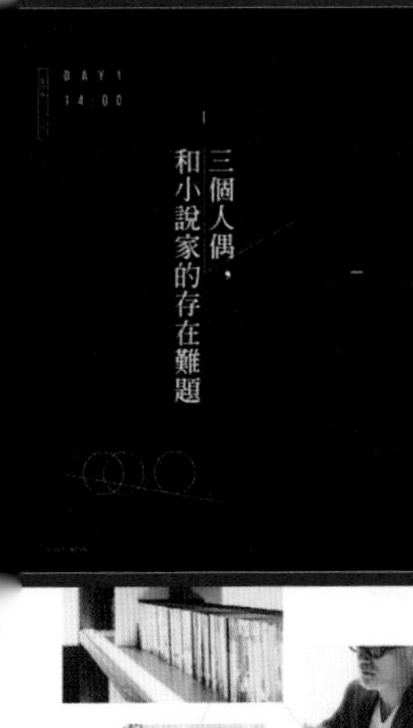

簡單來說就是花了很多錢的一期，到目前為止也只做了一次這樣的作法，這樣規模的專訪，說實話，全部從成本考量的話，像我們這樣的小刊物，真的該適可而止。號稱是《聯合文學》史上拍攝作家封面最美的一期，也是內頁使用單一作家照片最多的一期，完全就是為腦粉而做的。高翊峰本人帥氣，攝影師小路風格鮮明，加上洗練的封面設計與標題，讓高翊峰的讀者愛不釋手，還把這封面畫成限圖。這不是多麼暢銷的一期，但我們想證明，《聯合文學》試著要成為最好的雜誌，還可以怎麼做。

No.397

專欄 卜洛克 · 路內 · 高翊峰 · 言叔夏 當月作家 李昂 新人新書 何貞
聯合文學
2017諾貝爾文學獎雙封面特輯：石黑一雄
Baudela
1821-1929
巴黎百年
文學饗宴
自波特萊爾誕生
到海明威的瘋狂年代
UNITAS
2017.11
No.397

一無所知，卻又無窮無盡的巴黎

七月，人生第一次去巴黎，三對好友夫妻一起去，部分安排了本次專輯的工作行程，其他時間就像單純的觀光客一樣，到處走馬看花。回臺灣後，所有知道我去了巴黎的友人都問我一句話：「那你還會想再去一次巴黎嗎？」大概是我平常亂說巴黎的壞話說太多了，這就是所謂的活該，確實該發生的都發生了。

比方說，我們抵達的第一天便遇上扒手，又比方說我們常使用的地鐵站總是發散著尿臭味，前一晚下了一點雨，隔天就從天花板與壁面不斷湧出水來；明明街道旁有許多垃圾筒可用，仍然到處是亂丟的菸蒂與垃圾，同樣的，我們在一家露天餐廳吃晚餐，不遠處，一位從地鐵站走出的上班族正對著一堵景觀牆灑尿，但距離這堵牆一分鐘路程裡，有兩間乾淨免費的單人用公廁。然後我又叨嘮地說了些網路上許多人寫過的，巴黎人如何冷漠對待觀光客的現象。

「所以你不會想再去一次巴黎了吧。」友人放棄似地說。

我說不出口。

當我發現自己無法說出：「我不會想再去一次巴黎了。」時，我感到驚訝無比。這是怎麼回事？我想起那些如在電影中流淌的好看人們，那些觀賞以及被觀賞的街邊咖啡座，那些來自世界各地的人們，那些居住與旅行（在花神我們和一位科威特的電視台記者聊起臺灣與中國的關係），那些美味的酒水和難喝的牛奶咖啡、堅硬的麵包與油軟的可頌，那些超級市場裡便宜的生火腿與乳酪，那些專賣店裡昂貴的閃電泡芙與馬卡龍，那些不得不贈送給情人的精品、折扣季與簡體字退稅機，那些涼爽高挑的教堂、狹窄的街巷與大型三輪機車，那些咬在嘴裡的自由的紙菸與優雅的電子菸，那些波特萊爾與海明威、費茲傑羅、沙特、卡繆、西蒙波娃與班雅明遺留的痕跡，那些在地鐵車廂內乖乖伏著的溫和大狗，那些書店、可任意殺價的二手市場貨品與小餐館內從一九六六年便開始為客人歌唱的熟年女伶（她們會拿著小籃子來桌邊索取小費），那些大量廉價的漿果、在市集立食的新鮮生蠔與腥香烤兔肉，那些殘存的美麗拱廊街、可以領失業補助的流浪漢、帶著貓乞討的中歐老婦與我們典型的觀光客行徑，那些美好的長途散步、路中的馬糞、塞納河畔一瓶紅酒一條長棍的下班後野餐，甚至一部令巴黎人覺得噁心的電影《午夜巴黎》，一座羅浮宮，羅浮宮外被滑輪警察追著跑的紀念品小販，一座警戒森嚴的鐵塔，鐵塔裡的米其林星級午餐……我忽然發現自己可以無窮無盡地說下去，即使只去了短短幾日，即使我那麼討厭巴黎，既花錢又得坐那麼久的無聊飛機，也即使，我仍然對巴黎近乎一無所知，卻可以一再地、不重複地告訴您有關巴黎的事，比方說，我如何在巴黎大學旁一家百餘年歷史的古老菸斗店，用一頂京都買的舊呢帽，跟老主人交換了一只二手的 ZEPPELIN 菸斗，然後與友人如何穿過盧森堡公園去丁香園吃晚餐，晚餐結束，恰好尾隨一群穿著性感，身材單薄，沿路跟旁人要錢的未成年少女，一齊走向某個地鐵站……

我想，只有一小段話足以形容這個感覺：「如果你夠幸運，在年輕時待過巴黎，那麼巴黎將永遠跟隨著你，因為巴黎是一席流動的饗宴。」嗯，那個，稍微有點年紀才去第一次也無妨就是了。

作法國文學專輯不是什麼新鮮事，我們所取樣的這個一百年是交織和平與戰爭，奠定巴黎之所以如此迷人的黃金時代，幾乎包括了眾多歐美的經典文學人物。我本來就打算和高翊峰兩家人去巴黎旅行，於是規劃了部分內容共同執行，也讓雜誌內容有當下的現場感。特別的是，我們用色塊不齊整地一塊接一塊地，打破固定頁面，將這一百年的歷史與文學如流動的時光連續呈現，老舊的新聞事件與當下的美食饗宴同時出現，給人一種如夢似幻的感覺，是的，就像伍迪．艾倫的電影《午夜巴黎》（不過巴黎人很討厭這部電影就是了。話說回來，要討好巴黎人不容易，對他們來說，這個世界只有巴黎人和非巴黎人，這是來自里昂的翻譯家關首奇說的）。還要感謝統清公司的贊助，我們才得以有餘裕邀請正在巴黎念書的作家林佑軒幫這專輯寫作一系列巴黎咖啡館的文章（他得親自去吃吃喝喝）。另外，本期還做了當年諾貝爾文學獎得主石黑一雄的雙封面特輯，在極端緊急的狀況下，主編許俐葳出色地完成了組稿。

No.398

專欄 卜洛克．路內．高翊峰．言叔夏 當月作家 張維中 新人新書 李奕樵首部短篇小說集《遊戲自黑暗》選刊
聯合文學
黃崇凱
宋尚緯
李欣倫
陳柏言
黃以曦
+二〇一七文學大事紀
5位年度焦點作家×5處私作空間×50本書架必備讀物
理想的?書房
UNITAS
2017.12
No.398

沒有書房之人

因為家裡很小，簡單來說只有一間臥室、一個開放式廚房與客廳。客廳又被分為兩個部分，一區是小沙發配上一張矮桌與地毯，另一區占了三分之二的空間有一張長桌，被三面書牆包圍，太太坐在長桌的一邊，我則坐在另一邊，以前只有我們兩個人的時候，沒什麼問題，可以各自專心做自己的事，不會互相干擾，但如今我家養的小貓會在兩邊走來走去，看他的心情決定去躺在誰的電腦前或腿上撒嬌，所以雖然說在書桌前工作，其實大部分的時間都在設法把貓從桌子上丟到地下去。小貓也不死心，這一邊被丟完，就跳上另一邊，兩邊都被丟過兩次以上之後，就開始四處搗亂，到處喵喵叫推倒東西，非得吵到人家離開書桌去追他不可。然後就去睡覺，就睡在長桌旁邊書櫃裡，有一格鋪著厚毯子的地方，或是書桌旁的另一張椅子上，上頭也有厚厚的椅墊。(正在寫這稿子的時候，小貓又在我的筆電四周繞來繞去，現在總算去睡了。)

我以前是一直有自己的書房的，搬了許多次的家，無論是一個人或兩個人(但都是沒有小貓的年代)，我都很在意書房這件事。我會把房子最好的一個房間當作書房，通常是有一扇對外的窗子，把書桌放在那邊，想要的時候就能抬頭看著窗外，有時會在窗上掛一串風鈴，有時會擺一個木製的小風車，我喜歡風在四周確實地流動著。那時的我，很在乎地覺得一定要有自己的房間，能在裡頭思考、寫作、讀書，雖然不是自我標榜是作家什麼的，非得有自己的房間不可，但有自己的房間能做自己的事，即使整個房子本來就只有我一個人，也會覺得比較安心。每個人有每個人不同的需求、想要執著的事物、逃避的可能與生活方式，僅僅就我個人來說，有自己的書房像是能真正做些跟外在現實不同的事，於是在那樣的房間裡，我寫了許多作品，有寫得還可以的，也有寫得很差勁的，這跟有沒有自己的房間沒什麼關係。

如今有七年了，我沒有自己的房間，似乎也變得不太在意有沒有書房這件事。我偶爾會羨慕像夏目漱石一樣被特展宣傳稱作「書齋之人」，擁有非常古典的作家形象，但我心中最理想的寫作空間，其實是夏宇在《腹語術》裡寫的，房子裡有許多桌子，在不同的桌子上放了不同的詩稿，走到哪裡就寫到哪裡。我現在也是這樣，有時在長桌上用筆電整理完稿，有時在廚房的吧台上一邊看著滷肉的火，一邊手寫草稿，有時會在沙發躺下來讀小說，或是坐在地毯上臨時記下一則簡短想法，吃吃橘子一類的。我好像失去了對書房的執著，甚至覺得如果能換一間大一點的房子，我寧願有個獨立衣帽間，能把收藏的帽子和長大衣收拾得整齊一些，每年釀的梅酒也放在裡面，人如果窩在裡面，好像可以寫出點什麼秘密的東西來。

因為沒有自己書房的緣故，我唯一需要感到困擾的是必須一再分心地把小貓從身邊丟掉，或者他會在我蹺腳讀書時，用頭把我的書頂開，以便爬到我的身上捲成一圈躺著。但即使我有自己的書房，他一定還是會在外頭喵喵叫，逼得我不得不放他進來，巡視一圈再走出去，就好像是得反覆確定我沒有憑空消失。這麼一想，是不是有書房什麼的，對我來說也就一點也不重要了。

AGENDA

這次算是年度回顧的作法裡四平八穩的一期。請讀者進入年度焦點作家的書房一探究竟，列出他們的年度好書等等，滿足讀者對作家的窺探欲向來是受歡迎的主題。另外，介紹了雲端通路與即將消逝的獨立書店等等，都是文青的作法。也試著做了年度文學大事回顧，但坦白說做得很普通，也不夠美麗。我們不太擅長收集縝密的年度文學資料，要看這個的話，可能得看《文訊》就好。我喜歡封面，雖然這麼說對宋尚緯有些不好意思，但真的有種生活的可愛感。

No.399

聯合文學

UNITAS
2018.01
399

文學近未來
上引號終於逗號機器人即將抵達刪節號神聖不可侵犯的人腦祕境句號下引號

人工智能文學
文學境域如何存在的新母體
甘耀明小說大數據分析與人造仿寫
人類詩與AI詩的純粹對決
AI詩人小冰團隊專訪

2018全新專欄
哈金．溫又柔．張亦絢

全球文學新媒體
Nifty Archive
Electronic Literature Organization
34 North 118 West
Twine
UNITAS Lifestyle
Conducttr
Interactive Fictional Database
NaNoWriMo
Stanford Literary Lab
Deutsche Klassiker
創．市集
古の女神と宝石の射手
文豪とアルケミスト
ひぐらしのなく頃に
幻獸契約クリプトラクト

文學近未來預言小說
伊格言 來自夢中的暗殺者
楊勝博 紙夢歲月
李伍薰 靈魂之筆

2018書評別冊
專欄 毛尖．黃錦樹．陳國偉．朱宥勳 先發登場／范銘如．潘怡帆．楊佳嫻．鄧小樺 二月上陣
新人新書 楊莉敏《世界是野獸的》
指定書評 路內《少年巴比倫》
鬥書評 謝金魚《崩壞國文》
偏書評 林慶祥《刑警教父》
開放書評 帕麗夏《一小片安靜的壞天氣》／李奕樵《遊戲自黑暗》／崎雲《無相》／楊凱麟《虛構集》／張郅忻《織》／林斯諺《床鬼》

期盼在任何一處與您相遇

當您打開這一期《聯合文學》一定會有些驚訝，從目錄頁開始就跟幾年來您所讀過的《聯合文學》大不相同，我不打算在這裡直接向您報告我們到底做了些什麼改變，希望您能隨心所欲地讀讀。

明明二〇一六年我們才獲得金鼎獎「最佳人文藝術類雜誌獎」以及「年度雜誌大獎」，二〇一七年又得到金鼎獎「最佳美術設計：個人獎」，大可以將二〇一四年來逐漸精鍊成熟的《聯合文學》樣貌繼續維持下去，可是其實早在二〇一六年底我就跟小我十幾二十歲的同事們說了：「也許二〇一七年還能使用舊版型，不過二〇一八年我們要再做一次改版，這一次，要讓《聯合文學》變成是你們的《聯合文學》，而不是我的。」二〇〇九年六月，我接掌《聯合文學》的前夕已經對這本雜誌的未來有張明確的預想圖，於是在九年之間，我和永遠小小的編輯團隊，幾乎是一再打掉重做地朝著我設定的一切去編輯《聯合文學》，如您一路以來看到的那樣，有做得極好的部分，當然也常常有慘不忍睹的時刻，但《聯合文學》終究成了一本顛覆許多人想像，並且從來沒有人完成過的文學雜誌。更好的是，總是有作家、讀者、雜誌同行和年輕朋友願意告訴我，這幾年我們的思考方式、團隊運作、內容創意與視覺設計如何影響，並且激勵了他們對實體刊物的熱情。

只是當時我所想像與期盼的未來，不管是雜誌製作或文學本身，都一定跟此刻的文學雜誌人所想像與期盼的未來截然不同，他們所看見的風景必然比我過去所見的要更激烈變動許多。這幾年來出自於我個人任性的改版計畫，一直受到大家的支持與包容，接下來我想當支持與包容別人的那個人，讓比我對未來更敏銳、更有想法的年輕同事真正實踐他們對文學與雜誌的理想，而我在必要的時候，幫他們壓平蹺起的邊角，或是拉拉不夠伸展的皺折，這樣的程度就好。

好吧，雖然前面說不打算直接報告我們有什麼改變，還是忍不住要說一點點，例如《聯合文學》已經有了專屬的線上誌（請用手機掃一下右下方的 QR Code），除了部分的實體雜誌文章，也將有大量原生內容。同時，我們會在每期雜誌內製作三十二頁的「書評別冊」，所有內容都是當年度華文文學書評，如您所知，幾乎沒有實體刊物大規模地做這件吃力不討好的事了。所以，此刻的您有兩個選擇，立刻掃瞄 QR Code 去逛逛全新的《聯合文學》線上誌，或者也可以直接翻到「書評別冊」去讀讀不合時宜的正統書評，對所有讀者來說，都可以依個人喜好、重度或輕度，重新體驗閱讀《聯合文學》的樂趣，而這兩個作法正代表了《聯合文學》未來兩種並存的風格定位：「隨時可以在行動中享用的文學生活，以及理所當然作為核心的深度文學閱讀。」

不過，或許我不該侈言「未來」，因為按照這世界的快速變化，我們目前的嘗試頂多只能說是有限程度的「近未來」，那麼從二〇一八年開始，我們要這麼跟大家報告：線上《聯合文學》加上實體刊物的《聯合文學》，才是《聯合文學》作為文學新媒體的「近未來」完整樣貌，期盼在任何一處與您相遇。

我們在這一年開始，做了「聯合文學線上誌」這個華文世界最完整的文學網站，並不是把《聯合文學》的內容複製貼上，而是扎扎實實地有一半以上的原生單元，對我們來說是全新的開始，於是我們想，近未來的文學媒體會是什麼模樣，ＡＩ如何會影響人類的創作等等。雖然盡可能介紹了世界上數位文學實務的成績，但內容還是過於稀少，人工智能文學方面，我們想做的小說大數據分析沒有成功，文章也不夠深刻。視覺設計方面，本來想做得既極簡又酷的樣子，不過卻很單調，只有封面看起來有點味道。總之好像是做了一個太陌生的主題，怎麼說呢，讓人覺得編輯「沒有愛」吧。

No.400

聯合文學
UNITAS
2018.02
No.400
重返馬康多
《百年孤寂》出版50周年紀念保存專集
100個必須用手去指的《百年孤寂》關鍵詞
無法繪製的馬康多幻象地圖
不會再來一次的《百年孤寂》＋哥倫比亞大事雙史年表

重新面對行刑隊執行槍決的那一刻

我在十八或十九歲初讀賈西亞．馬奎斯的《百年孤寂》之前，對這位作家與作品大約只聽過名字的程度，既不知道魔幻寫實是什麼，更不用說這個文學風格對臺灣小說家產生了什麼樣的影響也一無所知，這距離本書出版已經有二十多年的時間，距他得諾貝爾獎將近十年。這麼說不代表與我年紀相近的同儕們也是如此，純粹只是我個人書讀得少也晚而已，不過就在那前後十年的時光裡，五、六年級的作家像是被巨浪衝擊似地，大量吸收了翻譯文學作品與知識、理論，並藉此鍛鍊出足以壓倒前輩作家的高度技術與獨特風格，駱以軍與袁哲生就是最佳的代表。

他們兩位觀看、描繪世界的方式與實際上完成的小說，皆是劃時代的文學成就，就像兩道強烈的光射向未來，可是當時的他們根本不知道自己完成了什麼，仍然戰戰兢兢地尋求前輩的認可，也不知道自己對後代作家將造成多大的影響。他們兩位讓後繼者知道，可以不必寫成像經典作家黃春明、王文興、白先勇那樣，也不必寫得跟當年最流行的張大春、朱天心、朱天文一樣，這不在於誰的作品寫得更好，而是在於他們（以及一小批五年級作家）是真正意義上的、消滅了此前刻意襲仿或半調子練習的痕跡，將體系龐大、源由複雜、時代性與感受性不一的西方文學知識與內涵徹底融合、變形接枝、轉化成華文文學與漢字血肉的先行者，他們讓下一代作家知道：「天啊，這樣做真的行得通。」

當然這些所謂外來的作品、理論、知識、技術、風格等等，都不是「最新」的發明，就只是像《百年孤寂》裡的人造冰塊一樣，馬康多小鎮裡的人看著新奇，摸著發燙，但不過是他處常見的事物或是基本常識。話雖然這樣說，倒也不必覺得怎麼樣，讀了什麼樣的東西是一回事，真正寫出來的東西又是另一回事，就以「魔幻寫實」來說，現在大家都知道了，在賈西亞·馬奎斯之前，其最初起源是來自歐陸的「超現實主義」，再揉合了拉丁美洲的民族傳說、庶民故事、歷史事件、親身經歷的獨裁政治等等作為基礎養分，經過多少類似風格作家的不斷演練，加上賈西亞·馬奎斯本人廣泛的文學傳承，例如法蘭茲·卡夫卡（奧匈帝國）、威廉·福克納（美國）與胡安·魯佛（墨西哥）等等，因而產生出《百年孤寂》這般「典型」的魔幻寫實風格。正是這些複雜事物一點一點地織絞內部肌理，才足以撐得起如《百年孤寂》這樣的長篇大作，更使得這書出版五十年了，即使一再重讀仍然能發現各種意外樂趣與靈感啟示，所以此次不妨隨我們重返馬康多，再次面對行刑隊執行槍決的那一刻。

最後，各位若讀了一月號，一定發現我們的重大調整。特別是「書評別冊」這個獨立的小冊，完全是針對重度文學讀者的單元，也歡迎您投稿。目前投稿單元有「開放書評」和「快書評」，請立刻看看我們的徵稿訊息吧，歡迎您來用手為我們指出，深藏於一本書裡尚未被命名的嶄新世界。

AGENDA

二〇一八年我們撤掉了已經執行四年的固定單元：文學生活、在一起、逛逛看、背著走、借你玩，這是為了因應我們成立了「聯合文學線上誌」，將這些強調生活感的內容移到網站上，用不同的方式表現，實體雜誌完全以「專輯」為主，因此位置移動到最前面，一翻開雜誌，稍微暖身一下就直接進入專輯。馬奎斯不是我們第一次做，這一次特別針對出版五十週年的《百年孤寂》，核心的文章是一百個關鍵詞。但我們用了複雜的作法，結合《百年孤寂》內容與哥倫比亞大事雙年表，再加上關鍵字，做了一個長長的時間軸，既魔幻述說又寫實對照，相當成功，封面也像表現主義的畫風一樣強烈。

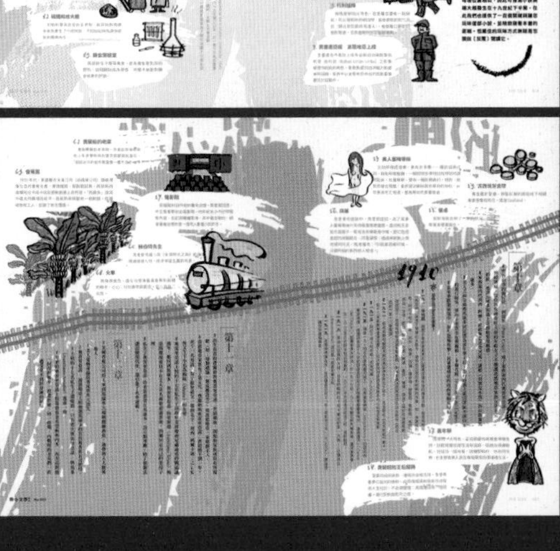

No.401

聯合文學
入會審查
超內行珍迷測驗題
研究會
珍奧斯汀vs.夏綠蒂伯朗特 女性小說家的時代
傲慢與偏見 理性與感性 勸導
艾瑪 曼斯菲爾德莊園 諾桑覺寺 六大經典癡迷重讀
禮儀課
舞會上婚戀教戰守則+漫畫家61chi《傲慢與偏見》場景熱愛重現
社交界書信往來攻防+朱國珍&徐珮芬 回信致達西先生
交誼廳
晚餐室
珍奧斯汀逝世201年紀念
Jane Austen's
珍奧斯汀
地下俱樂部
Club
UNITAS
2018.03
401

令人討厭的珍奧斯汀

您一定讀過珍奧斯汀。就算沒實際讀過鼎鼎大名的《傲慢與偏見》原著小說，沒看過李安巧妙改編的《理性與感性》電影；可能也見過BBC影集裡濕身的達西先生Colin Firth，或耳聞《BJ單身日記》裡Bridget Jones的求愛歷險記。珍奧斯汀幾乎成為眾多愛情電影的原型，被改編的次數多到數不清。當然，她的影響力不僅限於羅曼史，去年獲得二〇一七諾貝爾文學獎的石黑一雄，就被評審認為「他的作品像是珍．奧斯汀與卡夫卡的綜合體，再添加一些普魯斯特。」

因此，即使已經過了值得紀念的珍奧斯汀逝世兩百週年，各種活動跟展覽都辦過了，她的肖像還登上了新版十元英鎊，沒關係，我們還是想做珍奧斯汀！就算是兩百零一年也很值得紀念！開會討論時，有人提出一個大膽的想法，「這次反向思考，或許可以做個『令人討厭的珍奧斯汀』專輯？」很小的時候讀《傲慢與偏見》，只覺得那是一個純潔、浪漫，令人嚮往的羅曼史作品，甚至有點羞於承認那份喜愛。但這次重讀，除了深感十八世紀的少女想找老公實在很累，得不斷拜訪鄰居參加舞會以觸發戀愛事件，時不時還要（被逼）秀才藝之外，再度愛上她高超的說故事本領，以及對社會現實與性別權力的諷刺（放到現在來讀也很合適），人情與人性的幽微之處，都被她穩穩安放在兩吋的象牙上。

這樣的珍奧斯汀，實在找不出令人討厭的地方啊。於是，對一本雜誌來說，可能不算大膽，但比較浪漫的嘗試，或許是想像一間珍奧斯汀俱樂部：位於地下室，需要通過黑暗狹窄的樓梯才能抵達，有點酷、有點私密，提供適合的酒精與餐食，脾性相近的女子們相聚，隨時隨地都能暢聊小說和各種音樂與時尚，以及戀愛。當然要有點門檻，彷彿英國作家吉卜齡的短篇〈The Janeites〉裡的秘密結社「拜珍教」：沒讀透珍奧斯汀，誰都別想進來。視覺設計怡綮為我們找來的模特兒，有著水晶般通曉世事的眼神，看著她在鏡頭前走動、讀信寫字或微笑，會讓人生出一股篤定的感覺：沒錯，我就是要成為這樣的女孩。

而每位為我們撰稿的作者，無論是作家或學者，幾乎都以一種少女的口吻告訴我：「真的好喜歡珍奧斯汀啊……（下略五百字）」或「怎麼談字數都不夠啊……（下略一千字）」實在可愛極了。真不愧是珍奧斯汀啊。這次替我們撰寫作品分析的清大李信瑩老師，甚至為我們寫了近萬字的文章來，但抱歉的是雜誌的版面實在放不下，最後只好拜託她還是替我們刪改了，每割捨一段都很心痛。看來，這就是珍奧斯汀最令人討厭的地方了。（歡迎各家雜誌跟信瑩老師邀稿！）

雖然說了這麼多珍奧斯汀的事，但非常抱歉，在此必須另外說明的是：我並不是《聯合文學》雜誌總編輯王聰威，是主編許俐葳。聰威總編因另有要事，無法親自撰寫本月編輯室報告，因此由我代打上陣。若您讀了這篇文章，覺得「風格完全不對啊！」或「現在的《聯合文學》雜誌，就是要有王聰威的編輯室報告，這是真理。」的話，那就太好了。因為我跟您一樣，也是這麼想的。

米澤穗信

追求與角色心靈互相貼近的瞬間

Jane Austen's Club

珍奧斯汀地下俱樂部

珍奧斯汀逝世201年紀念

第一印象 First Impressions

俱樂部特製餐點

因為母喪請假的緣故，這是我完全沒有參與的一期，連編輯室報告也是主編許俐葳寫的，不過她模仿我的口氣與用詞相當道地！整個專輯的架構是移植了之前的「紅樓夢」專輯，我覺得這個設想很好（雖然跟我請假之前的討論有所不同），可惜內容變化較少，美術視覺上也較單調。同樣使用模特兒的封面，並沒有突出進入珍奧斯汀俱樂部的神秘感。只是，就算我在的話，也不一定能做得更好。

No.402

聯合文學
紐約文學之旅
Unnameable Books
Greenlight Bookstore
World Trade Center
Poets House
Lispenard Street
Minetta Tavern
White Horse Tavern
Amazon Books
The Algonquin Hotel
Flagship Store on Fifth Avenue
Queensboro Bridge
YORK

以前開跑車現在開休旅車的范銘如

范銘如老師喜歡我。

范銘如老師是最早提出「新鄉土文學」概念的學者，她非常喜歡我早期寫家鄉高雄的小說，在許多評論專著與年度選書裡，都不吝鼓勵我，但我以前根本不認識她，許多年前某天她寫信邀請我去她的課堂演講，我們才有機會見面。走了好久的上坡路，站在政治大學百年樓前面，一個削瘦而灰撲撲的女人從門口走出來跟我打招呼，雖然表情很客氣並掛著微笑，不過有種瞬間被精悍眼神掃過的感覺。

演講本身講得很糟，我只記得自己一直強調寫作是種工匠行為，而工匠以前都要三年四個月才能出師，但年輕學生們完全沒聽過類似的俗語，場面死氣沉沉的，我想一定讓她覺得很困擾，怎麼找了這傢伙來演講。總算結束之後，她說：「我開車載你下山吧。」跟她走到停車場，發現她開的居然是一輛超低底盤的雙門跑車，我坐在車上，一邊聽她評價我們這世代的作家，心裡一邊嘀咕：「剛從美國回來耍什麼帥啊，這種車在臺灣坐起來很不舒服啊。」

後來有很長一段時間沒見她，偶爾會因為公事通信，有時仗著她對我的信賴和喜愛，想麻煩她為我負責出版的新書寫推薦序，她讀了讀覺得不好就一口氣回絕我，「因為不能寫真話」。她說。前段日子，林奕含的事情正沸沸揚揚時，我寫了篇書評貼在臉書上，盡可能誠實地寫了我對《房思琪的初戀樂園》這本書的看法，「你很勇敢。」她留言給我，「這陣子不是很能理性的就文學談文學，你竟然敢客觀地做小說評論。」

前兩年我們在某個場合遇見了，她說：「來，我開車載你去坐捷運。」我大吃一驚，原來的低底盤跑車怎麼了！她換了台規規矩矩公務員似的休旅車，我問她為什麼要換車，她說：「因為比較舒服。」我在心裡翻了白眼，這還用得著說嗎？我們照例在車上聊許多第一線小說家的作品，我很愛亂問，她也就一一回答，於是我就偷偷把自己的一些偏見跟她抱怨，等到氣氛看起來似乎還不錯，彼此意見也都相當接近時，我就說：「老師，請幫我的新小說寫推薦序吧！」她非常爽快答應了，也寫了，但是居然在人家邀請的推薦序裡說人家哪裡寫不好以後要長進一些，我想也太勇敢了點，奇怪的是，我重複讀著她寫的批評，雖然想當面辯解幾句，卻一點也不氣她，反倒有點「好啦，被妳看出來了啦」的心虛感，而我平常是一個人家說我哪裡寫得不好，就會立刻覺得對方是豬頭的人。因為這樣，當我們決定在雜誌裡做《書評別冊》時，我就打定主意一定要請她來寫專欄，反正她喜歡的我都已經被唸了，乾脆也讓別人來被她唸一唸好了，有這樣要不得的私心。

這次，她也很爽快地答應了。不過，大概是平常聽我講了太多范銘如老師很兇的話，當她說要親自來公司選書時，編輯馬上陷入緊張兮兮的狀態，事先一直告誡我，叫我自己跟她講話就好。結果，她選完書走了之後，編輯開口的第一句話是：「天啊，我愛上銘如老師了。」

「妳不是說妳很怕她？」我說，「發生了什麼事嗎？」

「不管啦，因為……」編輯說，「她是個真的非常非常非常熱愛小說的人。」我在心裡翻了白眼，這還用得著說嗎？

*因為王聰威本人是個車盲，搞錯了銘如老師的愛車車型，非常抱歉。銘如老師現在開的是轎跑車，不是休旅車。特此澄清，但真的舒服很多。

把紐約文學之旅做成了像乘坐觀光巴士一般，遊覽紐約文學地景，加上紐約現場的文學街訪，算是四平八穩的一期。只是封面當時一度難產，在夜深的製版廠裡精疲力盡，不知道做了多少個了，我們自己都不滿意。最後簡單地使用這幅經典場面的插畫，只有主標是中文，其他用英文標出文學地景作為整體氛圍，意外地在最短時間裡成了一張最美麗又恰如其分的封面。有時候，想得太複雜只是搞死自己。

No.403

聯合文學

UNITAS
2018.05
No.403

全國巡迴文藝營
今夏開催！

小津安二郎逝世五十五週年紀念

小津日和

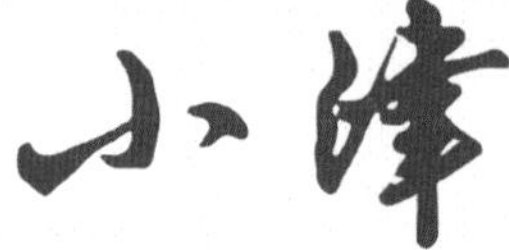

生活，以及生活

休閒　記事　散步　通勤　家務　吃飯　小酌　讀書　寒暄

幾幾乎乎與戰爭無關的日常

一九三七年九月，已經執導或參與眾多電影，並且小有名氣的小津安二郎應召入伍，在友人為他舉辦的盛大歡送會後，進入中日戰爭的激烈戰場，他當時隸屬於日本陸軍上海派遣軍瓦斯隊本部野戰瓦斯第二中隊，也就是特種的化學兵部隊，作為只管幾個小兵的基層伍長，小津安二郎隨後實際參與了一場又一場的前線戰鬥。

差不多同時期稍早，一九三七年六月，天才洋溢、神經纖細的二十歲鋼琴家雨田繼彥同樣應召入伍。他隸屬於九州第六師團，也就是以粗暴而戰鬥力強悍著稱的熊本師團，作為一個最低階二等兵，直接被投入了血肉磨坊般的上海松滬會戰。不知道雨田繼彥是否曾看過小津安二郎拍的電影，但他們兩位很可能同時在上海松滬戰場上與當時中國最精銳的幾支軍隊慘烈作戰。

隨著中國軍隊從上海撤退，轉進至南京，獲勝的日軍一路凱歌追擊，而雨田繼彥所在的熊本師團正是南京攻略戰的主力，然後就發生了慘無人道的南京大屠殺。在那裡，雨田繼彥被迫拿著大量生產的便宜軍刀砍中國俘虜的頭，但他只是個「為了彈蕭邦和德布西優美曲子而出生的男人」，怎麼可能會砍人頭，結果「只弄得全身血淋淋的，俘虜痛苦得滿地打滾……」雨田繼彥面對這樣的光景，吐得非常慘，連胃液與空氣都吐光了，長官覺得他是個沒用的傢伙，還用軍靴朝他的腹部猛踢。

小津安二郎的部隊沒有參加南京攻略戰，但是仍然於華中戰場四處奔戰，在他的日記裡也記錄著他如何操作毒氣兵器，同樣是持刀砍人這件事，在一九三九年間的某次訪問裡他說：「第一次體驗敵人的子彈是在滁縣，無情地愕然射來，但漸漸習慣了。剛開始不自覺地拚命喝酒，借幾分酒意行事。到最後就不在乎了。砍人時也像古裝片一樣。掄刀砍下時，會暫時一動不動。呀！倒下了。戲劇果然很寫實。我居然還有心情注意這種事情。」在另一次訪問中，他則說：「看到這樣的中國兵，一點也沒有把他們當做敵人。他們是無處不在的蟲子。我開始不承認人的價值，他們只不過是物件，不管怎麼射擊，都顯得心平氣和。」一九三八年六月，小津安二郎升為軍曹，可以統領更多士兵作戰，而雨田繼彥也在同一個月退役回到日本家鄉，不久後他寫下了長長的遺書，綿密地記載了在戰爭中體驗的事情，在老家的閣樓房間裡割腕自盡。

小津安二郎於一九三九年九月退役回日本拍了幾部電影，一九四三年以陸軍報導部電影班成員再次入伍前往新加坡，日本投降後被俘虜直到一九四五年遣返回國，然後他陸續拍出這個世界上最日常動人的美好電影（例如我最喜歡的《麥秋》），在那些裡頭，有低低的謙遜鏡頭和安靜的邊框，有孤獨又灑脫的老人、頑劣的孩童，有待嫁的美麗新娘、庸俗的親戚，有平凡的家居與空靈的風景，有傷感的人情事故，以及對現實生活的控訴，但就是一點點煙硝戰塵也沒有，一點點芥子氣的刺鼻味也沒有。這讓我想起村上春樹《刺殺騎士團長》裡的雨田繼彥，以及雨田繼彥的哥哥雨田具彥。小說裡，雨田具彥同時背負著無法抵抗納粹法西斯主義與日本軍國主義的罪愆，在長久的沉默之後，「雨田具彥已經完全變身成日本畫家，把以前的畫風捨棄得一乾二淨，完全換成新的畫法。」也幾幾乎乎與戰爭無關。

忽然之間好想做小津，就像忽然之間就會想重看小津一樣，因此趁他的逝世五十五週年做了這一期，也沒別人做就是了。不過，原本設定的日常生活情境結合文章的作法是失敗了，文章本身很好，也大略回顧了小津的重點，但就是結合不起來，我一開始的編輯策略想得太美好而訂錯了，要依靠之後的編輯技術挽回也沒辦法，讓編輯做得很難過。特別推薦「乾杯！大叔敬小津的電影人生」，對談的人是我在東京認識的一群華語電影同好會的大哥大姊，我自己的小說在東京發表時，他們兩度來聽我演講，還請我吃飯喝酒，非常熱情愉快的一群人。本期的插畫是《聯合文學》前美術設計小五畫的，素樸又可愛，簡略地勾勒了小津的美感。

No.404

聯合文學
UNITAS
2018.06
No. 404
全國巡迴文藝營
今夏開催！
「感覺，溫度又升高了一點了呢。」
「我想……這有很多原因。」
百 ONLY 合
百合力檢定｜戀愛心測｜楊双子×簡莉穎 百合控對談
43本百合精選書單｜百合會論壇10大熱門
《挪威的森林》、《鱷魚手記》同人漫畫
Comic Horizon 4 百合向ONLY場直擊

百合的一瞬間

非常不好意思，有關這次的「百合」專輯，我幾乎什麼也不懂，年初我去博客來做年度會報時，對方窗口還相當得意他們進了大量的百合系出版物，但對我來說，這卻是第一次要做一個連邊邊角角都一無所知的主題。真是不可思議，在此之前不管做什麼困難主題或冷門作家，多少都能有點頭緒，有些基本常識，這次完全不行，我可能看過有類似情節的日本偶像劇或電影，或是讀過有這樣傾向的小說，例如楊双子的《花開時節》，但「百合」作為一種藝文主題的主要來源：動漫、遊戲與同人誌等等，我完全沒接觸過（我這個人相當無趣，眼界也很窄）。雖然真的決定要做之前查了資料，但分類實在是太過幽微細緻，定義隨時代複雜多變，每個國家還不太一樣，對流行文化的影響層面也非常廣，沒深入好好研究不可能搞得清楚，於是我就忽然沒頭沒尾地跟編輯說：「喂，那就來做這個吧。」反正我不懂沒關係，主編神小風本來就是這方面的漫畫專家，現在還正寫著漫畫專欄，她懂得要命就好了，再加上擅長將各式題材都轉換成看起來很厲害的文學論述的新惠做執行編輯，我可以稍微不負責任一點應該還好。

但是話雖然這麼說，我還是有點緊張兮兮地，特別觀察一下公司的女性同事如何相處，不是我自誇，我的職場人生絕大部分都與眾多女孩一起工作，卻完全沒注意過這方面的事情，這使得我一時興起的野生觀察非常吃力，實在分不清楚哪些是一般的打打鬧鬧，哪些只是普通的同事情誼，哪些或許涉及了個人的性別認同，而是否有哪些可以歸類為「百合」？不是為我自己缺乏敏感度找藉口，但我想許多對這個主題感到陌生的讀者，也不一定能夠判斷也許自己本人頗具百合潛力或早就相當百合了，別擔心，本期雜誌裡就有鑑定您的百合力的超強心理測驗，不妨在閱讀全刊之前先做做，應該更能夠讓專業文章與自己產生親密感。

總之，我因為一直很焦慮，文章都是專家與內行作家所寫的沒問題，我最害怕的是視覺設計上沒辦法準確傳達「百合感」，（不是那個，也不是這個，就是百合）結果變成了一個囉嗦的上司，每次開會時都要一再確認我自己對這主題的感受沒有偏離，把人家煩得要死。最重要的無非是封面怎麼呈現，才能在一眼瞬間捕捉住女性之間既不是那個，也不是這個，而就是既幽微又爽朗的百合模樣。為了達成這件事，視覺設計安比事先找了無數的範本參考，拍攝時我們請了兩位模特兒、攝影師、燈光師、化妝師，加上編輯小隊全員出動，從白天拍到夜晚，從外景拍到攝影棚，每個人都吃了大量的麥當勞薯條和麥克雞塊，還幫新惠慶生一起吃蛋糕，最終的成果就是您看到的這個，不必意義詮釋的，直覺性的，具有微小故事性的百合一瞬間。

最後，有關焦慮這件事，坦白說，在棚內我跟攝影師佩芸對著剛拍好的第一 cut 討論完想要的封面風格，站在一旁，看著所有人忙碌著拍照，或是把燈光、折疊梯、背景紙搬來搬去的樣子時，我忽然覺得有點悠哉起來。

AGENDA

這一期一推出立刻收到社群媒體極為熱烈的反應。非常多讀者驚訝我們會做如此小眾的類型文學，而且封面如此唯美強烈，給了很多鼓勵，但幾乎是一樣的力度，也在社群媒體引起巨大的批評浪潮，號稱是「百合之亂」。同樣就是這個封面，有讀者認為百合就是只留在二次元，不該用真人影像，有讀者認為百合應該要用長髮女生拍攝，不該是短髮。也有讀者說，內容裡我們大剌剌地曝光聲優的名字，是犯了百合圈子裡的大忌，也有直接罵我個人不懂百合，做什麼百合專輯。我們在檢討的時候，編輯傷心到說不願再做任何相關的類型文學了。我們幾位編輯都熟悉這個領域，也請了專家撰稿，訪問了有許多相關百合文化實務經驗的人員，但即使這樣，作為以純文學切入類型文學的主流文學刊物，這種作法一方面能讓我們的讀者擴張閱讀範圍，另一方面也容易犯錯，仍然會不夠周到或無法滿足各類基本教義派，如果往後因此不再做類似的主題，也請原諒。

No.405

聯合文學
UNITAS
2018.07
林達陽
poemlin0511
陳繁齊
dyingintherain
任明信
x-devmask
新十年作家群像野生觀察2.0
創世紀詩社
歪仔歪詩社
想像朋友寫作會
台大×政大×東華×東海
社群觀察報
社群操作指南

NEW KID IN TOWN

二〇〇九年，我剛到《聯合文學》任職的第299期，做了一個非常特別的專輯叫做「二十一世紀新十年作家群像」，介紹一九七〇年後出生，當時最頂尖的臺灣小說家、詩人、散文家等等，並且標誌出他們主要出書崛起的成名年代二〇〇〇—二〇一〇年這樣的時間感，我們大膽認為這批作家在這十年之間決定了臺灣文學未來的走向，因此並不採取「新生代作家」或「六年級作家」如此單純的定位，而是用了「新十年作家群像」這樣較有斷代意義的落標。當然，這不是學者研究相近領域的定論，這個除了代表《聯合文學》雜誌個別的立場，也是一種試圖提升這批作家歷史高度的操作策略。然後我們選了四位作家：甘耀明（1972）、楊佳嫻（1978）、鯨向海（1976）、伊格言（1977）合體攝影上了封面（這在當時的文學刊物上很少見），甚至為了強化這樣的印象，我為甘耀明的採訪文章所落的標題是完全會得罪其他作家的「六年級第一人」，也就大張旗鼓地宣示了：

There's talk on the street; it sounds so familiar. / Great expectations, everybody's watching you. / People you meet, they all seem to know you. / Even your old friends treat you like you're something new. / Johnny come lately, the new kid in town.

Everybody loves you, so don't let them down ./ 'New kid in town' ——Eagles

整個專輯的設計中規中矩，該有的作家點名、斷代論述、文學浪潮現象解析、新十年經典書介等等一應俱全，不過其中最受注目的，反而是一篇反噬專輯核心的文章，資深藝文記者陳宛茜寫的〈新世代面目模糊〉。當時，我們本來就知道陳宛茜個人的文學品味與銳利觀點，但仍然邀請她務必幫我們撰稿，理所當然引起許多對她與我們的激烈批評。這篇坦白而重要的文章結尾是這麼寫的：「……歷史上最好的文學作品，不都出現在這樣一個最壞的時代？當寫作不再保證功成名就、當作家再度歸於平淡，最真誠、貼近普通讀者心靈的文學便會誕生。下一個十年，且讓我們拭目以待。」而這個具有預言性質的結尾，其實就是本期「新十年作家群像野生觀察2.0」的思考開端。

從二〇〇〇年到二〇一八年的今天，那四位出現在封面的六年級作家都已壓過四十歲，那麼在這十年間出書崛起的，一批以七年級為主的新的「新十年作家群像」們究竟是何真實面目？他們幾乎都取得了文學專業的高等學位，無論視野、學識、創作技巧、評論文采都堪稱是水平齊整的黃金一代，他們所身處的時代、文學出版環境或許比起十年前還要更糟，但他們似乎找到了可以讓自己迅速功成名就的新方式，他們的作品與人本身似乎並沒有「再度歸於平淡」，但或許才真正貼近了普通讀者，絕大部分是網路原生讀者的心靈。陳宛茜所拭目以待的下一個十年，所謂的未來就是此刻，這一批作家所面臨的挑戰，早就跟十年前截然不同：更壓縮的時間感、更焦慮的假想敵、更急迫所需的個人代表作、更冷酷無情的社群交戰，或許也還有更緊密的同儕情感，像是前段日子在網路上熱議的「文學幫派」（關於這個孩子氣的爭議，請見《聯合文學》線上誌，三島中尉的專欄「寫給新手作家的沒用指南」//www.unitas.me/?p=2914），作為一個盡責的文學媒體，我們相當樂意讓這個話題更火熱一些，也就藉此，再次向各位大張旗鼓地宣示：There's new kids in town. Everybody's talking.

把這一期和299期，兩期同樣是「新十作家群像」的封面擺在一起看，雖然對我的老朋友們感到很抱歉，但這一期顯然拍得好看多了（真的抱歉）！怎麼說呢？299期的各位真的看起來好質樸啊，我的老天爺！這首先是我的問題，沒跟攝影師與美術人員好好地規劃影像（這在前一本《編輯樣》已經反省過了），但本期三位詩人，光從表情來看就有種「我們知道我們是誰，我們在那裡，我們在幹什麼」的感覺。不僅在十年間，臺灣的文學環境、發表方式，寫作風格有急速的轉變，我覺得作家對自我的認識也來得更明確更有自信。十年前，我們在拍攝時都盡可能地協助作家們形塑外在風格，如今的新十年作家，早就知道如何在各種媒體上展現自己，看看這一期裡面拍攝的年輕作家們，每個人都非常有型，這正是十年前我們期盼看到的未來。

新十年作家群像2.0野生觀察

聯合文學

230本選書突破！

當代高中
戀愛文學
指導課程

雖然這麼說，但也強烈推薦給需要各種指示、解析、索引、分類、自我說明的沒用大人……那在高中時代，彷彿會被嘲笑卻又明確到無法忘記的心情，到底是什麼呢？

91%使用者有效！

課後輔導
史上最強
戀愛指南！

UNITAS
2018.08
No. 406

♥ 戀愛典藏圖書館
范宜如・夏夏・孫梓評・朱嘉漢・林蔚昀
♥ 戀愛療癒保健室
陳思宏・賴志穎・許亞歷
♥ 戀愛商談教休室
蔡淇華・宋怡慧・陳育萱
♥ 戀愛實境放映室
giloo紀實影音・黃以曦
♥ 戀愛特陳福利社
永樂座・浮光・文書店・唐山・青鳥

時光機器的可能

「一九八〇年的老電影《似曾相識》（*Somewhere In Time*），克里斯多福．李維與珍．西摩兒演的，是一部穿越時空，回到過去的電影。跟其他穿越時空的電影不太一樣，克里斯多福．李維並沒有搭乘某種時光機器，而僅僅是依照某位物理學教授的方法，將旅館房間改造成過去的樣子，自己也穿上過去的衣飾，躺在床上自我催眠，幾次失敗之後，成功地回到七十幾年前的過去。在那個過去，他與珍．西摩兒相遇，短短的時間內相戀相愛，但卻因為偶然掏出一枚現代硬幣，瞬間時光重回現代，而後兩人各自於七十餘年的漫長時光之流當中死去。不過畢竟是電影嘛，這世界尚未發明任何可讓人時光旅行的事物與法則，大概也很難想像會被發明出來。」熱愛電影的七年級詩人K有一次這麼說。

「但若能發明出來，該有多好呢？」年初同學會之後，K的高中同班同學C常常抱怨，「要是能早點跟她在一起就好了。」這傢伙算不上什麼好人（不過距離爛人還有一小段距離），從高中同班以來，做過不少匪類的事，傷了不少女人的心，兩年前跟同公司的輕熟女事務員結婚，婚後倒是乖了一陣子，「不過這次總算還是不行了吧！」K笑他，C像被旋渦襲捲而傾覆的小船一般栽進去，與在同學會上重新相遇的、其實本來不太熟的女同學w談起戀愛。

他們幾次見面老是圍繞著這個架空的無聊時光機話題，一邊喝著鈍重的威士忌，C一邊說：「又不是要回到七十幾年前那麼久，不需要有這麼強的功能的時光機，就像不必開藍寶堅尼去便利店一樣，我只要回到高中就好了，有平民車款的效能就夠了。」C被既有的已婚身分綑綁著，而女同學w高中畢業後，則被一路糟糕的戀情幾乎磨光了被愛的能力，結果既不敢要求被誰所愛，也就不敢愛人，即便他們願意為彼此倘開心房與臂彎，兩個人卻如仙人掌與刺蝟般地相擁，痛苦不堪。因為兩造當事人K都相當熟悉，K對C本人並不同情，這跟他的已婚身分無關，而是像他這種程度的男人，只是憑運氣混上好位置的傢伙，實在配不上w，女同學w既聰慧又美麗，雖然有些愛耍小脾氣，但笑的時候像是整個世界都無憂無慮，哭的時候連巨大沙漠都流失殆盡，「我並不是專指你配不上她。」K捉住C的耳朵喊，差點扯下他的眼鏡，「而是說曾經傷害過她的那些傢伙，都比不上她一根腳趾，就算她現任男友也是。」

「嘿嘿嘿……搞什麼啊！」面紅耳赤的C一下子撥開K的手，扶好眼鏡，「原來如此，高中時你那些詩寫的就是她啊，但我可是不會把時光機讓給你坐的喔。」

「幹你娘，誰要你讓座啊！我他媽是老伙仔嗎？」

他們講得一副好像隔壁房間就有一台時光機等著自己去坐似的，到了最後，K和C總算知道自己有多愚蠢多中二了，於是相視而笑。

「最後是秘密喔。」K壓低聲音對我說，「等我成功了才可以寫出來。」

K離開跟C的聚會便直接回家，C並不知道，K不是開玩笑的，K是真的不需要他的時光機器，不必他費心讓座。K打開房門，裡頭已佈置好高中房間的模樣，換上事先準備妥當的舊日高中制服（當然修改合身了），並將每一個口袋檢查過兩次，確保不會有讓自己瞬間返回當下的硬幣小物。

K躺上床，靜靜地望著天花板，希望下一次眼睛睜開來的時候，便是在她的身邊，青春重來，遠在那些傷害抵達之前。

有段時間，我們會刻意在八、九月號做高中生相關的專輯，主要是為了高中學校的訂戶。不過，因為這幾年校園訂戶大幅萎縮，而且許多專做校園的雜誌通路商倒閉跑路，我們已經不再特別這麼做了。但是專門做高中生的文學主題其實頗有趣，像這次把戀愛文學這麼浪漫文藝的東西做成正經八百的「指導課程」，還找來真正的學校老師座談，有種強烈的「反差萌」？（作家個人的戀愛常常很失敗又變態，不太值得參考？）我最喜歡的是封面，我們模仿日本電車上常見新刊海報的作法，突出數字的用法是雜誌封面的秘技，會立刻產生讓人覺得「真的有這麼厲害嗎」的效果……二三〇本選書是真的，九十一%使用者有效是我瞎編的。

人世的樹皮也記不下的淚水

No.407

聯合文學
2018九合一選舉紀念版
儒林外史
憑你的智慧，
我很難跟你解釋。
史上首次
雜誌本體
就是桌遊
八十回
升官發財之路
一個人跪著也要爬完
匡超人、牛浦郎
范進、嚴貢生
杜少卿……
小說人物全數上線
丁允恭
王浩宇
曾柏瑜
薛呈懿
現實人物官場妙計
警告！
以下三種人不宜閱讀
品格高潔者
九合一選舉中途退選者
當過總統者
UNITAS
2018.09
No.407

無人站立的公寓陽台

我小時候住在高雄市前鎮區草衙，那是個相當老舊的區域，有一大片據說是全臺灣最大的違章建築群，就在我念的國小旁邊像一座獨立小鎮。我自己住的地方，則是專門蓋來賣給公教人員的四層樓公寓社區，一排一排整整齊齊的，非常新穎可靠，那是我爸爸買的第一間房子，大概是我五歲左右，從一個一無所有的十八歲年輕人，好不容易白手起家的爸爸，看起來就像是個心滿意足的成功人士。那畢竟是國民黨一黨專政的戒嚴時期，加上爸爸是低階公務員，我們能夠有這樣一間房子，自然是國民黨照顧的功勞居多。每次我放學走過違章建築群外面，走回我家漂亮乾淨的小公寓，我都覺得自己怎麼這麼幸福。

也正因為是公務人員的家庭，我們從小早就習慣了被爸爸耳提面命不准在任何地方談論政治，而且一九七九年高雄發生了美麗島事件，整座城市的氣氛非常緊張。不過話雖如此，在一九八七年解嚴前幾年，黨外運動又重新恢復熱絡與活力了，遇到選舉時，黨外候選人的宣傳車會從我家樓下經過，那時還是國中生的我覺得他們真是勇氣十足，明明知道這整個區域全是國民黨的死忠支持者，加上扎扎實實的買票傳統，居然還敢大剌剌地這樣把宣傳車開進敵陣裡，可想而知最終是毫無勝算，只是讓人看笑話而已。有一次，我聽見宣傳車喇叭大聲放送的聲音，特別跑到陽台上等，當時我最著迷的是一位叫做郭玟成的，三十歲左右的年輕市議員候選人（我還跑去聽過他的政見發表會，天啊，怎麼有人這麼會激勵人心），他的宣傳車開到我家陽台下時，我就立刻猛力鼓掌揮手，大聲對他喊加油。我至今還記得非常清楚，站在宣傳車上的郭玟成原本臉朝另外一邊，對著一排又一排公寓揮手，但那些公寓陽台上空空蕩蕩的沒有任何人站著（怎麼可能會有人理他），整個黃昏的社區街道僅僅迴盪著他自己嘶喊的殘聲而已。他必定聽到我的聲音了，緩緩轉過頭來看著我，先是露出不可思議的驚訝表情（怎麼可能會有人理他），隨即轉為爽朗的微笑，並且向我拱手喊：「多謝多謝！」說起來不好意思，我那一瞬間腦子裡像戀人一般地想：「天啊，郭玟成在看我呀！」然後他又用力向我揮手幾秒，宣傳車繼續往前開，他繼續朝無人站立的公寓陽台揮手嘶喊。

不過很可惜，等我有投票權之後，我一次也沒投過他，不是不喜歡他的關係，而是我從沒去投過票。二〇〇〇年，陳水扁宣佈當選總統的那一天傍晚，連一份正職工作也沒有的我，正在臺北街頭漫無目的地走著，所有街上可見的電視都播送著這個破天荒的消息。我找了部公用電話，打長途電話回高雄，是媽媽接的電話。我對著話筒喊：「阿扁當選了耶！」

媽媽說：「對啊對啊，終於，有夠好。你那邊好不好……」

然後我聽見她哭出聲音來。

這是我最後一次對政治人物有一點點感動。

AGENDA

不是那麼熱愛做古典文學專輯，但一旦要做就會動歪腦筋，做一些別人覺得「這是在搞什麼」的東西，本期邀請「目前勉強」來畫插畫，看起來就是這樣，這些角色到底在搞什麼。不僅是「史上首次雜誌本體就是桌遊」這種作法沒文學刊物搞過，大剌剌地在封面寫上「二〇一八九合一選舉紀念版」，還把真正的政治人物一起拉進來參與也令人覺得可以這樣搞嗎？不過就是做了，執編江柏學真的不辱使命，完成度相當高。話說回來，除了丁允恭仍然是總統府副發言人之外，其他三位政治人物不知有沒有選上？

No.408

聯合文學
10 自白　專訪講談社／文藝春秋／PHP 研究所／角川
10 調查　東野小說全剖析
10 詭計　如何「正確」科學殺人
10 動機　解憂兇手心聲
10 現場　暢遊淺草／日本橋／銀座／人形町
10 美食　《新參者》紅豆鯛魚燒與其他
10 讀者　東京推理迷街訪＋台灣編輯推薦
10 挑戰　入門東野測驗
10 盲點　高階鐵粉擊潰東野
10 證詞　東野小說金句精選
plus
5 名探　認識湯川學／內海薰／草薙俊平／加賀恭一郎／加賀隆正
10×10
東野圭吾的總合

史上第一次雜誌防雷區

二〇一四年十一月號的361期《聯合文學》我們做了「推理入門」專輯，廣泛介紹歐美、日本與華文推理小說，總之是面向所有文學讀者的專輯。這一期雜誌賣得非常好，一開始得到了許多讚美，不過很快就被推理迷指出了致命的編輯錯誤，而且就大剌剌地出現在封面上。這個錯誤其實代表了我們對於推理小說的技術與目的都不夠了解（或者說不夠敏感），以至於做出了不適合的編輯方式。就像視而不見似地，再看一百遍封面或內文，也發現不了我們違背了這種類型小說所依賴的最重要的事情，那就是包括讀者與書中神探最終要共同找出來的「謎底是什麼」。特別是本格派推理所要求的，在小說裡必須公平地提供給神探與讀者一樣的線索，以便讓讀者在閱讀過程裡充分享受與神探、作家競爭的解謎樂趣，而我們犯的錯誤，將使得讀者對某篇經典小說永遠失去這個樂趣……因為他們提早知道了謎底。

這次是我們首次針對單一推理作家做的專輯，做的又是現在最具人氣的東野圭吾，這簡直是捅馬蜂窩。若是上次廣泛介紹的專輯，還能以故事大綱的方式來交代內容，但是如果要全面解析東野圭吾，就不能這麼做，也正因為如此，我們在策劃階段就提出了10×10的編輯概念，在十個精選主題之下，解開十個有關東野圭吾與其小說的秘密。如果要說最得意的部分，應該是雖然很遺憾東野圭吾本人不願受訪，但我們仍然大規模訪問了他的日本不同出版社的編輯們，另外也做了東京推理迷街訪、小說現場、美食的走訪等等原汁原味的日本產地直輸報導。不過，真正麻煩的不是這個，而是在所有的文章裡，從探討殺人手法、兇手動機、小說盲點或勘誤等等，都不得不出現各式各樣的「爆雷」，但這不是令人很為難嗎？

我們是不是自相矛盾地做了一期，只限於看過所有東野圭吾作品的讀者才能讀的專輯？只要您有一本沒讀過，就很有可能在裡頭被雷到，更慘的是，如果您之前沒讀過東野圭吾，只是覺得福山雅治演的湯川學很帥，或是阿部寬演的加賀恭一郎很性感，於是想了解一下東野圭吾這個小說家與其作品，那麼很可能會剝奪掉您許多未來實際讀他的小說時的樂趣。因為這個緣故，兩次推理專輯都為我們寫了大文章的陳國偉老師非常擔心，特別一再交代，要提醒讀者本期專輯裡到處都是雷，所以為了避免無辜的受害者被炸，您會在雜誌封面上看到防雷線，專輯開門頁也會有最後一道防雷線，至於居中的這篇編輯室報告，可以說是最大規模的防雷區，在這裡要請您確認已經完全理解了，您接下來讀到的內容可能會對您的人生產生什麼樣的影響。我想這必定是史上第一本，要再三跟讀者警告：「拜託，一定要確定自己想讀再讀」的文學刊物吧。

那麼，您猜到361期《聯合文學》的封面出現了什麼編輯錯誤了嗎？

除了沒辦法訪問到東野圭吾本人之外，可以說是從內容規劃到封面設計都有超高完整度的一期，也是我們做類型文學最成功的一期，不僅大為暢銷順利再版，也引起日本讀者的熱烈注目，甚至有作家來問我說，為什麼連他的日本朋友也叫他從臺灣幫他帶一本。10×10這樣的點子，強力而有效，可以清楚規劃出專輯架構，讓讀者容易理解進入，越洋訪問了六位東野圭吾的編輯，可以看到創意之外，在有限資源下，編輯小隊的執行力遠遠超出其他競媒之處。當然，「最驚人」也最令人愛不釋手的是讓阿部寬上封面，阿部寬本人自然不知道他上了《聯合文學》的封面，但這是獲得正式授權的作法，當時我們還猶豫著是讓阿部寬或福山雅治上封面，最後因為福山雅治剛剛宣佈婚訊不久，令眾多女性心碎，因此很快被淘汰了。文學刊物做單一作家的專輯，著重封面的吸睛效果，居然不讓作家上封面，而是用作品改編的明星宣傳照上封面，非常大膽吧，也幸好當時做了這樣的決定。另外，其實我們沒想過要做東野圭吾這個主題，是我們家總經理陳芝宇建議了兩年的主題，相當傑出的一手。

No.409

三分鐘！作家自我健檢量表

聯合文學

UNITAS
2018.11
No. 409

寫作會傷人

專科！文字工作職病防止對策

眼科吳芳俊・胸腔科謝佳珍・復健科劉建廷・婦產科林靜儀・皮膚科蔡文淼・家醫科吳旎民・胃腸肝膽科李宜霖・精神科陳牧宏

保健好入門

劉梓潔・姚秀山・盛浩偉・夏　夏・楊佳嫻・朱宥勳・陳思宏・言叔夏・連明偉・楊莉敏・黃麗群・湖南蟲・林俊頴

改留長髮的她開懷地笑著

t與l是青梅竹馬的好友，國小國中都念同樣的學校，因為是小學校的關係，要嘛不是同班，要嘛就是隔壁班同學，感情好到相當老套，每天會一起吃便當，也會一起上下學，別的同學會開他們男生愛女生這類一般性質的玩笑，不過這沒什麼大礙，一來是因為他們兩個功課都非常好，都當過全校的模範生，而且要嘛是班長要嘛是副班長，幾乎學校老師都疼他們疼得要命。高中沒辦法在同個學校念書了，因為兩個人分別考上男女生第一志願的高中，有三年的時間很少能見面，畢竟是高中生了，不可能像孩子似的一直膩在一起不被說閒話，想起對方的時候，只能寫信，雖然沒有很固定地寫，但三年下來兩人都集了厚厚一本活頁簿。正是因為寫信的關係，特別花心思鍛鍊文筆，每天看報紙副刊，也買了課外的散文集和詩集回家讀，結果高中畢業前兩個人都變成了熱愛文學的文藝青年。

我是念大學時，在一個跨校詩社裡同時認識他們的，我跟t是同一間學校，l讀另一間國立大學。那時候的我還只是個鳥不啦嘰的文學菜鳥，但他們一個已經得過全國級的小說獎，另一個則是，呃，也是得了全國級的小說獎，還是報紙副刊特別介紹的新銳詩人。他們那麼相親相愛，聚會時總是坐在彼此身邊，為對方挾菜添茶，有蝦子的話，t一定會為l細心剝好蝦殼，而我呢，沒有人想要我為她剝蝦殼。但奇怪的是他們卻從來不是情侶，l的男朋友是同校的商管科系學長，有時會來一起聚會，接她回宿舍，即便這樣，t還是會自然而然地為l剝蝦殼，l也會自然而然地把他放進碗裡的蝦子吃掉。大四那年，t努力準備考試，一次就考上本科系的研究所，但很少來詩社了。l也很少來，聽說被男朋友甩掉，不知道是不是有因果關係，她得了精神分裂症，在我的大學的附屬醫院裡進進出出，嚴重的時候自殺未遂幾次，有段時間住院住很久。我只去看過她一次，和t一起去的，那次她看起來精神不錯，大概是過幾天就可以出院的關係吧。她準備了些日常用品，拜託t去幫她探視已經去南部工作的男朋友，另外也說了她母親前兩天來探望她的事。但很遺憾，她母親在她念小學時已經過世了，t後來沒有見到她前男友，只把l準備的東西，留在那家公司大門口的警衛室。

這些都是二十多年前的事了，我和他們早就沒有聯絡，不過這兩年偶爾我會去他們的臉書看看，t是追蹤我的臉友，研究所畢業後就不再寫作，結了婚，有一個國小三年級的小女兒，現在是個熱衷三鐵競賽的3C產品經理。l不是我的臉友，她的臉書大都是分享各式各樣藝文資訊，個人資料簡單地填了小學到大學的校名，感情狀態填了已婚，個人照片只有一張大頭貼（或許因為不是臉友，所以無法看到其他照片），不知何時改留長髮的她開懷地笑著，有一點點疲憊的樣子，穿著紅色格子襯衫，背景是一片青綠山丘。她得了精神分裂症之後也不再寫作，而我多麼喜歡她以前寫的小說，我常想，要是自己有她一半的才華就好了。

當月作家

渴望愛是人類最大的缺陷

洪茲盈

文字要如何消磨人的身心
別以為文字工作者的勞動無傷大雅
他們的生命總是比常人更加充滿隱喻
本期將進行一場縝密的作家健康檢查
從頭到腳由外而內
文學人為了成就更好的書寫
面對世間的苦痛成了一種必經之惡

寫作會傷人 保健好入門

專科！文字工作職病防止對策

作家自我健檢量表

生命體檢 程度快篩

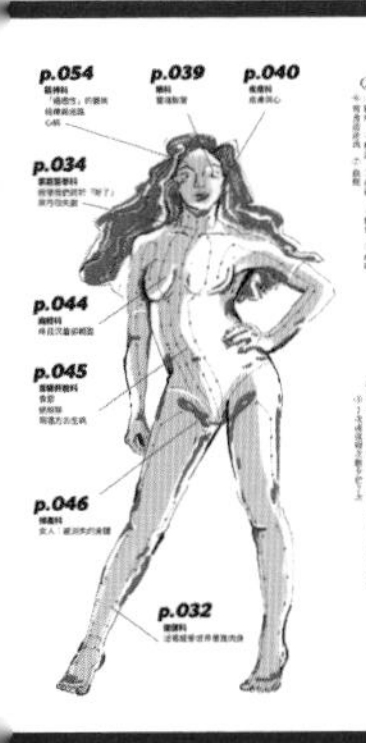

婦產科

女人，被消失的正當身體

讓我了病公主？少女到女人的初經人事

我個人愛死這一期了。把文學跟保健這兩種東西結合起來做專輯，只有我們這種天才想得到，事實上是結合了疼痛書寫、身體書寫與醫生作家脈絡，並不只是看起來有趣而已，讓作家跟本人就是作家的醫生對談，也能更理解作家與身體的關係，既文學又具有實用功能，另外還有更多正牌醫生提供健康管理，您一定沒看過一本文學刊物出現這麼多醫生，給人一種異質感。攝影部分不太能呈現醫院看診中的實景，有點可惜，不過封面請來帥氣、身材健美的盛浩偉擔任模特兒，處在幼時的保健室場景，非常可愛（注意他穿了不同顏色條紋的短襪）。原本有拍攝上半身全裸的版本，很抱歉，最後決定私人珍藏。

No.410

2018 · 地方的太太教你讀文學
聯合文學
UNITAS
2018.12
No. 410
讀書的太太
武俠太太　理科太太　兩好三壞太太　藝術家太太　新婚太太　退休太太　家有兩寶太太　不小心變成太太……以及更多讀書的太太街訪
金庸
滄海一聲笑　兩忘煙水裡
江湖再見紀念特輯
+plus
以愛批評的「書評別冊」專欄作家
楊佳嫻╳陳國偉╳潘怡帆╳朱宥勳　浮光書店回顧座談
黃錦樹＋鄧小樺　隔空陳言

忘記傳臉書訊息去罵維菁

維菁過世前一週，拒絕了我們邀請她當網站十二月份駐站作家的企劃，編輯有點難過，我說：「好啊，敢拒絕我咧，我等下傳臉書訊息去罵她。」結果開完會忘記了。

她的散文新書《有型的豬小姐》十二月要出版，我們早早得知了消息，編輯馬上就說：「啊啊啊，想要李維菁老師做駐站作家！」我沒立刻答應，要他們先想想別的人選，因為我覺得找她也太便宜行事了，我們做過維菁的「當月作家」單元，大大小小篇幅採訪過她好多次，她也為我們寫過一整年的專欄，編輯們很愛她幾乎成了傳統，連續幾個月企劃單裡老是出現她的名字。不只是編輯部，活動專案部門也愛找她當評審、當文藝營老師，「找李維菁老師好了！」我老是聽到這句話，「怎麼又是維菁！」雖然被我這樣唸，但結果維菁還是漂漂亮亮地出現了，捉著我瞪著眼睛問我最近有沒有什麼八卦，說自己宅在家裡很少出門，什麼文壇消息都不知道，要我多說一點，為了討她開心，我就加油添醋地猛說，她總是一臉驚訝的表情。

沒多久，編輯磨磨蹭蹭地來跟我報告十二月她還是想找李維菁，我心裡雖然百分百樂意，臉上仍裝出一幅「怎麼搞的，妳是只會找維菁嗎？」顯得很為難地同意，但居然被她拒絕了，「好啊，敢拒絕我咧，我等下傳臉書訊息去罵她。」我這麼說。

我跟維菁算不上熟，只有每年在各個文藝場合見上幾次面的程度而已，有次她邀我去某個基金會辦的什麼南向政策的藝文座談時，我連她在講什麼都搞不清楚就答應了，反正她要我去我就去，但她是個太過認真的人，不放心我到時候胡說八道的，還慎重其事地約了我做會前討論，約在一家叫「跳舞山羊」的咖啡館，大部分時間都是聊與正事無關的事，她津津有味地聽我講別人小說的壞話，有時候說點自己的小說意見，有時候說點家裡貓的事情，「老了要好好照顧啊。」她說，「你家的貓。」我沒跟她說其實我不太喜歡《生活是甜蜜》，有點過度散文化，小說整體結構處理起來有些力不從心，說不上是洗練的作品。她寫小說出道較晚，雖然長年培養的文字技巧，生命經驗鍛鍊的思路都厲害得要命，但小說太複雜了，需要更多大量的實際練習與挫敗才能成熟，所以即使我同樣喜歡《我是許涼涼》與《老派約會之必要》，我還是認為她的散文要比小說好上許多，可以專門地世故蒼涼，銳利又溫柔善體人意，她是個懂太多的人。

最後是有關貓的事情。當我知道維菁過世的消息時馬上想起的是「那貓呢？」二〇一六年年底，我們與上海《萌芽》雜誌合辦的「上海—臺北小說工作坊」，我當然邀她一起去（好吧，我也屬於編輯部很愛她的傳統成員），她一開始不願去，原因就是放不下家中的老貓，「貓現在除了吃飯，平常也要陪……單親媽媽很可憐啊。」她這麼說，去不了六天那麼久，我說：「沒關係，那妳提早一天回來吧。」於是她就開開心心地跟我們一起去了。我不知道後來那貓怎麼了，我沒再問過她，我早早知道她身體的狀況，也從來沒問過她怎麼了，每次想開口的時候都會遲疑：「啊，我又跟她不熟，不該問這種私事吧。」

但是好啊，這一次不管了，維菁，「敢拒絕我咧，我等下就傳臉書訊息去罵妳。」我是這麼想妳的，「或許也會問問妳貓怎麼了。」

AGENDA

專訪太太們談讀書？這種題目也能做在文學刊物裡？是的，為什麼不呢？如果連辛苦的太太們都有時間讀書（光有老公就有多累人了，更不要說還有小孩），您還有藉口不讀書嗎？裡面最有趣的，是主編許俐葳採訪到當時大爆紅的理科太太，引起社群媒體瘋狂分享，還有其他媒體打電話來問我們為什麼能訪問到她？總之是許俐葳辛苦磨來的。不過，真正讓本期大賣的原因，其實是總經理建議要做的金庸紀念特輯，雖然只是特輯，我們將楊過與小龍女太太一起讀書的插畫放上封面，非常符合專輯主題，這個結合兩者的編輯策略出乎意料的成功（特別是香港讀者買了很多）。最後記一筆，因為我在編輯室報告裡寫了李維菁的《生活是甜蜜》不夠好，因此某出版社的高層下令行銷人員，不准提供維菁的新書給我們報導。

寫作是一種有所激情的愛

讀書的太太

No.411

什麼時候會變成大人

你是什麼時候覺得自己變成大人了呢？我覺得變成大人這件事，以我來說的話，並不是一次就能變成的，而是有好幾次，在那樣的時刻，有時候是一瞬間，有時候會經歷一小段時光，我會感受到「啊，像這樣沒錯，我已經是個大人了。」的心情。例如高中時，忘記在哪裡讀到了「懂得享受烤秋刀魚內臟滋味才是大人」，這麼便宜的魚居然有斬釘截鐵的鑑別力，我想原來如此，只愛吃完整塊狀魚肉而且挑剔細刺很多的我還是個小孩子啊，於是第一次試著吃烤秋刀魚內臟，果然用尖尖的筷子弄得一團爛碎，又腥又苦的，但這樣吃完之後，忽然覺得自己比一般高中生成熟許多，畢竟是吃過秋刀魚內臟的人了。

不過，說到吃秋刀魚內臟，當然就是要懂得配酒才算得上大人。念大學時，大都只是喝喝啤酒或一大缸玫瑰紅汽水調酒這般同學歡聚的程度而已，偶爾去學校對面的酒吧會點杯雞尾酒「古典」（OLD FASHIONED），因為非常貴（是我一天的餐費），總是小家子氣地小心翼翼啜飲。有一次，我的研究所指導教授找我喝酒，去了一家地下室酒吧，他是熟客，我仍在翻看酒單之際，服務生很快就送來一杯威士忌一杯啤酒，他自顧自地將威士忌一飲而盡，既沒發出聲響，臉色也沒任何變化，手上輕輕搖晃著酒杯，服務生立刻將一杯新的威士忌放在桌上，然後他才像轉換心情一般，咕嚕咕嚕輕鬆地喝起冰鎮的啤酒，問我要點什麼。我當然學了他那樣喝，這麼無拘無束，遊刃有餘的喝法，不愧是大人才做得到（何況是他付錢）。

二十多歲剛出社會工作，我幫許多雜誌跑採訪稿，不太重視穿著打扮，總是背個側背包，衣物鬆垮灰撲撲的模樣，好幾次被受訪單位當成快遞小弟，有次訪問一位服裝修改老師傅，他邊受訪邊拉著我的衣服，嘆氣說：「你看，現在年輕人就是這樣，連穿合身的衣服都不會。」我才明白懂得看肩線合不合來挑合身的T恤才是大人，同樣是穿T恤這件事，某次我在辦公室裡看見大牌的時尚總監把T恤裡外穿反了，縫線大剌剌地露在外頭，印花圖案反而在裡頭，我好心提醒他：「啊，總監你衣服穿反了。」他看看我，爽朗地笑了，「我今天就想這麼穿啊。」他說，「不覺得很好看嗎？」我雖然完全不懂這有什麼意義，但聽他這麼一說果然很好看沒錯！那一瞬間，我覺得世界刷得一下子，可以不必乖乖聽媽媽的話地顛倒過來，這就是大人的發言與想法吧！

這幾年，我覺得自己已經變成大人了，是去家庭理髮的時候，不只是剪頭髮，還會讓剛剛一度正在剝豆子的阿嬸幫我修臉刮鬍、做臉、按摩，就差一個挖耳朵還不敢嘗試（覺得那倒是老人了而非大人）。還有一個很大人的是，總算能夠不愧疚地看著對方的眼睛，坦白地承認自己讓對方失望了。至於剛剛過去的那一年，我有了新的、覺得自己變成了大人的時刻，那就是發現自己的眼淚已經哭乾了的時候。是不是很沒用呢？

你呢？什麼時候覺得自己變成大人了呢？

這是壓倒性暢銷的一期，我們非常擅長做日本流行文化的轉化，敏銳地搭配了當年Mr.Children在臺演唱會的新聞熱度，順利地再版了，而且不只在臺灣暢銷，在推特上，許多日本人紛紛詢問是否能買到本期雜誌，有相當熱烈的討論。不過，這一期在出刊前我們犯了幾個大錯，險些出不了刊。其一是我們原本拍攝了CD封面正封作為封面，但法律顧問認為可能會有侵權的疑慮，因此撤掉重做成現在的樣子。另外一個更慘的是，我們原本在內容裡，使用了大量日文歌詞，然後請作家重譯並寫感想，可是我們並沒有取得日文歌詞授權，當我忽然間意識到這一點時，幾乎不敢相信自己做了什麼，但雜誌已進廠印刷完畢。當然，我們最終還是將印刷好的頁面毀棄，損失了一筆不少的錢，跟作家道歉，編輯小隊在最短時間內重作內容。自豪雜誌經驗豐富，什麼狀況沒處理過，卻像鬼打牆般發生這種嚴重錯誤，我也是蠢得可以了。

No.412

聯合文學
台北直直廢
專訪 李英宏
UNITAS
2019.02
No.412
廢行 廢物 廢地 廢時 廢事 廢人

聯合文學
台北直直廢
專訪 李英宏
2019.02
No.412
廢行 廢物 廢地 廢時 廢事 廢人

變貴了的廢棄時光

大學一年級放寒假，他要回南部過年，曖昧一段時間的校友會學姊陪他一起在野雞巴士站等車，年假前夕人潮暴滿，他和學姊排了幾小時隊，到了半夜十二點實在太累，學姊說：「我們去休息一下吧。」

成群的野雞巴士站位於大路旁的違章建築，另一側是高架橋，違章建築後方，狹窄巷弄裡密集眾多四、五層樓的低矮房子，他們休息的金合歡旅社在其中一棟四樓，一樓是賣四神湯與肉包的小吃店，其他樓層掛著音響組裝，服飾修改，空壓馬達與進出口貿易公司招牌。有一座只容得下兩人並肩的電梯，一開動就左右震動，像是隨時會掉到底壓扁成廢鐵。

他沒進來過這樣的地方，非常不自在，但或許只是因為他沒跟人上過床的關係。學姊自然地說：「要休息。」穿了件紅花洋裝的大媽平淡地說：「三小時二百五。」那櫃台出奇高大，大媽像是陷在一半地穴裡，露出三分之二張臉，把房間鑰匙和一個保險套從那地穴遞上來。沒有性愛經驗的他很快就射了，對過程幾乎沒有留下印象，記得最清楚的，反而是旅社的樣子，不只是櫃台，整個空間也比從外面看起來要空闊，二十幾間的房間並列在乾淨的膠皮走廊兩側，白色壁紙牆面沒有任何裝飾，完全一樣的米白色雕花木門，貼著一樣的紅色福字春聯，一樣的簡易喇叭鎖，只有塑膠刻字房號不同。房內幾乎是浪費空間似地寬大，雙人床、合併燈具控制台的梳妝桌、一整套玻璃杯放在塑膠紅盤子上、電視、冷氣機、有浴缸的浴室，甚至有一組三人座沙發、餐几，然後還剩下夠擺一桌麻將的空處。他在學姊睡去的陰暗房間裡醒來，走到窗邊，拉開輕飄飄的窗簾，底下等待野雞巴士的人潮仍然擁擠，各家顏色不同的巴士插滿大路。他覺得有什麼附在自己身上，在這個旅社裡永遠改變了自己，但或許只是廢棄了處男身分的無聊感傷而已。忽然，電話摔破東西似響起，學姊翻身接起來，「嗯，好。」她說。

寒假結束之後沒再與學姊見面，但他後來幾任女朋友年紀都比他大上幾歲，像是系上助教、老朋友或是現在公司的主管，一個有夫之婦，就像當年被什麼附身一般。如今他當然不會帶人去金合歡這樣的便宜旅館，不過他有種彆扭的怪癖，有時就是想試試自以為不會再做的事，有一次開車載了主管去金合歡旅社，他發現那群違章建築已然消失，成了一片綠地公園附停車場，他們走到金合歡旅社那棟矮樓，優雅的和風美人主管皺了皺鼻子，輕聲探問：「怎麼來這種地方?跟廢墟一樣。」他們站在一樓，小吃店拉下鐵門，那些公司招牌還在，柱子用紅漆噴上「本棟為危險建築，即將拆除，請勿靠近」。

還好，金合歡旅社放在電梯口的燈箱仍亮著「尚有空房，休息三小時五百」。

執編汪柏學能敲到李英宏上封面實在不容易（而且做了雙封面），他也第一次感受到跟大明星的經紀人溝通，有多少複雜細節得搞定，而且是執行難度更高的外景拍攝。我自己很滿意這個主題，找唱了〈台北直直撞〉李英宏上封面也恰如其分。事實上，這個主題的前身「流金廢城」原本是我前一年用來投標二〇一九年臺北文學季標案，但沒標到。我不服氣，所以決定把它轉變成雜誌主題，讓讀者看看我們是如何用截然不同的角度來閱讀臺北，同時也給臺北市文化局看看，他們錯過了什麼：只有我們會用「流金廢城」這種切入點和創意來翻新臺北的文學樣貌。那麼文化局是否看到了呢？我猜想是看到了。因為本刊推出之後大受歡迎，文化局在臺北文學季的活動裡，「剛好」就找了李英宏去座談。

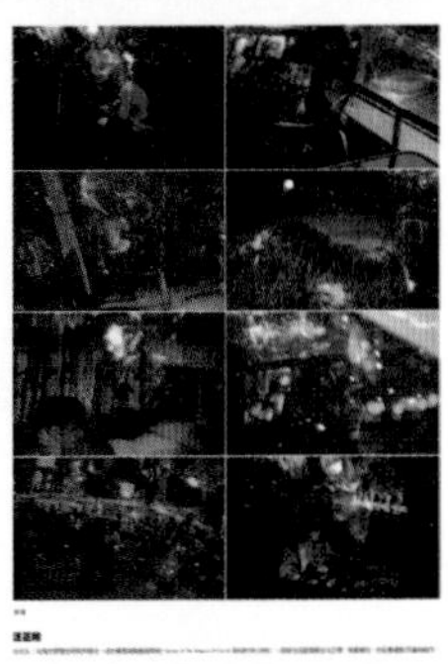

No.413

我們誰也沒有足夠的時間
去經歷各自生活的真正的戲劇
這正是我們衰老的原因

通過製造出許許多多的複製品
它以一種摹本的眾多性
取代了一個獨一無二的存在

小說家則閉門獨處
小說誕生於離群索居的個人
此人已不能通過列舉自身
最深切的關懷來表達自己
他缺乏指教，對人亦無以教誨

WHAT IS WALTER BENJAMIN?

班雅明超難懂

我們臉上的皺褶
登記著激情、罪惡
和真知灼見的一次次造訪
然而我們這些主人卻不在家

講故事的人
取材於自己親歷
或道聽塗說的經驗

然後把這種
經驗轉化為
聽故事人的經驗

因為這堆藏書
除了是習慣已適應了的混亂
以至於能顯得秩序井然

寫小說意味著
在人生的呈現中
把不可言詮和交流之事
推向極致

複製品能在
持有者或聽眾的特殊環境中
供人欣賞，在此，它復活了
被複製出來的對象

在我們認為是一連串事件的地方
他看到的是一場單一的災難
這場災難堆積著屍骸
將它們拋棄在他的面前
天使想停下來喚醒死者
把破碎的世界修補完整

在機械複製時代
凋萎的東西
正是藝術作品的靈暈

UNITAS
2019.03
No.413

他並非刻意要坐上捷運，只是發現一個捷運入口便隨人群走下，而且在擁擠的捷運上他感到安心，覺得自己不被注意。就在他站立的位置斜前方，有一位長滿落腮鬍，穿著格子毛料襯衫的洋人，像極了勤勞的北美清教徒，與一名臺灣女人緊貼坐著，那女人穿著仿冒廉價蛇皮的高跟短靴，黑色的針織外套附人工動物皮毛領子，一副華貴而且太熱的樣子。他們本來像一般朋友似地聊天，沒多久就開始親吻起來，先是像小雞一般地互相啄著彼此的臉頰與嘴唇，很快便伸出舌頭，但畢竟是在捷運上不敢太過囂張，他們的舌頭微微吐出，伸進對方的唇間，稍微地、無聲地吸了一口。他覺得自己最近寫作的靈感有些枯渴，跟生活的窘迫無關，要借錢的話，隨便跟父親伸手一下就有了，只是單純有些提不起勁，大概報刊雜誌給的稿費太低的緣故。不過或許可以從這對情侶寫起，寫成一篇小說，這麼想的時候，他們忽然排開人群下了車，他想跟蹤他們，反正並沒有特別要做的事，但一出了捷運站他便在人群中失去了他們。

如此失去了今天唯一的目的之後（即便是臨時才定的目的，也是唯一的目的），他沿藝品店、美術用品店與餐廳酒吧的廊下閒逛，看見許多店的門口陳列著打折的假貨古董，沒有光澤的冰冷玉器、學藝不精的文人仿畫與紋飾拙劣、形制失真的陶瓷，經過一家新開的酒舖之後，一條巷子裡他看見一家咖啡館，他一走進去便感到後悔，不過又是一間複製了其他間咖啡館的咖啡館，一樣的圖書館燈、一樣的木頭人造皮桌椅、一樣的左派人物與王家衛電影海報、一樣的抗議標語布條、一樣的遊行通知傳單，書櫃裡堆滿了一樣的文學品味，他坐下來，取了兩本最近大受歡迎的小說，比較老的那個作家寫了一本只是放大過去的風格讓自己變得更像自己的小說，比較年輕的那個作家則寫了一本濃縮過去的風格讓自己變得更像自己的小說，簡單來說，就是把複製的尺寸改變一下的程度。然後他點了咖啡，在菜單上寫著是某款南美洲的某莊園的某批次的某烘焙度的某處理法的得了某獎項的某名字的咖啡豆，穿著黑色圍裙梳著髮髻的咖啡師端來一小杯咖啡豆與磨好的咖啡粉讓他聞，並問他是要用手沖的（濾紙或法蘭絨），還是用法式濾壓壺、摩卡壺、虹吸壺、Espresso 機或是 smart7 手沖機器人（內鍵世界冠軍設定的參數）沖煮呢？「有不同的風味與價格。」咖啡師說，「當然。」

他最終還是充滿偏見地選了機器度最低的濾紙手沖，他覺得這樣或許最有可能發現手工的「靈光」乍現，即·使·是在這個為了讓虛假的意識型態產生效果，只好用複製又複製來強化的咖啡館裡。而在他等待咖啡端來的片刻，天使忽然來了，說是來了，也只是坐在他的對面，一句話也沒說。明明人家一句話也沒說，只是眼睛歪斜地看著他而已，但他覺得天使在嘲笑剛剛失戀的他，（看那缺牙微張的嘴）嘲笑他過去災難般的人生，也嘲笑他跟廢墟一樣的未來。

他（沒什麼理由地）發怒了，刷地站起身，正向天使揮出弱弱的一拳時，咖啡送來了，他只好坐下看著窗外正要推門進來的人，他覺得，那一瞬間有些中國古典的詩意。

AGENDA

本期是要搭配聯經出版《班雅明與他的時代：流浪．孤寂．逃亡》而做的，與其他單位合作主題並不是難事（無論是自家公司或是外部單位），只是因為班雅明實在太難懂了，所以我們做這一期時本來打算做成「班雅明說明書」這般感覺，卻連這樣也做不出來，因為會變得實在太無聊。最終還是只能在他幾個重要的觀念、流亡生活與友人，以及文青們最常使用的關鍵詞上做說明。幾乎沒什麼生活感與軟化的可能，因此乾脆書封直接把他讓人搞不懂的話語貼上去，像是放棄了似地說「班雅明超難懂」，奇妙的是反而大受歡迎，讓我覺得人心才真是難懂啊！

No.414

聯合文學
4種
對向視角
遠洋漁工記錄 李阿明
南方澳生活導覽 鄭雅嫄
移動書屋巡迴 林群
燦爛時光開張 張正
款
越境書寫
印尼移工 王磊
印尼看護 TARI SASHA/
AGUSTIKA
新住民 鄧安芷
泰國詩人 瑞丐潘皮帕
BÁNH TRÁNG
Gỏi Cuốn
RICE PAPER
SIZE: 22c
東南亞之味
文山木新市場 金萬萬名店城 聖多福教堂
14處懷鄉SUNDAY 小菲律賓區 印尼街 華新緬甸街
燦爛時光：東南亞主題書店 桃園市新住民文化會館……
移民工文學全方位指南
顧玉玲×阿潑×廖雲章
UNITAS
2019.04
No.414

幾年前打算要買房子的時候，去了一處捷運尾站的附近看房子，那裡最大的賣點是有某個超大型企業體總部與工廠進駐，光是提起這家公司的名字，就好像使那地方閃閃發光似的，原本少人居住的郊區，規劃得相當完善，景色寬闊，街道新穎，生活機能日漸強化，非常適合首次購屋的青年小家庭。房仲業務員這麼侃侃而談，在他乾淨涼爽的冷氣接待室裡，戶外令人面目身肢黏膩漬汗的炎夏離得遠遠地，腦中不禁浮現了美好新居生活的景象。或許怕我還不夠心動，業務員接著說：「這裡因為有很多外勞，所以價格上比較便宜。」

「不過晚上他們都會被關在廠區裡，所以很安全，不會有問題。」像是又怕我太擔心了，他刻意開朗地說：「我們公司有規定，如果哪個地方有外勞的話，一定要告知客戶喔。」

就像是否為兇宅、地震受損、下雨漏水或「嫌惡設施」一樣，「外勞」在那家房仲業裡是一種對客戶的「必要告知的規定」，也就是說在房屋買賣市場是必要的商業行為，並不僅是房仲業者單方面覺得應該這麼做，而是必定有許多買房子的人有這樣的需要才會產生的。我想起更早之前，我曾為某本雜誌採訪過「外籍新娘」的仲介業者，他說明如何保證她們是處女、如何訓練、如何便宜，也對我說：「如果是你的話，我可以幫你量身訂做喔，大學中文系畢業的……」

同樣是幾年前，一位檢察官看到臺北車站「外勞」聚集，說了：「臺北車站已被外勞攻陷」、「政府再不處理，有礙觀瞻」等話，而最近有政治人物失言的「瑪麗亞」新聞，則提醒了我們，即便現在不說「外籍新娘」而說「外籍配偶」或「新移（住）民」，不說「外勞」而說「移工」，但在玩笑之間，在日常生活之中，在商業行為裡面，那根深柢固的什麼直到今天還是廣泛地存在著。

小時候，我們那個以「本省人」為主的郊區集合住宅，也混住了許多不同族群的人，明明是很好的鄰居、同學，平常相處愉快，但私下開口就是：「客婆」、「老芋仔」、「蕃仔」、「外勞仔」，我因為長得又黑又瘦，有幾次被同學叫「蕃仔」和「外勞仔」，還氣到流淚，跟人家打架。即使到現在，我都不相信自己能片刻皆不動搖，不會突然憤怒或譏刺：「啊，他們就是×××才會這樣！」那根深柢固的什麼，使我不敢侈言眼中未來的世界會有多麼大同美好，坦白說，我也不太相信正在讀這本雜誌的您能多麼義正辭嚴。

這次專輯並沒有高度專業的文學性。當然有許多專家、東南亞文化的工作者為我們撰文、座談、採訪，您可以讀到從臺灣這邊看出去的東南亞視角，但更重要，您可以讀到在我們身邊，國籍不同、身分殊異的東南亞寫作者，如何在筆下素樸地展露心緒，呈現臺灣或各自的家鄉與人們，用文學語言告訴我們一些陌生的事情，經由我們熟悉的文學方式，使我們可以理解他們更多。

不對，事實上是理解我們自己更多，以便映照我們常常自以為了不起的可悲模樣。

移民工主題我們想做很久了，也是以文學介入社會現象或運動的其中一次，當然跟其他次的成果有些不同，這一次顯然「素人」很多。原本封面想採用李阿明所拍攝的照片，雖然他是非常資深的攝影記者，但我過去並不熟悉，有次我在某個出版補助計劃評審裡看到他投來的作品，大為驚豔，留下了深刻印象，本次專輯也立刻想到他。沒使用的原因是，我認為本次專輯要關注各種不同移工與移民的模樣，他的照片會讓人過度傾向某個特別的移工族群，坦白說，要是用了李阿明動態強烈、色彩炙熱的照片或許會更成功，因此，後來我一直被同事質疑作了錯誤的判斷。

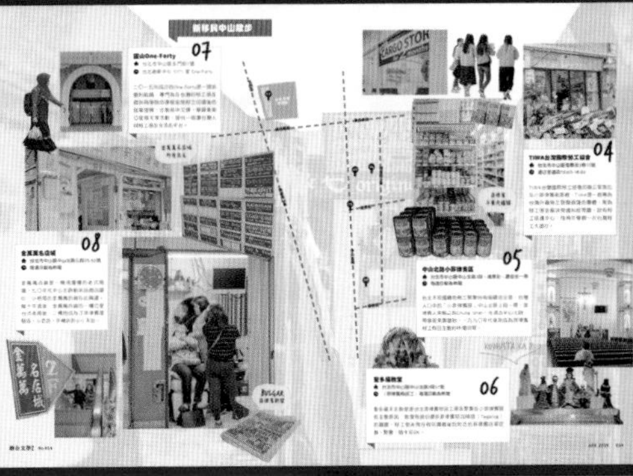

No.415

媽媽的臉

要是有人忽然問我，媽媽的臉是什麼模樣呢？我想我大概會說得不好，她從小便是漂亮的女孩、小姐，後來則成了漂亮的媽媽，但也就是這樣的程度而已，沒有什麼值得一提再提的特徵。幾年前，有次我們在百貨公司閒逛，一位打扮高雅，看來比她更年長的陌生婦人走到她身邊，像是觀察很久似地誇獎她穿著很有氣質，人也長得好漂亮，媽媽那時雖然一臉受寵若驚的謙虛模樣，不過後來總是三不五時對人提起炫耀。

如果要說的話，整個頭臉最美的應該是她的頭髮，又濃又密的，髮質不怎麼樣，紮起來像一束稻草，這也是我最像她的地方。即使老了之後，頭髮完全白了，仍然一樣濃密，她也不去染黑，平常喜歡用和風的頭巾綁包起來。我已經不記得什麼時候發現她整個頭髮白透了，我想是某次回家，她洗完澡從房間走出來，這時沒有包著頭巾，我才發現，心情倒是記得，「沒想到媽媽也老到這樣了啊。」那也是第一次，覺得她老了。她習慣坐在沙發上，端著一小箱保養品，一邊看電視，一邊抹抹手，擦擦臉，跟著我看日本台，看日本女人在世界各地生活。發現她頭髮白透了，明白她確實老到對我來說有點陌生了，我看著她的側臉，她像一般的老人一樣，皮膚變得皺皺的，嘴巴扁扁的，眼角下垂，整張臉像是縮小了一小圈，身體變輕了，生命的黏著度開始稀釋了，這使我有些害怕，很快就把視線移開，我不想看她，往後幾年也是如此，特別是不想看洗完澡換上鬆垮睡衣，一頭濃密白髮披在削瘦的肩頭，坐在沙發上眼神灰茫地看著電視的她，但這幾乎是我現在最懷念她的光影。為了能夠提起勇氣看她，我喜歡逗她生氣看她擔心我，所以我老是講在公司裡怎麼罵哭下屬的事，誇張地自吹自擂自己有多麼了不起或是淨買些沒用的奢侈品，她會露出既為我驕傲又「我怎麼會養出這不懂事孩子」的表情，勸我要做個好人，要照顧別人家的孩子，不要老是瞧不起別人，不然會沒朋友。但我就是想要看她覺得我是個笨蛋的表情，看她覺得我還是個長不大的孩子的表情，看她覺得我總是沒什麼感情的人的表情，看她覺得我老是亂花錢不會為未來著想，連好好生活也不會，是個得要她擔心一輩子的孩子的表情。我想要看著她長久以來都是我媽媽的樣子，我想要在她的眼裡看到那個最原始幼稚的自己，但是很遺憾，在我看到她最後一面的那一片刻，我拚命地盯著她的臉，我知道未來即使照遍全世界的鏡子，再也看不到我想看到的自己的樣子了。

我看蔡明亮的《你的臉》時想起這些，我並沒有感覺到某些觀眾所說的會「因此感到平靜」或有什麼時光流逝的喟嘆，我沒有那種可以坦然地看著他人的臉的心，我非常坐立不安、痛苦不堪，甚至連第一張臉都無法看完，便一再地閉上眼睛，只能聽著簡短片段的人聲和坂本龍一若有似無、缺乏敘述性的無機配樂。有好長一段時間，我不敢張開眼睛，我覺得那裡頭的每張臉都是媽媽，我好害怕一睜開眼就看見她。

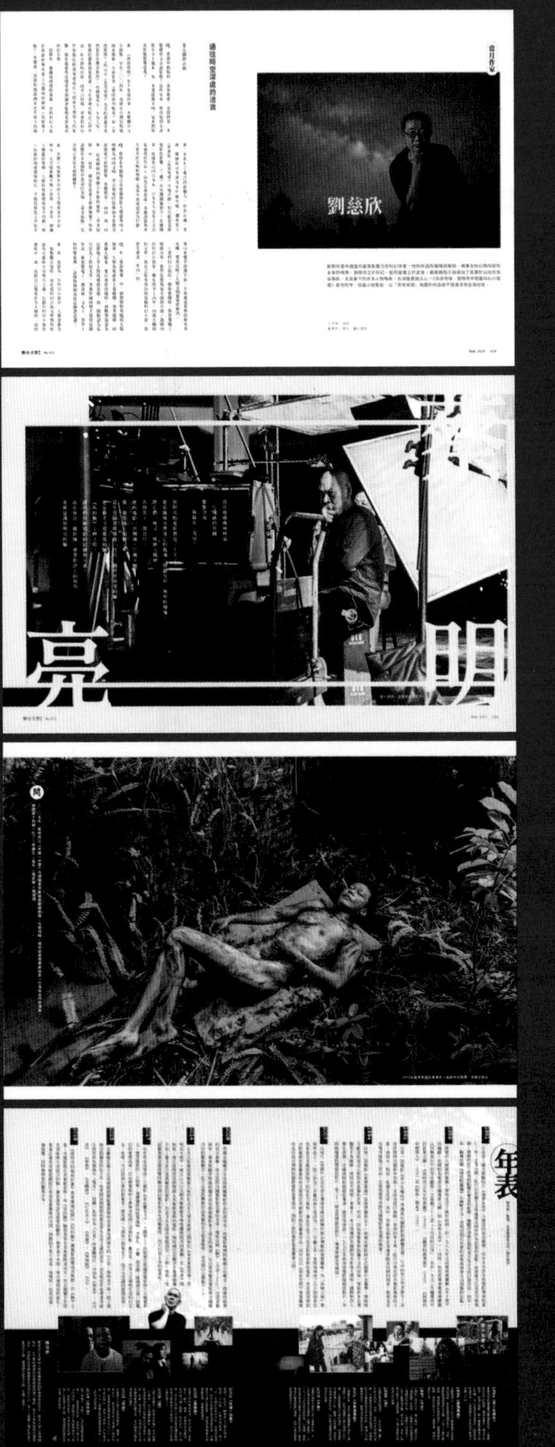

AGENDA

將電影創作分成幾個部分來呈現蔡明亮的面貌，是中規中矩的作法。原本想要設計成課程的樣子，但被蔡明亮否決，他認為電影不能這樣教學。視覺設計方面，我們原本想結合電影場景與城市實景，重疊影像，但失敗了（既沒有足夠的電影影像，城市實景也變化太多，重建影像太複雜），不是想做什麼就做得到。本次的封面十分成功，封面強而有力並且與其新作《臉》完美搭配，封面標也是不拖泥帶水，主打蔡明亮三個大字。不過本期最好的，應該是訪問到攝影師廖本榕，能夠做到真正老牌的電影職人訪談，讓這個專輯的專業度提高許多。

No.416

聯合文學
五藏山經捉神怪
奇幻中土全解密
山海經戰記
一本翻開，盡覽異國物語，享盡山珍海錯；排解疑難雜症；看破吉凶徵兆……
秀祕笈，妖怪大師
UNITAS
2019.06
No.416
神人靈獸、齊坐鎮

隨意做做也沒關係

今年我們辦的全國巡迴文藝營是在七月十八、十九、二十日，跟去年一樣，是從臺北車站一起坐火車出發到宜蘭，在火車聽導師講第一堂課，然後上佛光大學去。另外新設兩個從來沒有其他文藝營開設的組別，一組是特別開給歷史狂的「歷史工作坊」，一組則是專為五十歲以上的大哥大姊開的「黃金組」，目的很簡單，就像柴門文說的：「人生還沒做的都要快去做。」（《把老去的每一天，都噗！地笑出來：《東京愛情故事》日劇原作女王柴門文的笑中帶淚日常》，天下文化出版）不用做到極致，隨意做做也沒關係，我們想要提供一個難得的時空，讓大哥大姊們也能好好享受文學這件事，或許完成一個曾經的夢想。

又例如就快五十歲的我，此刻正在準備出版人生的第一本詩集。不久前，當我決定這麼做，然後告訴詩人楊佳嫻時，我們那時在酒吧裡喝得半茫，我會永遠記得她的表情，她一臉不敢置信，毫不掩飾她的震驚，拚命地想找些話語來委婉地告訴我：「你這中年大叔到底是在想什麼，做你該做的事就好吧！」我想她大概是這個意思，我這個許久跟詩沾不上邊的中年大叔，現在居然學年輕新銳出詩集。啊，跟大部分的詩人一樣，想當詩人是年輕時代就有的夢想，但與其說是想成為詩人，不如說是因為我覺得寫作太有趣了，什麼寫法都想試試看，就好像我近年迷上沖煮咖啡，所以我學濾紙手沖，學虹吸式，用摩卡壺用手沖機器人也用義式機，研究獨特的浸漬法，沖沖濾掛包也泡泡即溶咖啡，之後還想學法蘭絨手沖，總之很有趣，每種沖煮法都想試試。半調子的我最終當然不會成為咖啡職人，但是至少在文學寫作或工作的領域裡，我比較有藉口能夠做自己愛做的事，而且有把握做得好一些，那麼寫詩或出版詩集這樣的事，就可以完滿最喜歡的文學生活，即便，已經是個中年大叔了，說起寫詩有些不好意思。

但其實您一定知道的，我想說的歸根究柢跟年紀沒什麼關係，像我這樣「見多識廣」的中年大叔，在做自己喜歡做的事情時，仍然會感到不好意思，有些不知所措，不想讓別人看破心思：「怎麼辦，這麼喜歡的事情真不想一次做完，好想多試幾次。」就像，好吧，讓我用個充滿中年危機的老哏來說，就像談戀愛一般。我覺得寫作是這樣，參加營隊認識其他人也是這樣，不管是「黃金組」或是其他男女老少都能參加的組別都一樣，喜歡做的事情，不用做到極致，隨意做做也會高興得不得了，您當然可以把文學與寫作當成神聖艱難的事務，但說真的，沒有這樣的高興，什麼也做不了的。

啊，很抱歉把年輕的大家拖進中年大叔的幼稚感想裡。

原本想做一個類似寶可夢一般，可以經由地圖冒險，隨機戰鬥，獲取徽章的遊戲形式，來讓讀者藉由遊戲重遊《山海經》的內容。用遊戲來帶主題，在這個時候我們已經做得非常成熟了，但這一次並沒有成功。原有的設想很複雜，複雜到我現在都忘記是什麼了，但後來做的就非常簡化，效果並不好。這期間有個有趣的單元叫「作家挑戰」，從作家的新書裡找出哏來，找一位達人來設計相關挑戰，作家只要通過挑戰就能打書。執行上很麻煩，而且相當花錢的單元，但很有趣不是嗎？我們就是會想這些有的沒的。除了文學之外，我們也學到許多事物的知識。百分之九十九的作家都能通過挑戰，我們相當大方！

No.417

聯合文學

山在那裡

BECAUSE IT'S THERE.
—— GEORGE HERBERT LEIGH MALLORY

山岳文學攀爬 吳明益

登山冒險須知 詹偉雄

George Mallory

原民揹工山史 徐如林

最後山行紀事 劉宸君

Everest

Hillary Step

South Summit

極限山峰對談 江秀真×運明偉

plus
世界登山家群像＋歐美山岳生態書寫＋全方位山野書單

十年：前往一個截然不同之處

這個月，我在《聯合文學》雜誌工作滿了十年，真是不可思議，我是《聯合文學》雜誌任職最久的總編輯。

這十年，「聯合文學」這個品牌發生許多改變，例如許多人仍然搞混的，「聯合文學出版公司」跟《聯合文學》雜誌到底有什麼關係？簡單來說，就是二〇一三年年底，原本屬於「聯合文學出版公司」的《聯合文學》雜誌脫離了「聯合文學出版公司」，改由「聯經出版公司」承接，成了「聯經出版公司」發行的刊物。這個巨大改變，並沒有任何人能預先得知，手邊只有一本賺不了多少錢的雜誌的五個人，來到一個比之前大上十倍的陌生公司，我們唯一能夠依賴的，就是自二〇〇九年以來為《聯合文學》雜誌做的改版所累積下來的一點點信心，然後二〇一四年全彩大開本的決定性改版，讓文學結合生活的刊物想像真正成為可能，隨後拿下幾個重要獎項，我們的編輯技術與創意方法也對其他不同藝文雜誌產生影響，「我們是學你們的作法」、「這是模仿你們的吧」，不只一次，編輯同行或通路人員這麼跟我說。

這十年，文學出版經歷了斷崖式的崩盤，不僅是文學刊物，所有實體雜誌都一樣，大量流失廣告與讀者，到今天我們手邊有的仍是一本賺不了多少錢的雜誌，但我的團隊卻已經有了十多人。就是依賴著這本雜誌，我們成立「聯合文學」品牌史上第一個活動專案部門，建立第一個線上文學生活誌，我們甚至為不同企業做媒體行銷，代編刊物、策展等等，十年前的我怎麼可能想到，只是一心一意當個雜誌編輯的我，現在居然要做這麼多不同的事。我想，我的編輯前輩們也不曾想到。

雖然有點粗糙，但請讓我試著用攀登聖母峰來做譬喻。大家都知道要登上聖母峰頂必須先爬過五個營地，這五個營地一方面是庇護所，一方面是為了攻頂的訓練基地。二〇一四年之前的改版經驗，就是在最低的基地營，對各項必備技能反覆操練，接著轉換公司到了一號營，然後上二號營，我們有能力組織專案部門，到了三號營在沒有獲利模式下開設線上誌，如今我們抵達四號營，該學習的技能、該調整的身心、該配備的團隊，雖然不能說準備齊全，但能盡力做的都已盡力做了，接下來就要上去，在文學刊物這個領域裡，幾乎只能依靠自己前去，接下來是什麼我不知道，以往前輩也沒有踏足過的、一個截然不同之處。

但請別誤會，畢竟譬喻只是譬喻而已，跟真的攀登聖母峰不一樣，在那裡並沒有峰頂等待著我們，我們的目的不在於登峰，不在於競爭，而在於做好自己的事情以便可以「去那裡」，「去那裡」，我們就能夠先看看旁人還看不到的風景，並決定下一步我們可能要從那裡再去別的地方。

AGENDA

我們一直想做跟山有關的專輯，直到我讀到春山出版、劉宸君寫的《我所告訴你關於那座山的一切》，才決定這個時候做。我對這本書有所偏愛，也取得首先發表文章的權利，但我們需要更強的企劃才能完成專輯，這個工作落在主編許俐葳身上，她說服了極少接受採訪的吳明益受訪（明益是劉宸君的老師），不只如此，甚至願意帶編輯小隊進入他熟悉的花蓮山區，一邊涉水徒步，一邊談山與文學。這一期的暢銷程度在當年僅次於「Mr.Children」專輯。不像「Mr.Children」如此廣受注目，在摸索專輯如何成功的編輯策略裡，特別是原本預想主題不夠熱門的狀況下，往往需要一篇像這樣一擊中的的核心文章。

No.418

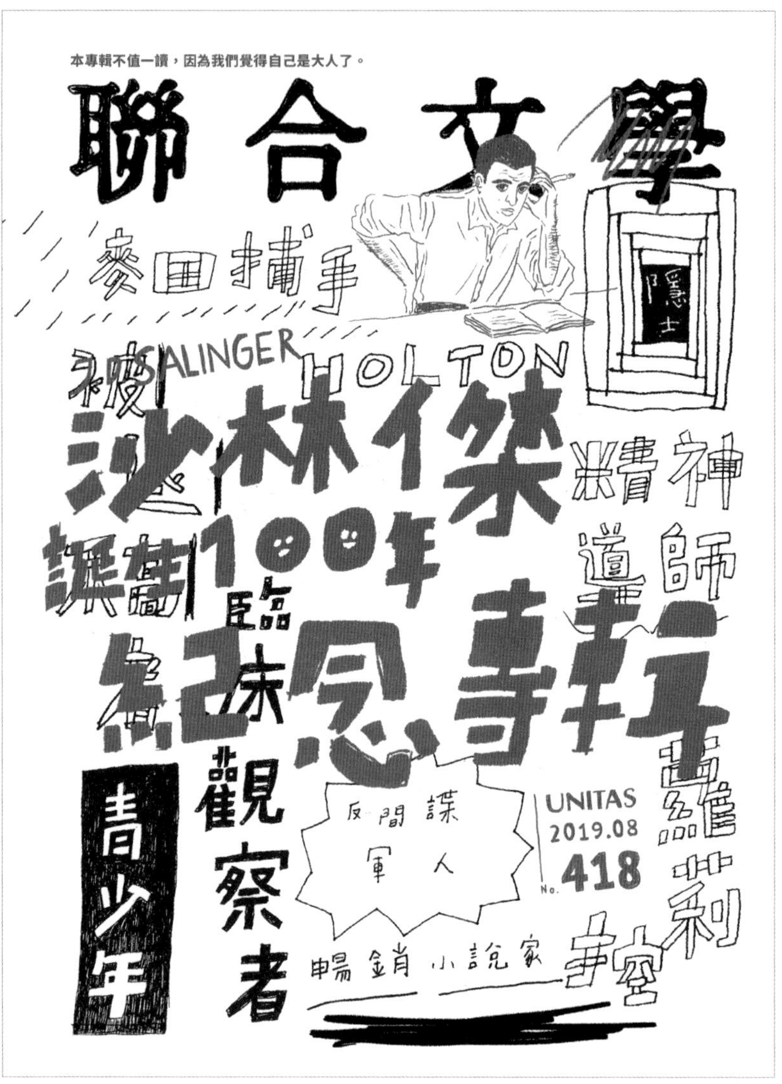
本專輯不值一讀，因為我們覺得自己是大人了。
聯合文學
麥田捕手
隱士
SALINGER
HOLTON
沙林傑
精神導師
100年
紀念專輯
青少年
觀察者
反間諜
軍人
UNITAS
2019.08
No.418
暢銷小說家

不合時宜吧，你問我的話，現在還推薦年輕人讀《麥田捕手》什麼的，會有什麼教訓意味？我覺得這本小說現在遠遠看起來很美，但在麥田裡當小孩子的守望者，當他們亂跑一通結果要掉下懸崖時，一把捉住他們？何必呢？嘖，他們會感激嗎？大概還會覺得我礙手礙腳的，擋了他們的路，不如讓他們掉下去看看，掉一次就知道了，掉一次就知道什麼是當大人，就像親鳥得把雛鳥推出懸崖邊的鳥巢，才能學飛……才怪，我沒那麼有教育熱忱，我只是單純想看他們掉下去而已。

我十七、八歲讀《麥田捕手》時，勉強只能排在第三或第四喜歡的程度，從來沒因為讀了這小說而想要去殺掉誰。我搞不懂為什麼有人因為讀了這小說，會想去殺掉約翰藍儂，只是這樣比較配得上對方？霍爾頓這傢伙就是個沒用的富二代，貴族學校裡的魯蛇，沒遭遇什麼人生挫折的中二屁孩，要是他每天下課得回家裝一個一毛錢的耶誕燈，或是剝一臉盆一臉盆蝦仁的家庭代工，才能有飯吃（不是我本人），我保證他絕對不會廢話那麼多。但這當然不怪霍爾頓，因為我認識的富二代常常是這樣沒錯，有一搭沒一搭地工作，開心地和男友女友住在爸媽買給他的房子裡，刷著不用自己付錢的信用卡，一年出國旅行好幾次，然後一邊買昂貴的伴手禮回來送我，一邊對我抱怨人生沒有目標，不知何去何從？不知何去何從？不會去找 trivago 嗎？你問我的話，不喜歡《麥田捕手》那喜歡什麼，十七、八歲的時候，我最喜歡安達充的《鄰家女孩》和《我愛芳鄰》，不行嗎？我到現在也還是喜歡安達充，我從來沒過過那種球速很快、善良帥氣的主角日子，我想要過過看。當然現在來不及了，事實上從來沒有來得及過。

沒有，我十七、八歲時，沒想過要抽菸喝酒，我家家教很好也不說髒話，沒人要跟我談戀愛，沒動過離家出走的念頭，不想跟任何人跳舞或出門旅行，與其花時間抱怨大人都很虛偽，不如白天坐在教室裡，放空地看著穿緊身旗袍上衣的女老師，腦子裡運轉跟她做最色的事情，下面自然就很認真上課地發硬。晚上十一點鐘前我溫習完所有功課，心滿意足地做完參考書，上床睡覺（有時因為看了一小時的電視而懷有些微罪惡感），一心一意想要考上好大學，總之覺得非常非常幸福。所以沒有，你問我的話，霍爾頓這個沒用的富二代的複雜想法、痛苦、不成熟，對成人世界的極端厭惡等等叛逆行為，那時我都沒有，簡單來說就是個孬種，連帶的，他覺得這個世界還有純真救贖的可能，我也連想都沒想過，首先就沒有足以拯救我的可愛妹妹存在。

然後現在，我已經四十七、八歲了，你問我的話，我的想法是這樣，世界上唯一一個會在麥田裡擔心我跑到懸崖邊，覺得自己有責任一把捉住我，不讓我掉下懸崖去的人已經死了。就是這樣，要說《麥田捕手》對現在的我有什麼教訓的話，那就是：「你最好管好你自己，但如果現在還有人願意在懸崖邊一把捉住你的話，你也最好心懷感激。」但我懂個屁。

AGENDA

用九個身分去回顧沙林傑的一生，是恰如其分的一次紀念專輯，我也喜歡此次塗鴉似的插畫。不過，這個對我這個年紀的文青仍然充滿魅力與影響力的作家，對現在的年輕讀者來說，似乎已經太遙遠而陌生。既不可能有什麼新書發表，也沒什麼誕生一百年的活動。這一期我們做了相當擅長且我認為必要，而其他刊物不會做的事，我們想盡可能拉近作家與讀者的時空距離，所以專訪了沙林傑的兒子與紐約街訪，令人驚訝的是，街訪中許多人都沒讀過沙林傑。

No.419

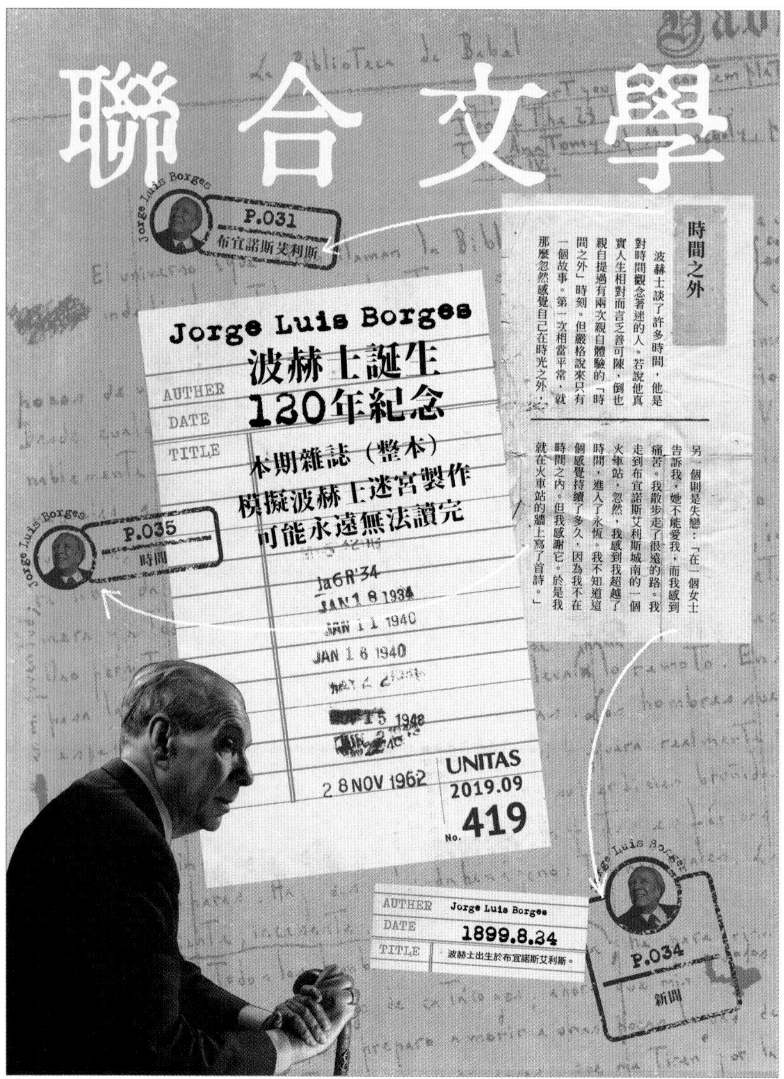

聯合文學
Jorge Luis Borges
P.031
布宜諾斯艾利斯
時間之外
波赫士談了許多時間，他是對時間觀念著迷的人。若說他真實人生相對而言乏善可陳，倒也親自提過有兩次親自體驗的「時間之外」時刻。但嚴格說來只有一個故事。第一次相當平常，就那麼忽然感覺自己在時光之外。
另一個則是失戀：「在一個女士告訴我，她不能愛我，而我感到痛苦。我散步走了很遠的路。我走到布宜諾斯艾利斯城南的一個火車站，忽然，我感到我超越了時間，進入了永恆。我不知道這個感覺持續了多久，因為我不在時間之內。但我感謝它。於是我就在火車站的牆上寫了首詩。」
Jorge Luis Borges
波赫士誕生
120年紀念
AUTHER
DATE
TITLE
本期雜誌（整本）
模擬波赫士迷宮製作
可能永遠無法讀完
P.035
時間
JAN 1 8 1934
JAN 1 1 1940
JAN 1 6 1940
2 8 NOV 1962
UNITAS
2019.09
No.419
AUTHER Jorge Luis Borges
DATE 1899.8.24
TITLE 波赫士出生於布宜諾斯艾利斯。
P.034
新聞

波赫士迷宮指南

本期雜誌專輯的形式是模擬波赫士的迷宮概念、譬喻與意象，或者說是模仿他心中「沒有界線，周而復始」的圖書館結構而製作的，我可以保證沒有任何實體文學刊物如此做過。並不只是實際內容本身，包括閱讀方式都有些許難度，我認為正好適合您這種不厭其煩的中重度讀者，請您將其視為一種愉快的文學挑戰，一次如何窮盡波赫士的可能性的遊戲（雖然不太可能）。為了幫助您完成此事，順利走完迷宮（瞧，我們多麼好心！），除了雜誌內已附的精密檢索系統之外（您可以當成標誌複雜路徑的記號，在一切都感到絕望之際，到此求救），還請您詳細閱讀以下迷宮挑戰指南。

首先是空間指南。本次專輯內容並不只存在於固定的專輯版面，這通常是從十六頁到五十八頁左右。此次，這個固定空間並沒有改變，您可以在這裡讀到幾篇最棒的大型概論性質文章，不過，本次最重要的部分是大量而小型的，與波赫士相關的辭彙，正是這些辭彙構成了迷宮的多向路徑。您可以在《波赫士談詩論藝》這本書裡，讀到波赫士如何討論辭彙的性質、互文與脈絡，意義可以無窮無盡地擴充演變。同樣的，我們的「波赫士辭彙」也會形成不斷蔓延的超連結分枝路徑，引您至整本雜誌的任何一處頁面（例如封面就有了），您皆可以發現這些宛如「蟲洞」的迷宮出口、入口與轉折點。

至於時間指南，時間就是波赫士迷宮存在的本體，過去、現在、當下、未來都可以被揉雜與並陳，當您在巨大藏書的圖書館閱讀時，從一本書到另一本書，時間是自由穿梭的，您隨閱讀所幻化的心靈與身分認同，也是古今中外流動輪轉，並非直線依序進行。因此，您會發現在這次專輯裡的波赫士年表，並沒有像過去我們常做的一樣被「歷時性」地排列呈現，而是在整本雜誌不同的頁面跳躍，請您透過變化劇烈的翻頁與閱讀（至少需要跟您滑手機一樣的耐性），物理地感覺像是乘坐時光機器，在不同時間來回奔波。有個小小建議，請試著跟隨波赫士年表走一段路，或許您會發現這座迷宮可能的破解規律，不至於毫無頭緒。

那麼，您可以從任何一處開始了。從封面開始，從目錄頁開始，從本報告底下那一則辭彙開始，或是隨便翻到任何一頁開始，找到一個波赫士辭彙，一個蟲洞，就可以開始深深地進入波赫士迷宮之中，享受沿途找路的迷人閱讀感受。

願您永遠讀不完本期雜誌。

如同波赫士設想的理想文學世界，那個永遠無法讀盡的圖書館，無法走遍的迷宮，要做波赫士的方式也有千萬種可能。這次的作法，展現了總編輯的意志如何被貫徹，當我提出這樣的編輯策略時，編輯們其實不知道要用什麼技術才能完成，我猜一開始可能也搞不懂我想要什麼。一再地修改美術視覺，增添內容，調整閱讀線形式之後，打破了實體刊物固定模式，面貌才算清晰，但基本上就是不是很複雜的「多向文本」設計，勉強來說是可以讓讀者「永遠無法讀完」。這是個好的作法嗎？我個人覺得很漂亮，也很新鮮，氛圍十足，也有話題性宣傳，不過就只能任性地做一次。

韓良憶

人生無常，珍惜日常

本期雜誌（整本）模擬波赫士迷宮製作 可能永遠無法讀完

Jorge Luis Borges

波赫士誕生120年紀念

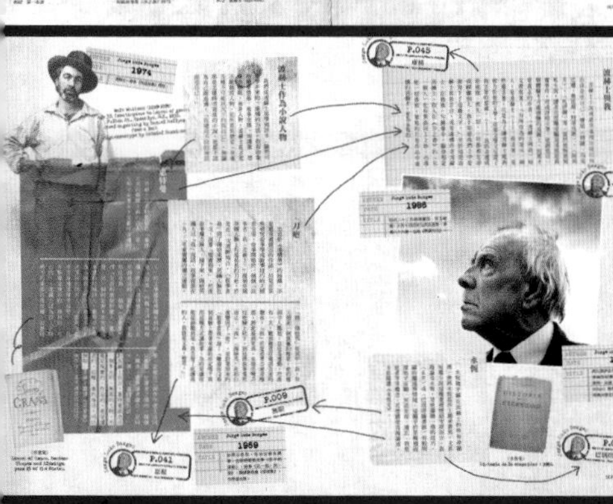

No.420

黃春明新書《跟著寶貝兒走》專號

聯合文學

來去
春明家
吃飯

UNITAS
2019.10
No.420

去黃春明家吃飯

決定邀請陳芳明老師跟黃春明老師對談之後，編輯來跟我報告對談地點，說是想要在百果樹紅磚屋，但我說不要。

「去春明老師家。」

「咦……」編輯露出這傢伙在說什麼的表情，「是可以說去他家就去他家的嗎？」

「讓芳明老師和春明老師這對好友在家中閒聊，不是很有趣嗎？」我說。

編輯去跟兩位老師報告，也敲定去春明老師家的時間，來告訴我說沒問題了，我就說我要吃炒米粉。

「還有排骨湯。」

「咦……」編輯陷入慌張之中，「是可以說要吃炒米粉人家就會炒給你吃的嗎？」

「讓芳明老師和春明老師一邊吃飯一邊聊文學，不是很親切嗎？」

戒慎恐懼的編輯只好又去跟春明老師報告，當然沒問題，還可以拍老師做菜的樣子，但因為稍微有點良心不安，我說：「跟春明老師說不要煮太多。」

我到春明老師家時，將近十人的工作人員已經被餵飽了，正分別在客廳與書房採訪春明老師和師母。一看到我，春明老師從沙發起身，拍拍我的肩膀說：「你怎麼變得那麼瘦，快去吃飯快去吃飯。」然後幫我拿碗筷。吃飯前，我先去書房跟師母打招呼，她立刻走過來摟著我，「一直在說你怎麼這麼久沒來，你要常來啊，快去吃飯快去吃飯。」然後拉著我到餐廳，讓我坐好。

「我給你熱湯，好不好？」

「不用啦，我這樣喝就好。」

我自己添菜，一個人愛吃什麼就挾什麼，吃了兩碗炒米粉，喝了三碗筍子和剝皮辣椒排骨湯，飯後去把碗洗一洗，一旁同事說我看起來就是一副坐在親戚家飯桌吃飯的樣子，不知為何有種融合感。後來芳明老師來了，就坐在我剛剛坐過的椅子上，也是吃炒米粉和排骨湯，春明老師說：「人家留了大支的排骨給你喔。」那就是我留的啊！本來很想吃掉的。

他們一邊吃飯一邊聊天，幾乎無所不包的範圍，一個話題接著一個話題，什麼訪問題綱啦，才不管咧，這是春明老師慣有的說話方式，像是無窮無盡的故事宇宙連結。但我最喜歡的卻不是那些故事，而是春明老師對這本新小說的感想，他為什麼還要寫小說呢？他可是黃春明，他出新小說是何等重要，是非得放進文學史的事，但歸根究柢，他只說了：「像我們這麼老的人了，不能只是消耗能源，也要對世界有所貢獻，要能生產東西。」

我坐在地上，吃著蘋果和櫻桃，聽他們講到人類最終命運這樣的話題，然後，我看到旁邊一張矮桌旁的小書堆上，有一個傳統的桌上型月曆，在這一天的欄位裡寫著我的名字。並不是標記「聯文採訪」般的公事記錄（要是我就會這樣寫），而是寫著我的名字，「是聰威要來喔。」這樣的感覺。雖然這麼說有點厚臉皮，但那一刻我想起，如果我事先說了回老家的日子的話，父親也總是會在那一天的日曆上，寫好我的名字。

一回到家，便是準備吃飯了。

同時做這專輯加上當月作家，令執行編輯羽軒感到壓力沉重。這樣等級的作家，難得做一次的話，通常是全面性的回顧其文學成就，但我不願意流為單純評論介紹文章集結，想要為這主題設想一個具有人味、生活感的情境，因此決定去他家吃飯兼訪問拍攝，光看封面也知道，讓穿著背心正在炒米粉的黃春明上場，以及「來去春明家吃飯」帥氣直面的標題，直接呈現了這個主題的風格。親切的師母一起受訪，提供大量的老照片與手稿，侃侃而談的往事，再加上陳芳明老師也願意和我們一起吃飯，這個專輯的成功，完全仰賴了兩位臺灣文學史人物的慷慨與包容，我覺得真是不可思議。

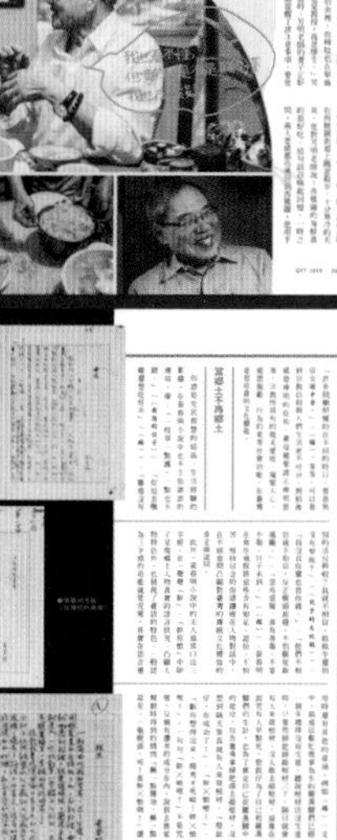

No.421

公司總經理要我想一個文創商品，能夠代表《聯合文學》雜誌的風格，也能實踐我們總是一說再說的文學生活化，「不如來做點大家實際上可以動手試試看，每天都能用文學改變生活樣貌的東西吧。」我參考了「magnetic poetry」這套在國外行之有年的系統，構想了一個可以操作的中文機制，簡單來說，就是能運用大量的中文辭彙來磁貼造詩，但不僅僅這樣，我希望這些辭彙不是冷冰冰地，不帶感情地從某本字典裡摘下便交付到使用者手裡。我希望這些辭彙是有真實人情味與溫度的，才剛剛被賦予了嶄新的意義，是您所認識、所喜愛、所嚮往不已的詩人，親手寫出與裁接的，不是誰都能擁有的辭彙，是剛剛才被使用過的、愛過的、百般折磨過的辭彙。這就是正在募資的「詩心引力——磁力詩生活月曆」。

我們有時會拙於用字遣辭，沒關係，有了這些辭彙，透過貼貼拼拼、搬搬弄弄的，能夠隨意碰撞或產生化學作用，新的意義和感受會忽然出現，可以協助表達自己想說出口的話，「原來還有這種表現法？啊，原來可以這樣思考，可以這樣表達，原來我的感受可以那麼細微，原來不為人知的心情是這樣。」到這裡才是我想說的重點：不是我們的心智驅使我們運用辭彙來表達自我，在許多時候，是辭彙先出現了，才讓我們想起自己的心情，才驅使我們反省，想起我們是什麼樣的人。那些辭彙像是以深海水母的基因做成的探針，發著閃閃的螢光，穿入我們的體內四處游動時，可以在曲折蜿延的血路、神經通道標誌出病變位置和顯現整體狀態。所以，雖然還沒有寫自己的遺書，但像我這樣依賴辭彙寫作，依賴辭彙工作，依賴辭彙生活，幾乎什麼事情都得轉換成辭彙才能安心的人，我想我會好好地寫我的遺書。

跟其他的寫作不同，遺書寫作是歸零的過程，是唯一一種您為了必然會發生的結局而寫的文章或短句，或是幾條清單，在真正的結局來臨之前，當然可以重複修改，但每改一次就越接近無法後悔的地步，而且寫得再怎麼好也沒用，既聽不到別人讚美、厭惡或寫書評，也管不著別人是否會照做。既然這樣，為何還要寫呢？正因為這樣，如果是我寫的話，我會好好地選擇「我的」辭彙，不是給誰看的（包括未來的自己），而是在那寫作的片刻，能夠使我想起自己樣子的辭彙。只有這個時候的辭彙才能如此自私，只讓自己顫慄，這跟詩意毫無關係，即使一個樸質枯燥且無聊的辭彙，也要一邊寫出來一邊好好地從眼睛嚥下去，是最誠實地直面自己的方式。這也不是發掘自我什麼的幼稚行為，只是坦坦白白地陳列，如果要說的話，就是一個辭一個辭地組成的人生開箱照吧（非常諷刺，開箱是為了封箱），不會有虛構或非虛構的論辯來當作得罪人的護身符，我覺得沒有比這個更極限的寫作了。

但其實不寫也沒關係。

紀念馬悅然

一九二四年六月六日—二〇一九年十月十七日

這一期的成功說明主題設定的重要性，有時不必多麼複雜或意識型態高貴正確，只要能打動讀者心中不為人知，卻想要說出口的心情即可，而且實際上執行的方式不難，找願意談談自己寫作遺書經驗的作家，邀請更多作家來寫遺書，收集已過世作家的遺書等等。不過，仔細讀的話會發現作家所寫的遺書，不禁讓人覺得，對於必須寫下見人的文字，作家真的好辛苦，不能隨便寫寫就死掉。這次部分的內容轉載在「聯合副刊」，意外地引起王鼎鈞老師的注意，來信誇獎這個企劃做得很好！而且他本人還寫了有關遺書的文章，投稿給了「聯合副刊」。

No.422

聯合文學
是因為你才存在的晴朗」
新海誠
純愛♡
五十音
UNITAS
2019.12
422
聯合文學
「往天空的另一端看去，
新海誠
純愛
五十音

最豐沛的讚美與最尖銳的針鋒相對

上月，朱宥勳為我們寫的書評專欄文章〈「投降」是文明的最終形式嗎〉引起了風波不斷的論戰，從環繞著駱以軍《明朝》這本小說的好壞開始，擴而廣之到了文學思想審查是否可行、書評的意義與功能、書評與作家的關係、評論者的資格論、作家精神狀態是否該於書評內「客觀」考量、作家給薪生產機制的優劣、臺灣文學處境為何敗壞、文學團體對寫作有沒有用處，甚至文壇私人恩怨和針對雙方的人格攻擊等等。我們做了整整兩年的書評別冊，從來沒遇過這般激烈的情況（寂寞的時候真的非常寂寞）有熟識的作家友人私下傳訊給編輯說，不該刊登此文，編輯們有些擔心自己做錯了什麼，也怕傷害了誰，問我該怎麼辦才好。

我對書評與小說本身有個人看法，但只對他們說了關於專欄文章，編輯最重要的是要協助作家做好事實校對，至於作家採取的立場、觀點、研究工具，或是刻意營造的口氣與氛圍，是專欄作家在此處的權利與義務，我們總共邀請了八位擅長領域各異、個性獨特的書評專欄作家，正是要呈現給讀者多樣解讀文學的方式。若再加上接受投稿的「開放書評」，往往同一本小說會有截然不同的評價，僅僅以駱以軍的作品為例，從《匡超人》到《明朝》，我們大概是登過最多相關書評的媒體，這裡頭有些評論我也無法認同，但越熱門的作品越該這樣：既擁有最豐沛的讚美，同時也擁有最尖銳的針鋒相對，這是媒體可以給努力完成作品的作家最好的支持。

話雖如此，我想每個人都想被說自己很厲害，很少有作家會被寫了不好聽的話還能平心靜氣地說聲「謝謝指教」，作家本人要怎麼對評論者惡言相向或表達不信任大概可以想見，或者像我是個孬種，只要嗅到一點點有人寫我作品的壞話，我就立刻停止繼續讀下去，假裝沒這回事。不只是作家被批評不開心，出版社也會不爽，例如我曾經在某篇文章裡，提及自己不喜歡某位作家的舊作，結果引來該出版社的長官下令不准提供該作家的新作公關書給我們。那我們怎麼做呢？沒問題，我們還是開開心心地報導了作家的新書，因為真的寫得很棒。

今年小說市場景氣很糟，大家似乎都去追劇了，但其實除了《明朝》，還有許多好小說、散文、現代詩值得一讀，您可以在本期看到一整年的文學作品回顧。比方說，您讀過四十歲以下最傑出的小說家之一，連明偉的新作《藍莓夜的告白》嗎？我想還沒有，那麼您知道同樣是上月《聯合文學》書評別冊裡，童偉格專欄〈「我」的封緘〉一文，重重批評了《藍莓夜的告白》的核心主題與技術嗎（童偉格應該夠資格評論吧）？您不知道，因為您只關心朱宥勳和《明朝》。

現在知道了，不妨找來讀讀。

AGENDA

企劃上較簡單，從各個角度來談新海誠作品與純愛文學。較特別的是做了雙封面，男版與女版，合起來會成為完整的畫面與文案，這也是我們首次這麼做，不過男版上漏植了一顆愛心。新海誠作品在臺日都有超高知名度，但本期的銷售並不見突出，缺乏更多動漫影像可使用，使得視覺設計上有些單調，還有可能做的時候，《天氣之子》的評價欠佳，新海誠熱消退所致，主題是有趣的，但沒趕上最好的時段推出。

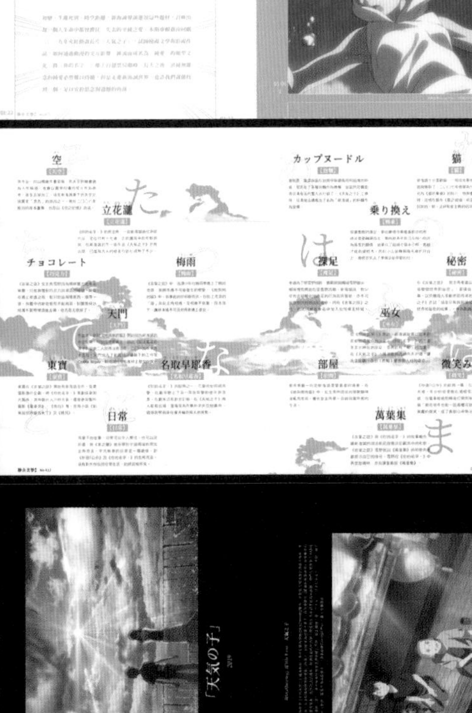

會編雜誌，就會創意提案！

某次我的總經理問我，作為雜誌編輯兼創意人的我，是否有學習的模版？我想了想，在我的職場生涯裡，影響我最深的兩位雜誌人，一位是我在FHM時代的直屬主管袁哲生，另一位是我在marie claire時代的社長楊玟，他們兩位是實際上讓我學會作為一個雜誌編輯要如何思考與行動的人。不過，若是問我現在想效法的模版，應該是（他本人當然不知道）佐藤可士和先生。他出身於平面設計師，後來轉為創意總監，所執行的創意企劃從空間、商品、網站、幼稚園設計、廣告品牌塑造到地方創生計劃等等，既有大為成功的例子像是uniqlo紐約旗艦店，也有被消費者嫌到不行的便利商店咖啡機。

因為他本人看起來非常帥氣而且頭腦很靈活，能夠像他那種樣子應該不錯，首先我是這麼想的。其次，雖然我和他的職場出身不同，但若同樣能夠根植於自己原有的專業技能（以我來說就是編輯力與文字力），嘗試將一直湧出來的創意思考轉化、結合另一種實務，是否也能做到像他一樣的程度呢？有機會，不妨主動試試，我是這麼想的。

王聰威的超編輯術，突破你的創意盲腸！

傅偉珊／採訪側記
BIOS monthly／圖片提供・潘怡帆 Crystal Pan／攝影
蔡傑曦／「詩心引力」產品攝影

Q1 「《聯合文學》unitas生活誌網站」在二〇一八年正式推出，當時如何企劃這全新的文學網站？並如何讓這網站在眾多網路媒體裡創造具市場性的文學閱讀方式和服務？

在數位免費內容當道的時局裡，實體刊物已無法再觸及更多的受眾，我們深刻體認到媒體的經營光靠紙本刊物的力量是不夠的。所以，五年前就決定要推出《聯合文學》unitas生活誌網站。我們希望透過這個網站實現實體刊物所做不到的事情。從讀者角度出發、強調以內容為主，在網站上至少有五十%以原創文學內容為策劃方向。

而且有別於《聯合文學》雜誌的服務對象為中重度讀者，《聯合文學》unitas生活誌網站是以實現讓文學進入到每個人的生活日常，能夠隨時透過手機、平板、電腦輕鬆接觸文學為目標。「因為有點喜歡文學，所以生活變得不一樣。」是《聯合文學》unitas生活誌網站的品牌定位。我們要讓這個網站不只是一個資訊分享的文學平台，更期待未來能夠有更多互動參與的功能操作在這個網站裡面體現，例如即時回饋或讀者發表文章等，目前我們也正朝這個方向努力發展。而考慮到讀者需求，為了維持一定的網站內容品質，現今網站要能夠獨立運作並有收益還尚需一段時間努力，但《聯合文學》unitas生活誌網站目前已是文學關鍵詞自然搜尋的第一名網站，也是目前華人圈中最具指標性的文學性網站，這對我們來說是非常大的鼓勵。

Q2 以「《聯合文學》unitas生活誌」現行擁有五十%的

原生內容而言，要如何以平面編輯概念和技術策展企劃數位內容？

《聯合文學》unitas 生活誌網站是希望實現《聯合文學》雜誌無法做到的事情，與《聯合文學》雜誌互補結合，成為完整的《聯合文學》。因此，在網站內容策劃上，有五十%內容來自《聯合文學》雜誌、有五十%內容為原創。我們把雜誌內容導入網站，將雜誌無法呈現的動態影音、更多圖像素材，與取自雜誌的內容結合，使之超越原本雜誌內容的表現方式。而五十%的原生內容，我們則企劃不同主題專欄，例如「手寫日記」專欄，每個月邀請一位作家每天上傳分享他的親筆手寫日記。讀者不僅能夠更貼近作家的生活樣貌，也能感受到手寫字的溫度感；「寫給新手作家的沒用指南」專欄，則是以新手作家進入文壇後所面臨的各種狀況為主題，以較戲謔、譏諷的文字敘事風格提供相關資訊；另外，還有「駐站作家」單元，我們不只邀請作家駐站，也邀請名人、明星駐站分享他們的文學創作。我們為每個駐站作家規劃三至五篇的文章，包含訪談或是與友人對談採訪，甚至還拍攝作家影音。我們藉由網路媒體的即時更新、傳播快的特性，運用不同編輯呈現，讓更多人接觸文學，感受文學並非高不可攀，而是令人羨慕的生活嚮往。

Q3 《聯合文學》異業合作案例分享？編輯如何將企劃力發揮在創意提案上？

企劃文學雜誌與設計商品品牌，思考方式其實並無二致。無論是做雜誌或做創意，編輯本身是有能力把完全不相關的事情結合一起。

我們跟統一飲冰室茶集合作。為了使該品牌更有力量、更能被他們的文青族群目標接受，把原本辦理的徵詩比賽提升至正式性文學比賽。調整評審機制、邀請文壇有名詩人擔任評審、把獎品改成獎金、辦理講座、頒獎典禮等活動，結果參與人數從原本只有兩千人提升至兩萬人，成功創造品牌聲量。而且，得獎者日後也真的在文壇上活躍發展。這說明文學專業與品牌商業其實不相衝突，反而能互襯雙贏，也印證文學能與任何品牌結合。

而編輯的創意也不會因為技術而受限。目前我們與食品業者合作設計品牌週年活動，除了運用文學重新企劃包裝品牌，值得一提的是，業者也希望借重《聯合文學》的美術設計。對於編輯來說，雖然無法實際參與美術設計，但是身為美術設計與業者的溝通中介，還是能透過對於品牌精神、風格定位的掌握、討論合作將創意想法呈現在美術設計裡。

Q4 二〇一九年底《聯合文學》企劃開發文創商品「詩心引力」萬用曆，在嘖嘖平台群募突破百萬元。當初如何企劃開發這款商品？如何將文學與生活以全新型態結合，創造文學的無限想像？

「詩心引力」萬用曆的發想靈感是源於歐美流行的磁力詩。當時企劃這款文創商品，是希望當文學與商品結合時，文學是可以真正在生活日常裡被使用，而非只是展示性的文創商品。所以，我們希望「詩心引力」萬用曆必須是要充滿文學溫度與人味的。因此，不同於一般磁貼是用合成紙製作，我們堅持選用真正的紙張與磁鐵

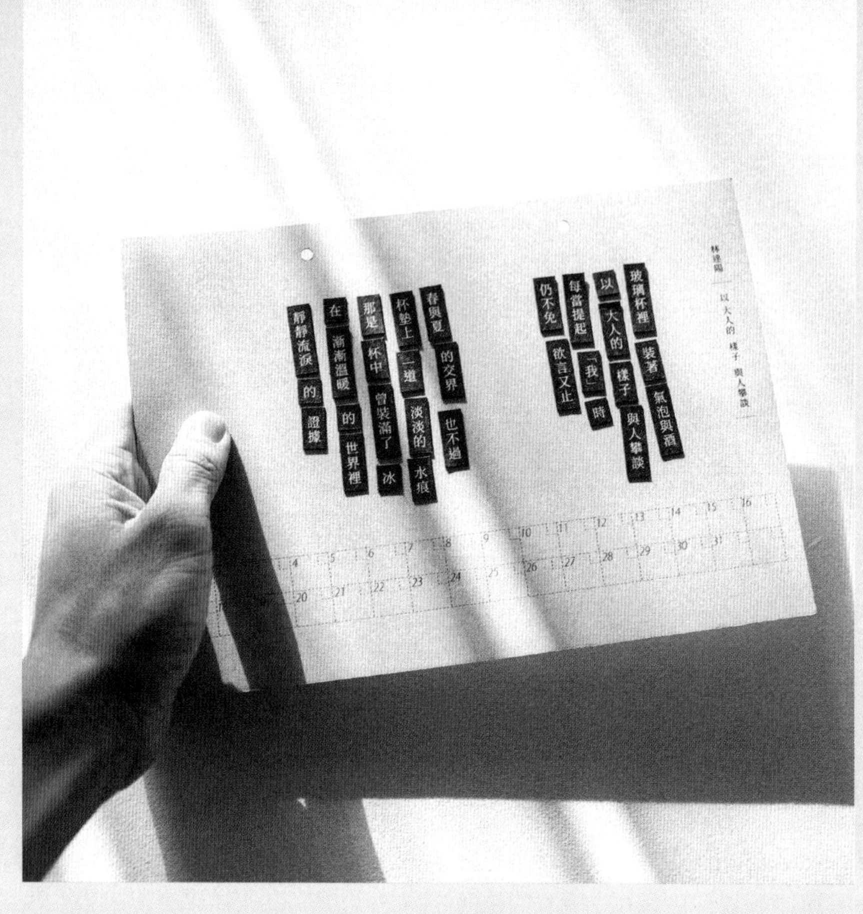

結合，在使用時便能感受到紙張的觸感、聞到紙的味道；另外，我們也邀請十二位詩人全新創作共十二首詩，請詩人們在自己的詩裡面親選字詞磁貼，使用者可以把這些親選字詞磁貼，重新拆解、拼湊出屬於自己的創作詩。

讓文學真正的走入生活中，一直是我們想要做的事情。而「詩心引力」萬用曆這款文創商品的確也達成這個目標，它讓文學不再只是擺飾性的陪襯。每一位使用者都能成為詩人，用自己的創意與想像，動手去實踐文學與生活的完美結合，以詩去創作、記錄片刻的生活風景。

Q5 除了雜誌、網站平台，《聯合文學》近年深耕文學活動領域許多，包含自辦的全國文藝營、連續五年承辦桃園鍾肇政文學獎等。《聯合文學》是如何讓這些文學活動脫胎換骨，行銷包裝這些文學品牌？

雖然我們在二〇一四年把《聯合文學》雜誌進行改版，但深刻明白實體雜誌的力量是無法滿足我們想要做更多與文學相關的事。身為華文刊物中最具影響力的文學雜誌品牌，跟進社會的與時俱進，我們思考的是要如何擴張《聯合文學》品牌影響力，協助雜誌以外的一些文學活動，發揮《聯合文學》的品牌功能。因此，這幾年我們不斷運用品牌影響力，幫助各個地方政府塑造包裝他們的文學活動品牌。其中，我們連續五年承辦桃園市政府文化局的鍾肇政文學獎，透過重塑文學品牌定位、視覺與標題設計，以及策劃不同周邊活動。原本只是地方性的文學獎，現在已是備受矚目的全國性文學獎。另外，我們的聯合文學全國巡迴文藝營，辦理至今已超過三十五年。面對參與人數逐年下降與有眾多單位競爭激烈，今年我們大膽嘗試、針對五十五歲以上人士舉辦熟齡文學營。雖然以長者為對象舉辦的活動很多，但舉辦熟齡文學營是第一次，而這可能也是未來辦理文學營的新方向。文學本來改革速度就是比較慢，但無論是作為文學編輯或是辦理文學活動，都必須要有能將文學貼合社會脈動的能力。

Q6 《聯合文學》雜誌發揮編輯所長承接代編刊物專案、成績斐然。曾代編官宣刊物《高雄款》與地方文學刊物《鹽分地帶》文學雙月刊等。在整體企劃核心上，是如何翻轉大眾對這些刊物的既定印象？

我們做代編刊物時是善用文學的觀察，重塑刊物的品牌定位。以高雄市政府新聞局的官宣刊物《高雄款》為例，我們把《高雄款》轉型成生活類雜誌，打破市政刊物內容多半是充滿官樣的刻板印象。重新打造刊物視覺風格、刊物尺寸；在內容設計上，用不同方式塑造城市幸福感，傳達高雄具有多元、容納外來移民的城市活力，賦予刊物全新品牌精神，讓它不再只是冷冰冰的市政宣導冊。透過這個刊物去凝聚高雄人的幸福，讓外縣市民眾看了被驚艷，願意到高雄觀光。《高雄款》成為早期少數徹底轉型、成功達成宣傳的官宣刊物。

另外，我們承接臺南市政府文化局的地方文學刊物《鹽分地帶》，是希望這本刊物是能打進文學市場，不再依靠政府補助。因此，與現行主流文學刊物區別，重塑品牌定位，規劃《鹽分地帶》為「風土寫作」。風土寫作的範疇廣泛，包含鄉土文學、或是透過田調與意見參與、結合文案寫作的文章等，我們希望文學成為風土的技術，帶動地方創生的行動力與想像力。刊物改版推出後，立刻受到很大迴響。原本冷門的文學雜誌，因為引入適合的編輯技術，重新賦予新生。

Q7 《聯合文學》雜誌這幾年做了許多跨域創新的文學活動，如一〇七年開始舉辦

的閱讀行動書車；一〇八年在聯經書房舉辦B&B啤酒節。請問分享舉辦活動的靈感從何來？

文學能透過許多方式被呈現，但需要用編輯的創意去轉譯。例如從一〇七年開始，我們跟臺北市立圖書館合作行動書車，以不同主題推廣閱讀美好，賦予「閱讀」全新品牌精神。第一年主題是「閱讀美好生活的想像」。我們想傳達的是，當你跟這台行動書車相遇時，不只是與你所閱讀的書相遇，也能讓你遇到幸福以及生活的美好想像。一〇八、一〇九年的「偷讀時光」主題，我們則像時光機一樣，帶領大家回到那段最喜歡閱讀的時光。讓大家知道「閱讀」不只是知識取得，更是承載情感記憶。另外，一〇八年聯經書房改裝，為吸納更多閱讀愛好者，突破偏學術的刻板印象，自辦為期七天的「B&B啤酒節」。活動靈感是源於下北澤某間賣書與啤酒的獨立書店。我們營造書店更輕鬆、愜意閱讀的樂趣，民眾、店員或是作家可以邊賣書、邊看書、邊簽書、邊喝酒等許多事情。創新的活動操作，雖在當時有造成討論，但若要能夠完全改造書店氛圍，還是需要時間鋪陳。

Q8 《聯合文學》為指標性文學品牌，將文學策略與編輯力貫徹於網站、活動、商品、廣告等創意提案。未來《聯合文學》還會有什麼創意展現與可能性？

《聯合文學》雜誌對我們來說，並不只是雜誌，而是品牌核心。藉由這個品牌的強大核心，我們延伸做了許多原本雜誌無法做到的事情，如活動、網站、美術設計、代編刊物、廣告等。而未來《聯合文學》品牌還會把文學擴張到什麼地步呢？以我自己身為聯經出版公司的文學總編輯而言，我不會把自己視為文學編輯人，而是希望未來能帶領我的團隊，能夠做更多的創意呈現文學。例如，我們現在正在做的「多向文本」計畫，雖然非新概念，但是我們把它變成 E-Only 出版，要讓文學成為真正商業行為；《聯合文學》unitas 生活誌網站，雖然離獨立收益還有一段距離，但是擁有會員訂閱制或是具備金流功能，是我們接下來要發展的方向。另外，我們期待以《聯合文學》品牌影響力，為更多商業或個人客製打造文化商品。雖然要實現上述願景需要更多的資源與人力，但這些都是《聯合文學》品牌的未來美好想像。也深信在數位社群發達的時代之下，這些美好願景在未來是能夠被實現的。

PressPlay【超編輯術，突破你的創意盲腸！】音頻課程獨家放送

獨家試聽①：	獨家試聽②：
不是實體雜誌的線上版！ 解析《聯合文學》unitas 生活誌原生內容	會編雜誌，就會開發商品！ 文創商品「詩心引力」的開發祕密

方能動筆
把雨水
都寫給你
此刻
整年
聽風看雲
令人
屈身
像地鼠
遲遲趕赴
呼氣成霜
大小寒
捲起去年
千萬種
是一次
落雷
隆冬無明
生日

直擊！雜誌現場的小隊作戰！

從二〇一四年至二〇一九年，我個人最大的成就是擁有十位現任或曾任的編輯小隊成員：果明珠、葉佳怡、崔舜華、江柏學、許俐葳、林新惠、劉羽軒、汪倩妤、陳怡絜、郭苓玉，他們無論是文編或美編，幾乎都是從零開始在《聯合文學》學習到完整的雜誌作業與思考方式。我認為隨時將他們放到任何類型的雜誌編輯部裡，他們都足以勝任變化最劇烈、速度最快、需要立即創意發動或冗長無聊的工作，如此您可以想像我有多麼幸運和奢侈。

不過我並不希望您誤解了，好像這一切輕而易舉，在雜誌現場，我和編輯小隊時常有理念不合的時候，他們會排斥我交代的作法，痛恨我的決定，刻意讓我知道他們只是無奈地屈服，而我有時會覺得他們怎麼能夠蠢到交出爛糊糊的企劃，這個也做不到那個也做不到，或是設計出無聊透頂的版面，在工作既沉重又疲累，而我也無能為力或剛剛罵過誰之後，他們當中有些人會在社群媒體上抱怨咒罵，有些人會躲到廁所或塞在公司某個角落哭泣一陣子，但不管何者，都會再重新回到現場工作，像是沒事人一樣繼續工作。

最想念的一次遠足

前執行編輯
果明珠

二〇一三年的某一天我成為《聯合文學》雜誌的編輯，準備接替即將離職的作家黃崇凱。黃崇凱手把手地陪伴我一整個月，從實體背後的書架到他工作的電子信箱帳號密碼，他無私地全部交給我。但雜誌運作是不停轉動的滾輪，總覺得永遠都像重新開始。隨時想企劃、月初邀稿、月中截稿、月底排版進廠，規律但又難以規律進行。記得剛進去某一天，總編王聰威把我叫進他的辦公室，還當我有些猶豫該做如何面對時，他發給我一本《臺灣新文學史》，比《聖經》還精美比《辭海》還沉重，他說：妳好好讀吧。

後來的每天我幾乎都會被「叫進辦公室」少說三次多則無數，臉皮逐漸厚實，心情也放鬆許多。前半年以我的情況內容企劃是沾不上邊的，練習邀稿、了解作家關係、釐清連結脈絡、跟訪、筆記、收稿、校稿，說起來輕巧，但瑣碎跟容易一失足成千古恨的緊張程度，總讓我每天早上進辦公室前總得在樓下便利商店花個兩三百塊買飲料食物紓壓。而就在逐漸上手的一年屆滿，《聯合文學》雜誌發生驚天動地的改變。過去雜誌屬於聯合文學出版社，二〇一四年雜誌從聯合文學出版社中劃分出來成為聯經出版公司的一分子。雜誌主體大幅度改版，開本放大、新增別冊、使用全彩印刷。王聰威總編像是母雞帶小雞般，領著我和部分同事一起從十樓搬到四樓。同時，我也增加了同事：主編葉佳怡（對，就是那個我曾經在樓下便利商店讀她的書的葉佳怡），美術編輯陳怡絜，後來還有崔舜華（也是那個曾經看過她的詩集、觀賞過她得獎的崔舜華）。

葉佳怡、陳怡絜、崔舜華、行銷紀竺君、總監周玉卿、總編王聰威，是我心目中的偶像黃金陣容，與他們共事的那段時間，我們嘗試了各種想像中文學雜誌的可能。記得佳怡一來，在接手共用各種資料記錄後，隔天她就製作改良了一個清楚的作家資料表，從採訪者到攝影師，佳怡帶來無數新血，也解決我跟總編無數歧見、問題。舜華來的第一天總編正在想封面文字，他轉身跟舜華說不然妳寫首詩吧。舜華拿起菸去頂樓，兩個小時不到下來就是詩。怡絜來的第一天帶著一個長寬不超過八公分的小本子坐在美編林佳瑩的旁邊，一筆一劃地寫下程式使用規則，滿滿的筆記字帶到新版聯文，線條長出顏色，框線色塊都跳起舞。

在雜誌工作的那幾年，公私生活是分不開的，待在辦公室的時間長到我們熟悉彼此家人的問候電話，我們見過彼此的伴侶，我的婚紗照是雜誌專屬攝影賴小路拍的，葉佳怡則是我孩子的乾媽。在辦公室裡我們幫彼此慶生，在辦公室廁所門外我們聽彼此啜泣幫忙遞衛生紙，一起看稿讀書買書花光薪水。或許對某些人來說，進過《聯合文學》雜誌就是進過文壇了，但對我來說自己只是站過水邊，但潭太深我只看到上層，跟編輯工作一樣，離了解還差得遙遠。不過，那些年就像場夏日遠足，臉頰曬得嫩紅，包包裡還留著沒吃完的零食，鞋子有點泥濘，褲子上還帶著鬼針草，就算知道不太可能再發生，但還是期待著下一次和伙伴一起出遊。

八年的小隊進行式

視覺設計指導
陳怡絜

我尚未進入《聯合文學》雜誌前，還不曉得封面上的品牌LOGO筆畫、字型和下方的設計會是一種限制，二〇一四年改版時我稍微將LOGO單字分得較開，大小調整較舒適的狀態，雖然直到現在還是好想改造（笑）。循著品牌必然會有的限制，設計出和諧又盡可能可破壞的畫面，是每一期的平衡搏鬥。用紙的改變上，我很喜歡改版前的塗布紙張，紙張鬆鬆的、表面的纖維讓文學閱讀起來有觸感，改版成大開本後沿用了幾期，不過紙張在全彩照片的色澤呈現上仍然不夠好，後來選用介於銅版和塗布之間的紙張，照片顏色比較穩、紙張偏重，能反應改版的內容上想給予讀者的分量。

總編王聰威對於紙本的設計方向，是避免「理所當然」的設計。能不能從別於文學又文學的視覺畫面來吸引讀者親近雜誌。在前置作業裡，他跳躍的從文學的基本盤裡思考拉出新奇的企畫包裝，再與設計師盡可能嘗試到位，給予設計滿大的發揮空間。改版這幾年逐漸有了「圖像會議」。也是一種修正，設計先把編輯內容轉譯成平面視覺，是在多次失敗的過程裡找到可行的，到了雜誌後期有時會因為來的圖素風格，需要重新再想一遍設計，若提早將所有的圖像（包含設計、攝影、插畫等）一起與編輯們做討論，將全彩雜誌之必要的圖像量多和質感做分配，才能在製版前接近我們想要的雜誌版面。當然，做雜誌的週期是個天天在隨機應變的實戰。

每一本在讀者手上的雜誌都透露了編輯的個性。執行威廉・莎士比亞紀念專輯時，編輯果明珠帶我和佳怡到劇場排練室裡，我先以提早畫好的草圖在地上勾出小村的空間，然後我們一起塗滿它。在臺東文學專輯時，編輯葉佳怡領著我們一起進入當地拍攝和採訪，入山下海的感官非常通透的呈現到專輯頁面上、又或某期直接在學校咖啡館策展詩集裝置藝術展覽。二〇一六年編輯崔舜華的香港專輯，我們嘗試以報紙摺紙加撕裂線的形式，到現在看還是很喜歡的設計。編輯江柏學執行的楊德昌《牯嶺街少年殺人事件》專輯，有大量的關鍵詞和調性一致的插畫素材，雜誌在一跨頁上有不同小元素呈現，是文化部金鼎獎典禮上供閱覽的一期。某期竟然能因為採訪與拍攝前往日本京都真是一件夢幻的事（我第一次出國）！和編輯許俐葳、視覺設計郭苓玉處在彷彿空氣清淨機的地方上走踏，生出狂拍式的照片圖集、遊樂資訊們，不留白的在設計版面上讓讀者看見。

這些都是全彩雜誌將視覺和編輯拉在一起玩的有趣撞擊，很幸運的跟如此強大的編輯團隊合作（往後加入的編輯們也是）！縱使結束一期當下各自檢討都會發出「啊啊啊——」之類的，但是每每討論過程中用到的腦力最棒，那種什麼都不是、又好像都可以形成的東西，就這樣每一期的滾動著。

老派青春夢

前主編
葉佳怡

《聯合文學》在二〇一四年進行的大改版，是我參與的第一份正職編輯工作。答應上班之前，聽威總編邀我去臺大附近的雪可屋談了工作，事後我才知道，那是總編學生時期至今的愛店。店內裝潢是一種老派的歐式風情，飲料是泡沫紅茶店的甜水風格。儘管吧檯周遭因格局而陰暗，仍有陽光透過大片窗戶灑進我們談話的座位。

第一次開改版會議時，總編邀了編輯小果和我及美術設計ＹＪ到家裡開會，四人就這麼圍在客廳的一張矮木桌旁。這次改版，是要在雜誌原本的文學氣息中，注入「生活感」的元素。那時《小日子》雜誌創刊兩年，各種小刊物正不停冒出，所以我不但要從頭了解雜誌製作的細節，還得了解生活感。生活感是什麼？靠在椅背的枕頭上，十二月的冬陽從後方窗戶暖暖蓋在我的脖子上。我的眼前是一疊疊畫滿版面樣式的草圖，網路上的各種參考圖片明滅閃過。

第一期出刊前，身為菜鳥的我少不了緊張，但老鳥如總編似乎也有些不安。一直到最後的最後，封面照片都無法決定，作為主角的白先勇老師有自己的偏好，雜誌發行人有他的考量，總編當然也有想法，一度我覺得要搞不定了。當然，之後成為半老鳥後，我自然知道這不過是製作過程中的尋常小事。但就跟青春期的孩子一樣，當時的我以為一點細瑣裂縫就能崩裂世界。

但畢竟是改版第一期，版面太多細節沒有前例可循，進廠印刷前我們加班了幾天，最後一個深夜更是熬到其他部門同事打卡上班，眾人才遊魂一樣飄離公司。當時的我還不知道，未來無數這樣的深夜會令我多麼又愛又恨。當時的我只知道，等總編跟我們一起走出樓下大門時，基隆路正因馬拉松路跑活動徹底淨空又搭了舞台，彷彿整個編輯團隊闖入了平行時空。陽光輕薄灑下，總編跟大家說辛苦了，一臉疲累卻又似笑非笑，那是我第一次了解：雜誌後台的兵荒馬亂是如此確實，事後卻又如此難以證明。

之後回想起這份工作，我總忍不住想起雪可屋，包括屋外那道有些突兀的紅磚牆，裡頭小小的圓桌跟皮椅，還有靠近天花板一幅幅框上積滿灰塵的畫。或許不管雜誌經歷了多少改版，人們對生活感的想法又變了多少，對總編來說，他的生活感可能早有一部分就長在雪可屋裡。而到了小雜誌紛紛興起又緩慢落幕的今日，就連紙本雜誌本身都像屹立不搖的雪可屋，帶點老派青春夢的氣息了。

編輯在中陰

前執行編輯
崔舜華

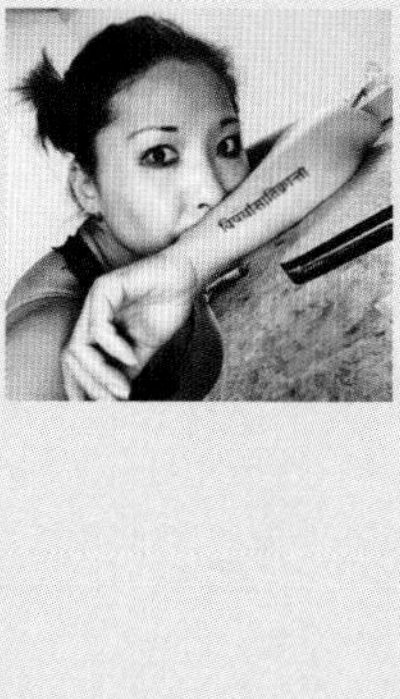

二〇一四年，秋天，我走進《聯合文學》雜誌辦公室。空調低鳴，燈光朗亮，狹長的空間，從最右方的出版部一路蜿蜿蜒蜒到最左的活動部。雜誌部靠著出版社總編辦公室，靠得很近，小小的四、五張座位自成部落，像偌大一塊奶油蛋糕切下來的一個銳角。像偉袤國土上紅筆描圈過的一小處不服從。

我進雜誌時，葉和果已經在那裡了，還有瘦如玄鳳的陳。那時她們剛剛聯手完成了雜誌的改版大業，我相當僥倖地避過這一劫；兩年後，許與江組成的編輯部將再度改版前，我亦僥倖地先一步離開現場。

來雜誌不久後，整座辦公室大大地移星換位了一番：雜誌部遷往樓層最左方、原本彷佛是倉庫用途的房間，左手邊是大片窗，從窗俯瞰，是放課喧鬧的學生以及西裝革履、手擒香菸或拿鐵的業務員。有了自己的房間，各人開始在各種平面上貼出影展和演唱會海報，及各種獨立團體的印刷品；奇奇怪怪的小玩具日趨繁衍。陳和我經常揀來形狀奇異的樹枝，用無痕膠土釘在牆上，誰不小心碰到，樹枝便無聲墜地，又被重拾黏上，像一場反覆演練的死物之葬禮。

我不知道該怎麼將雜誌這件事說得更有趣，雜誌的生命週期不長：月初而生，月盡而歿，像跟蹤月光的週期、從墓間土裡復生的魔物。當然，有時會出現令你極其驚詫的救贖時刻，以致在某個瞬間有如感應到文學之神（若有的話）慷慨應許的靈光；但更多時候，是被數位樣光滑紙面的反光刺痛那原已熬燉多日的雙眼，是日日吞服維他命依舊痠疼僵硬的肩頸肌肉，眼角泌淚脊冒冷汗，分不清究竟是源於疲憊，或是忐忑虛弱的心臟無法再承受任何的錯誤，譬如校對N遍仍漏網的錯字；不知為何錯漏的句行；尤有甚者——將某位作家的簡介誤植成不知何人的履歷，抑或更致命的——那惡魔裙襬上灼目污漬也似者——封面錯字。

幾年後的冬天，我去另一家雜誌社做了一陣子編輯，僅僅是來年的某些單元版面加減，便已覺痛苦不堪壓力沉重。那真正的、徹底的、洗心革面式的改版工程，想必遠超乎我曾做過的一切零頭。

捧在手心、散發墨味與紙香的文字，是每一名編輯的中陰之地吧。那涇渭分明的闇與明、對與錯，教人畏光且膽寒，卻偏偏在某些無法同他人言說的細節上流連戀棧。每逢逼近中陰之時，我僅是旁觀他人之苦痛，隨即狡猾地繞路避走。

這種偏安風格，或許也可以是，某個人生的隱喻碎片吧。

離職那日，我提著兩大袋傢什走到總編桌旁，有點心虛地說：我走了喔。

他笑笑地看了我兩秒說：「祝妳幸福喔。」

「當然會啊！」我反射性地回應。但或許其實我並沒有這麼說。

編輯，以及編輯。

資深編輯
江柏學

我向總編請示要休假去東京一趟，他二話不說答允了，叮囑我帶伴手禮回來。那時我正擱淺在與某段社會關係離散的失落岸，醞釀著重新出發的想法安排旅程，一邊執行製作「小津安二郎」的專題企劃。

五天除一場日本現場的訪談，其餘時間，我迫切地想把自己安置在東京街頭——我是說本來。後來擔任翻譯、協助聯繫受訪者的H小姐跟我說，對談人之一的K先生有些資料可提供參考。東京首日，一抵達上野的咖啡店，K先生便遞出一疊文件，上頭密密麻麻條列著小津安二郎的相關地景。

那可不是「有些」的程度而已，K先生大規模蒐羅了小津安二郎的誕生地、墓所、喜愛的餐廳去處，和重要的幾部電影（《東京物語》、《晚春》、《麥秋》等）的拍攝場景，建議我可去走走。當晚我即刻整理路線，未來幾日試計畫用上午的時間探訪，從小津的終站一路追溯到出生，順道捕捉雜誌所需素材。沒想到地圖上一個個標記的點所交疊的「小津的日子」，硬生生把我從原來的軌道上彈開，又像在牽引著什麼，從我踏進鎌倉圓覺寺，用生疏的日文單字問路，而後佇立在小津安二郎墓碑的「無」字面前，便註定這次旅行的軌跡。

往往，編輯雜誌就算及早規劃，也必定會面臨無可避免的變動，如素材匱乏、文章拖延、概念無法實現等狀況，都是考驗編輯台上的應變能力。假使有機會無差別地取得大量材料，作業過程當然相對省事且愉快許多。做雜誌能夠置身在現場，對編輯出版來說仍是浪漫的極致，並非時常發生如此機運。東京行變成以小津為主題的朝聖之旅，任憑小津引導我去追尋他的時間，始終令人難忘自己足旅的一百公里。

我一直很喜歡專輯所落的副標題「生活，以及生活」，可惜旅程為剩餘不多的時間逐趕著，我沒有因此從這趟旅途參透出「生活」的真諦。在我看來，生活裡面的生活才是值得關注的面向，如同編輯這件事，他人可能沒有必要理解背後的千迴百轉，其實這才是編輯好玩的時刻，不到最後，並不曉得雜誌會煉成什麼模樣。

然後伴手禮我終究忘記買了。

暫時先這樣

副總編輯
許俐葳

「編輯小隊」這個稱呼，忘記是在哪幾次伙伴們鬼混聊出來的。與此相對的還有「活動小隊」，是專門辦文學標案的部門。文學常常是一個人的事，但文學雜誌始終是一個「隊伍」的事。這樣說大概有點武斷，許多前輩辦的雜誌往往也都是靠一己之力硬幹起來，照樣才華橫溢。人生某些時刻，總有崇拜強者光環和將事物浪漫化的習性，文學尤甚。但對於做一本雜誌——尤其是文學雜誌。我始終覺得，有隊伍是好事。除了讓思想更開闊些外，更實際的就是這樣比較「健康」。文學和健康彷彿是全然背道而馳的兩件事。讓參與其中的人都能獲得成就感，不自我感覺是工具，這是一種健康；遇到難關時有人出手救援，並理解彼此品味思路，這也是一種健康。從編輯一路到擔任副總編輯的期間，我經驗了各種「以文學之名」的訓話（就是被罵），也經驗了許多「這樣不文學」的自我抗辯。在這樣一個世代，做一本文學雜誌，是無法僅止於苦惱約稿校稿催稿等事務，編輯的心裡得

要非常清楚其堅持所為何來——必須在某條軸線上尋找平衡，握住核心細節不讓它潰散。如此想來，跟寫作很像。

我來上班的時候，編輯小隊還沒有形成。我一無所知，沒有人帶，怕作家怕得要命，首次跟訪就是導演侯孝賢的專題。每天都感覺被推落懸崖，非常孤獨。時常建議我離職的友人，當年問我做完第一期開心嗎？我說，就是鬆了一口氣吧。這口氣持續得比我想像中還久還長。工作至今，我讀過所有改版後的《聯合文學》，從撰稿作者到封面版型插畫歷任編輯全都記透透。如果有任何地方舉辦敝刊最愛的「聯合文學快問快答」比賽，我沒有輸的可能。是這樣的愛。出於各種私人原因，這篇文章無法有更抒情的版本，只能說暫時先這樣，權充我的抵抗。但我真喜歡編輯小隊，能和電波相合的人一起工作，是全天下最幸運的事。不誇張的說，我本人就是編輯小隊的腦粉，就像指原莉乃愛AKB48那樣愛（好爛的比喻），有時太喜歡了，會逃避在隊伍裡當壞人，逼不得已只好請朋友替我做主管特訓。但真是難啊。愛恨無法相抵，只希望前者永遠多一些。

工作做不完，也總是要吃飯。

視覺設計
郭苓玉

《編輯樣》要出續集了。歷年工作伙伴都會寫點什麼，但我一直拖稿。

「妳是不是假裝忘記。」遠遠望見總編走過來的身影。「我腦裡根本沒有這篇稿，只有追星。」我當然沒有這樣回答。

「竟然要出Ⅱ了耶——哇——」「這句話妳已經講過兩遍。」他完全看穿我不帶靈魂的歡呼，直問：那做這份工作後最大的改變是什麼？變老吧。「這問題太大了。」又問：進來之後跟當初想像的有不一樣嗎？我想了想說：「沒有。」

把喜歡的事情當成工作，對此我沒有任何夢幻想像。

記得當時在北上的客運讀《編輯樣》讀到睡著，在視覺設計面試結束的開放提問，想著大概是最後一次來這，問些好奇已久的雜誌工作環節吧。在一長串回答之後，老王說：「……總而言之，就是要成為雜誌人。」「什麼是雜誌人？」「妳進來就知道了。」留個小線索也給妳希望，現在想想，真是個狡猾的回答啊，八十七分不能再高了。但雜誌人到底是什麼呢？大概就是一句親身實踐的幹話吧。

提早鳴槍開跑的時間軸往前不停轉動，各色企劃緊扣著文學與生活的脈動，每期編排討論都會玩心大發或突發奇想，忙得暈頭轉向過後才深刻體會：早知道就不要把雜誌做成一本桌遊／地圖／編年史／大富翁，不如單純最美，但已經來不及了。於是日復一日。我輩就在工作的苦樂愛恨過後，換來腦力燃盡、睡眠缺乏跟腰酸背痛的循環。

曾聽小說家K聊過去擔任編輯的經驗：「時尚雜誌的節奏非常快速，每一秒都有意想不到的驚奇發生，我天天都期待去上班。」啊，好熟悉，總編也有過同樣感嘆，不愧是曾經並肩工作的超級好朋友。「……連續熬夜拚命好幾晚終於把稿子送出去了，回家睡覺嗎？想一想還是進公司吧，好像有什麼事情要發生，整個辦公室蠢蠢欲動的，就等老大開口那句：『走，我們去海邊。』一路瀟灑地開到北海岸，吃熱炒、喝啤酒、吹海風，剩下的工作？別管他了。」相較之下，嚷著要去海邊好幾個月就這樣飛走的我們，好遜啊。於是馬上報告：「我們明天要請假，雖然現在毫無靈感——沒關係，明天可以去看海。」

正因他們是被前輩這樣嚴格又自由地養成，所以也這樣真誠對待我們吧。但每天都想上班是什麼感覺，我還是不懂啊。

某個設計稿卡關的夜晚，絕望地趴倒在桌，沒進公司，看完樣的一群人被領來我家附近的熱炒店吃飯，順道歡送另一位工作伙伴。總編說：「出來吧，工作做不完，也總是要吃飯。」不愧對每一頓飯，每一杯敬過的啤酒，每一場會議垃圾話裡閃過的靈光，慶幸這是人生第一份工作，讓我能在自由的空間裡長成任性的樣子。

創作的其他形式

前執行編輯
林新惠

（OKAPI 閱讀生活誌／圖片提供．陳怡絜／攝影）

任職編輯的那段時光，本來已經寫得少的我，變得幾乎不寫了。並不是說擔任編輯就會扼殺創意，正好相反——在聯文擔任編輯，讓我感覺「創意」能以另一種形式發生。企劃的發想、搜集資料、安排一個貫穿整體企劃的軸線，這其實很類似寫小說的前置作業：找一個「哏」，拉出一條敘事線，並且物色相關資料和作品。或許比較大的差別在於，小說的創作過程稍微個人一些，而雜誌總是集眾人之事。除了對外邀約的文字、圖像提供者，也時常對內和編輯小隊交換意見。每每在一期雜誌出刊後整理作者名單，都會感念這樣一本出版品，在內容生產上，可以網羅這麼多人。

編輯雜誌讓我明白，看似私密的、只存於個人腦內的創意，其實可以十分公開。如果是寫小說或論文，當自己找到「哏」之後，就是想辦法用自己的語言把它織成預期的圖案。但如果是執行雜誌，尤其是當期專題，編輯在提案通過後（在此當然要出賣一下對於專題提案非常嚴格的總編和主編，要通過他們的品管非常不易），還會在和所有內容提供者的往返及討論中，不斷微調專題的各部分內容。最終在收稿時，也必須根據所有文字和圖像的實際狀況，進行版面和安排的調整。也就是說，一期雜誌的產出，是來自多人的創意：總編和主編的意見、內容提供者對於實際執行的建議並交出成果，以及編輯小隊多次開會討論出來的呈現模式。通常從企劃發想到雜誌出刊大約一個半月，而經過這一個半月的動態調整，在出刊之時往回看，我往往訝異於從胚胎到成果的路徑之曲折——如果說一份創作是長成了寫作者的樣子，那麼一本雜誌，是長成了一群人集體的面貌。

這種集體創意的實踐過程，是我生命中少有且珍貴的經驗。每一次看印，看著集體的、多樣的創意凝結成具體的、可觸的紙頁，我總是會想說些什麼，卻又難以形成言語。那時幾乎不寫的我，卻不太有「不寫」的匱乏感，我想終究是因為參與集體創意的過程，讓我感覺充實而感激。同時我也明白，編輯是承接、張羅他人創作的人，但在接合眾多創意的過程中，編輯也成為安靜的、隱身於幕後的創作者。

執行編輯
劉羽軒

執行專輯的尾聲，便是在印刷廠小房間裡交換心情的好時機。我和安比通常不會再聊剛做完的雜誌內容了（它們已在印刷機裡咻嚕嚕地滾動），但會聊一些深層狀態。像是有愛因此做得順手，或始終難以轉動內心的開關，而明顯吃力，又或是做哪一期時，雖然稿子如期入進來，版型也順利確立了，卻有揮之不去的模糊不安。安比還說，做久了可以歸納出不同編輯的風格，而我的風格是「阿嬤的冰箱」，爆字又加台，如同天底下每個阿嬤擁有的，不管多大都塞得爆滿，打開門就會土石流山崩的冰箱（正向一點來說，不妨視為編輯生活圓滿有餘的祝福語吧）。

伴隨門外傳來陣陣機械聲，那樣的時刻堪稱奇幻。夾在當期雜誌與下期雜誌之間，斜躺在走道上的版樣已不能再修改一個字，下期內容正陸續邀稿。宛如懸在黑暗中的一條繩索，白天還沒開始，而午夜的路燈，也剛好只足夠讓我們辨清紙上的顏色。

在印刷廠構思《工作記事》的陳昌遠，說他有時檢查印刷品質，其實是在細心閱讀文章及創作，一日寫三行。從機械與油墨裡，摘取出字眼，重組為一具發亮的機械。將廠房改造為汲取創作靈感的私密空間，讓我聯想到雜誌。無論闡述理論、抒發印象，每一篇邀來的稿子，都是能把另一具機器組建起來的關鍵鐵件。收到信，打開交稿檔案之後，那嶄新的機器形狀愈加分明，通過設計在視覺呈現的掌握，巧妙地讓圖片和文字達致融合，甚至能勾勒出編輯小隊最初企劃時的夢想。而這一切，最終都必須在廠房，通過機械與油墨才得以完成。

也是在那個小房間，有一次我突然好奇，印刷機器換版發出的電子音樂聲，究竟是哪一首歌？聽愈久，愈覺得這份外熟悉的曲調，恐怕早已現身在生命中（如垃圾車播的〈給愛麗絲〉），只是我們沒能叫出它的名字。以廠牌型號當作線索，很快找到了，名叫〈静かな湖畔〉，原始來源國不詳，在這台印刷機器的出產國日本，是一首家喻戶曉的小學輪唱曲。播出高亢童音演唱的〈静かな湖畔〉，那一瞬間我們忍不住爆笑出來。沒想到原來是這麼愉快的歌啊，在印刷廠裡，它是一串夾在機械之間、無情感的雜音。

從讀者到編輯

執行編輯
汪倩妤

對於喜歡文學和紙本刊物的我來說，能成為文學雜誌編輯，可以說是夢寐以求的事。

聽說如果要去《聯合文學》雜誌面試，一定要先看過《編輯樣》，裡面記錄各種做雜誌的秘訣，堪稱雜誌面試聖經（？）。我自己在很久以前就擁有這本書，不過不是為了面試或成為編輯而買，當初買這本書時還是一名小小的讀者，因為喜愛這本雜誌，單純想關注在這本雜誌誕生過程中的種種故事而已。沒想到多年後能來到《聯合文學》雜誌工作，從讀者變成編輯，隨著身分改變，看《編輯樣》的角度也變得不同。以前看的是故事，成為編輯後再回去讀，不禁邊讀邊驚嘆，雜誌雖然是有時效性的刊物，但真正厲害的企劃卻是不會過時的。這本書收錄的雖是二〇〇九到二〇一三年，也就是二〇一四年《聯合文學》雜誌改版前的內容，但現在來看，還是會對其中企劃之強大而感到佩服不已。

成為編輯後第一次參與的企劃，是二〇二〇年六月號428期《後末日平安通訊》，版面仿擬網路社群，蒐集一百則末日後報平安的訊息，探討人類在末日後的生存模式。早在二〇一二年六月，時隔正好八年，《聯合文學》也做過末日的專題，當時的封面以三一一福島核災後出現的手寫報紙為靈感，用手寫海報呈現出「世界末日後唯一雜誌」的概念。兩者雖然都是以末日為主題，但呈現方式和內容卻完全不同，這是我覺得《聯合文學》雜誌最厲害的地方——即使是同一個主題，在不同時空脈絡下，還是能做出內容完全不一樣卻更符合當代社會情境的企劃。

回想在面試時曾對總編發問，如果成為雜誌編輯，往後的目標會是什麼，總編回答：「我們的目標，不只是成為『文學雜誌編輯』，更要成為『文學編輯』。」這個回覆令我非常動容，也完全打破我對雜誌編輯的想像。在這個時代，紙本刊物雖然還是雜誌主體，但不能只依賴紙本雜誌，更要把觸角拓展到網路社群和實體活動，讓文學在每個地方都能發揮，如此更能實現《聯合文學》雜誌所秉持的精神：「因為有點喜歡文學，所以生活變得不一樣。」

後記

高年級雜誌實習生

今年恰好是我從事紙本雜誌工作二十年。

前十年，我在幾本時尚雜誌與流行週刊任職，多半是做編輯台與報導部門的工作，可想而知，這麼久以前的職場經驗已經不可能給現在的雜誌編輯有什麼啟發，不管是作業流程、雜誌形式或內容取材、品牌精神、目標讀者等等。舉例來說，那時候剛萌芽的數位攝影完全無法使用在紙本雜誌上，編輯必須將幻燈片放在燈箱上，用放大鏡一片一片挑選，再發掃成可用的檔案，即使早就全面電腦排版了，仍然非常有手工業，像是處於新舊時代的接合部的感覺。這當然是後來才這樣覺得，當時我所認識的攝影師、美術人員都沒人認為數位攝影有一天會完全取代底片。類似的事情就是網站，我離開某本國際時尚雜誌時，整個公司三、四十人的編制裡，負責網站的編輯只有一人，同樣沒人想到，有一天網站人員編制、投入資源等等會遠遠超過紙本雜誌部門，絕大部分的收益會以網站為主。我想，如果我現在重回那雜誌工作，（當年的一位實習生，如今已擔任過兩家國際時尚雜誌總編輯）大概會像電影《高年級實習生》的老人一般，對一切感到瞠目結舌吧。

相較於已經在線上線下都找到有效表現方法，並且獲益的時尚雜誌，後十年我所投注在《聯合文學》上的，幾乎只能朝著開拓紙本雜誌的表現力去努力。在狀況最差的時候，我總覺得自己只是一股腦在做沒人想要我們做的事情，讀者、作家或廣告主對於文學刊物變革的期待似乎沒那麼迫切，必須花了將近七、八年的時間，才總算得到許多人的認可：「原來文學雜誌能夠做到這樣的程度。」可以跟任何一種類型的雜誌放在一起比較而不遜色。

文學刊物的緩慢改革，包括我們自己在內還反映在網站上頭，我自二〇一五年便受命規劃網站，但直到二〇一八年才建立了獨立完整的，可以發揮線上誌功能的美麗網站，並且同時經營Facebook和ＩG等社群媒體。或許新型態的「雜誌」就該這樣，必須結合線上與線下的力量，才足以在這個時代被看見被閱讀，不信的話可以去看電視《校對女王SP》也是這麼說，現在我們仍在嘗試各種文學網站的獲利模式，要撐下去很不容易。

不過這個歸這個，像我這樣的老派編輯最關心的仍是雜誌內容與表現力的問題。而問題正在於，如今呈現的《聯合文學》，是按照我十年前對於文學刊物的想像與期待所改版成形的，花了這麼長的時間，使它變得這麼美，禁得起各種挑戰，可以用來處理各類文學議題，我們也成為許多藝文刊物模仿效法的對象，包括網站的作法也是。那麼，接下來的十年呢？總不可能再依賴十年前我接手時的想法來做了吧？坦白說，我不知道，我可以多花點腦子去做這些事，但我寧願不這麼做。就像我的發行人給我一展長才，實踐夢想的機會，至少在文學雜誌這方面，我希望我能給年輕同事們相似的機會，去實現未來十年文學刊物的樣子，這應該要，也一定要跟我十年前想像的截然不同才對。

最後要謝謝聯經出版公司林載爵發行人，沒有他願意自二〇一三年接手運營《聯合文學》，接納這支小小隊伍並尊重我的大型改版想法，我們絕對無法走到現在。羅國俊社長、陳芝宇總經理、彭雪娥財務總監始終毫無疑問地支持《聯合文學》，允許我們許多的任性，包容我們的不安，使《聯合文學》能成長到少有其他文學媒體可以追趕的地步。在這個紙本雜誌面臨嚴苛市場考驗的時刻，如今我們的工作，已經遠遠超出我和這個團隊的想像，以刊物作為「品牌」的經營模式，《聯合文學》本刊的責任是率先展現我們能做到別人無法做到的創意發想與細節執行，作為貫穿一切的品牌精神，我們便有信心做更多不同的事，例如代編刊物、出版書籍、辦理藝文活動、創作文創商品，甚至為企業發想執行廣告案、設計案。因此，除了一直與我奮戰的編輯小隊之外，我們還要深深依賴《聯合文學》活動專案部門的周玉卿總監、邱美穎副總監與眾多企劃伙伴，以及聯經出版業務部協理張純鐘團隊、網路中心副理詹涵雯與《聯合文學》unitas 生活誌團隊、數位出版中心經理趙鈺芬團隊，才能支撐整個《聯合文學》的運作。

在這六年之間，俗氣地說除了那些獎項的肯定、排行榜的勝利、品牌知名度的提升等等，我最貪心地想要贏得的是一群伙伴，能夠在厭倦自己的無能與委屈的哭泣之後，依然平靜地走進雜誌現場的伙伴，我們知道最終交出的成果可能會很好或者只是差不多好而已，沒辦法，但是在更趨激烈、跨域更大，過去文學刊物編輯更加難以想像的複雜程度，而且許多創意早已做過，眾多模仿者日漸逼近的時刻，我們需要依靠彼此、信任彼此的善意、能力與才華，才能成就些什麼。必須是所有人付出多少實務努力，同時抵抗多少誤解與批評才能贏得。這群伙伴因為相信正在做的事情是值得一做的，或至少是值得試試看的，而拚了命地去做，如果我能對他們說一句鼓勵的話，我想這麼說：「正因為你們拚了命做這件事，才使不安的我相信自己所相信的事。」這是我這六年間最深刻的感想。

所有的一切當然都難得不得了，我們在做的本來就是殊少前行者的事，絕大部分的時間仍在摸索最好的方式，少數的時間在品嘗失望、沮喪、憤怒，於是得吵架和罵人。而更少的時間但也許是最珍貴的，我們總算覺得自己做好做對了什麼，例如讓一位作家漂漂亮亮地登場，讓一本書因為我們的介紹而被買走，讓一座城市因為文學更值得一去，讓一個季節因為文學更加優美動人，例如，讓您喜歡上文學的方方面面，於是決定將生活變得不一樣。

可能的話，請您也讀讀這樣的《聯合文學》。

聯經文庫

編輯樣II：會編雜誌，就會創意提案

2020年9月初版　　定價：新臺幣550元

著　者　王聰威
叢書主編　林芳瑜
特約編輯　楊玉鳳
內文排版　陳怡絜
封面設計　聶永真

出版者　聯經出版事業股份有限公司
地址　新北市汐止區大同路一段369號1樓
叢書主編電話　(02)86925588轉5318
台北聯經書房　台北市新生南路三段94號
電話　(02)23620308
台中分公司　台中市北區崇德路一段198號
暨門市電話　(04)22312023
台中電子信箱　e-mail：linking2@ms42.hinet.net
郵政劃撥帳戶第0100559-3號
郵撥電話　(02)23620308
印刷者　文聯彩色製版有限公司
總經銷　聯合發行股份有限公司
發行所　新北市新店區寶橋路235巷6弄6號2樓
電話　(02)29178022

副總編輯　陳逸華
總編輯　涂豐恩
總經理　陳芝宇
社長　羅國俊
發行人　林載爵

行政院新聞局出版事業登記證局版臺業字第0130號

本書如有缺頁，破損，倒裝請寄回台北聯經書房更換。　ISBN 978-957-08-5609-5 (平裝)
聯經網址：www.linkingbooks.com.tw
電子信箱：linking@udngroup.com

國家圖書館出版品預行編目資料

編輯樣II：會編雜誌，就會創意提案/王聰威著．
初版．新北市．聯經．2020年9月．344面．15.5×22公分
（聯經文庫）
ISBN 978-957-08-5609-5（平裝）

1.雜誌編輯

893 109012759